爵肆战歌

——艺体班是怎样炼成的

张 翔 唐建国 主编

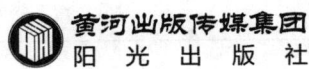
黄河出版传媒集团
阳光出版社

图书在版编目（CIP）数据

爵肆战歌：艺体班是怎样炼成的 / 张翔，唐建国主编. -- 银川：阳光出版社，2022.11
ISBN 978-7-5525-6601-7

Ⅰ.①爵… Ⅱ.①张… ②唐… Ⅲ.①日记-作品集-中国-当代 Ⅳ.①I267.5

中国版本图书馆CIP数据核字（2022）第220519号

爵肆战歌：艺体班是怎样炼成的　　　　　　　　　　张翔　唐建国　主编

责任编辑　李媛媛　贾　莉
封面设计　晨　皓
责任印制　岳建宁

黄河出版传媒集团
阳 光 出 版 社 出版发行

出 版 人	薛文斌
地　　址	宁夏银川市北京东路139号出版大厦（750001）
网　　址	http://www.ygpchbs.com
网上书店	http://shop129132959.taobao.com
电子信箱	yangguangchubanshe@163.com
邮购电话	0951-5047283
经　　销	全国新华书店
印刷装订	四川省平轩印务有限公司
印刷委托书号	（宁）0024865

开本　880 mm×1230 mm　　1/16
印张　18.25
字数　220千字
版次　2022年11月第1版
印次　2022年11月第1次印刷
书号　ISBN 978-7-5525-6601-7
定价　56.00元

版权所有　侵权必究

编委会

主 编：张 翔 唐建国

编 委：黎中慧 王晓峰 袁 真 吴 刚
　　　　罗丽萍 罗伊选 张国明 阳明正
　　　　张 雨 左明鑫 李丹瑜 许 勤
　　　　张 婉 鲁 娜 杨 欢 王 宁
　　　　贾 娜 李 颖 刘声燕 王若乃

序　言

　　能将一件平凡的事做到极致就是贡献，能将一件平凡的事坚持下去就是奇迹。

　　《爵肆战歌——艺体班是怎样炼成的》记录了唐建国老师将一件平凡小事做到极致、创造奇迹的过程，看完后心情久久不能平静。在这个物欲横流的时代，在这个很多人沉浸于网络虚拟的时代，有几人能天天坚守三尺讲坛，与学生相伴并关注其每个细节；有几人能为了学生适应未来社会，每天与学生、与家长、与同事探寻学生最佳智力释放点；有几人能将教育教学中发生的点滴思考积累起来，汇聚成思想的宝库……唐建国老师做到了！这绝非为了多挣点钱，也不是为了博取虚名，而是在教育情怀驱动下展现出的长期坚守，更是以人为本的责任担当督促教师不懈付出的结晶。

　　向唐老师学习，向唐老师致敬！

　　《爵肆战歌》分上下两篇，上篇《四班日记》为251篇班主任日记，下篇《成长留痕》是科任老师和家长的书信日记、四班部分学生作品等，最后还倡议优秀的四班学生自己去书写辉煌人生。这是一部极具价值的教育实战宝典，是老师积累教育经验的教育叙事范本；是班主任的百科全书，尤其能为班主任做好家校合作工作提供思考和借鉴；是每位教育管理者可以学习的生本教育经典；特别是新上岗的老师、带后进生和学困生的老师，有困惑时都可在相应的案例里找到解决问题的答案，受到一定的启发。这些班级日记中有教师管理的感悟、反思、经验、方案，有针对学生的个别谈心辅导，有引导学生修正思维方式的事例，有分享学生成功幸福的感悟，有对班级典型事例的分析，有班级管理的金点子，有家校结合的成功案例。《筑梦而行 不忘初心》告诉我们面对一群学习不够优秀的孩子，见面初就要抓住孩子向上的心，激发学生的信心，只要迈出坚实的第一步，学生会顺势成长！《谁说女子不如男》中唐老师给女生赋诗"沙场练兵有四班，阳光肆掠心不乱。最喜巾帼飒爽姿，谁说女子不如男！"一个老师坚持给学生写有意义的日记，不仅对学生成长有益，而且你在学生心目中的形象还需要去宣讲吗？《唐老师来信》系列中的署名是"愿意陪着你们成功的唐老师""愿意陪着你们体会学习甘苦的唐老师""愿意与你们一起变化的唐老师"，围绕学生需求激发其动力。艺体班学生大多成绩不理想，平时表现难以为班主任争名，所以说唐老师不是为个人私利，而是本着"真心做教育、做真心教育"的宗旨，接班初就定下目标与方向，陪着这些孩子共同成长。《为四班办的黑板报点赞》表明渗透在日记里的不只是唐老师对学生的关爱，还有对学生一直的信任和毫不吝啬的鼓励，老师要让学生成为什么样的人，就要在他们成为这种人的端倪之时，不计成本地夸奖。在《教师的快乐是学生带来的》可以体会到"教师快乐着学生的快乐"是多么美好的一件事，只要心态好，只要是一切为学生成长、一切为学生考虑，再大的困难也不怕，教书育人成了享受。《谈谈"恋爱"这档事》是一个富有人生智慧的班主任对学生早恋的思考，走进学生心灵去改变他们言行是解决问题的关键。《勿忘国耻须从小事做起》说明无论学生成绩和习惯如何，但爱国意识不能弱化，唐老师不失时机对孩子进行爱国主义教育，让这群孩子充满了正能量，将来也不会比谁差。《扫地包治百病》一文幽默有趣，给教师如何管理学生提供了思考，老师对孩子的关心真正到位了，你的管理方式就不是问题。《班会课纪实》启迪我们班会课是班主任教育的主阵地，磨刀不误砍柴工，不能为抓学科建设而忽视思想道德建设。《第一次家访有感》和一系列家长来信，让我们看到唐老师如何坦诚地与家长做朋友，将自己的工作首先摆在家长面前接受关心和监督，从而得到了家长的大力支持。记得唐老师初次见到我就说起食堂问题，他说学生管理这边家长很配合，但确实要将食堂办好，保证学生有个好身体，艺体班孩子对这方面要求更高，并明确这也是家长的意思。能够有底气地说出"学生管理这边我怎么说家长都会配合"，这需要对学生付出多少、与家长交流多少才能达到如此默契。每篇日记都是独特的、不可复制的，但又是可借鉴的精品，好像就发生在每位教师每天的工作中，是那么亲切、那么有感染力，任何一名优秀教师都会这样做，只是唐老师做得更细致，做得更系统，做得更酣畅淋漓！

目前中国的教育改革正处在关键时期，经历多次自上而下的理论体系架构和教材变革：从课程标准的制定到考纲的多次修正，从对民办教育的大力扶持到政策收紧回归公办教育，从培养精英的应试教育到注重核心素养的"公平而有质量的教育"。但改革成功与否的关键因素是什么呢？教育无论怎么改，落到实处的是我们这群站在讲台上面对学生的老师，而非一流的硬件和浮在表面而游离于师生头脑之外的所谓先进教育理念。只有那些有情怀真心做教育的老师，那些心里有学生、眼中有家长、脑内有家国的老师才会生发真正的教育智慧，才会把教育当成事业，才能真正享受到教育教学的幸福！

四川师范大学附属昆明实验学校（天娇校区）作为一所优质民办学校，坚持立足生本理念强势推进教育教学改革，让全体老师尤其是年轻老师教育有章可循、教学有法可依。接下来我校会站在学生角度思考学法改革，让学生真正成为课堂学习的主人，而非只是看老师在课堂上如何表现。学生成为学习的主人，关键指标在于学生在课堂上与老师合作是否顺畅、是否幸福，在于教育教学是否高效，这需要教师在课外下功夫。人们常说"一个人是否成功，关键看他晚上 8 点钟以后在干什么"，建议大家学习、借鉴、领悟唐老师的班级日记，体会日记背后的付出，掌握班级日记撰写的方法，并应用到自身的教育教学工作中去。日记字里行间透出的真情会激励我们向先进看齐、向优秀并肩、向智者融合！让我们携起手来，凝心聚力，借教育改革东风投身于教育教学研究，帮助天娇学子发生看得见的变化，以教师的正能量引领天娇学子成才。相信每朵花的花期不同但都会绽放，四川师范大学附属昆明实验学校（天娇校区）必将百花盛开、春色满园！

张翔〔四川师范大学附属昆明实验学校（天娇校区）校长〕

高贵善良·坚毅独立

前 言

  昆明四季鲜花盛开、万紫千红，让人眼花缭乱、目不暇接，但我最钟情的却是教学楼后面的那些牵牛花藤蔓。才三年多时间，当时一两尺的小藤蔓沿着竹竿长到了一两丈高，都到三楼了。不要小瞧这些朴实无华的竹竿，没有它们的支撑和指引，倔强而上进的牵牛花也只能趴在地上，难以在短短时间内爬得这么高。从这些可爱努力的牵牛花藤蔓身上，我看到了艺体班二十多个孩子的身影，高二高三期间，他们在所有老师"扶一把"基础上，爬到了一定高度，取得了2019年高考的胜利，现在还在玩命地爬，决然爬出人生新高度！

  2017年暑假，因贪恋春城气候，我来到四川师范大学附属昆明实验学校（天娇校区），正赶上高二年级分班，二十多位特长突出、相对调皮的孩子组成艺体班，我有幸成为他们的班主任。开学初，喜欢篮球、热爱运动的四班孩子把班名定为"爵肆"，一段传奇就此开启！四班孩子条件出众、个性鲜明、敢想敢说、性格活跃、情商了得，但自由散漫的个性让部分孩子漠视学校管理制度，尤其对学习不感兴趣，造成专业课各有所长、文化课惨不忍睹。矛盾的现实让这些孩子既自负又自卑，既对未来满怀信心又担惊受怕。面对这群天分与问题共存的孩子，仅仅靠传统的班级班规、制度约束等远远不够，最关键的是要激发他们的内驱力，保持他们对未来的热情、对职业愿景的渴望。所以，班主任、老师、家长适时适当地"扶一把"很重要，但更重要的是引导他们学会"自己爬"、为了光明前途自觉自愿地奋斗！

  "扶一把"的方式很多，包括利用班会课开展理想信念教育，利用迎新晚会展示文娱才华，利用音乐晚会展示音乐专业孩子的水平，利用运动会展示体育专业孩子的风采，利用国家省市级比赛展示美术专业孩子的功力等。在此基础上，为促使四班孩子持续进步，我选择了撰写班级日记的方式鼓励他们不断成长。自高二接手艺体班至高三毕业，我共写251篇日记，记录下这些孩子成长进步的轨迹和历程。我把日记发到家长群，让家长了解孩子现状、存在的问题和解决策略，家校合作引导孩子进步。我把日记打印出来贴到教室里，让每个孩子真切地看到自己的变化和进步、还存在哪些需要改进的地方，然后一起设法解决这些问题。在我的带动下，科任老师也写下多篇艺体班教育教学随笔，所有老师齐心协力，设法促进这些文化课薄弱的孩子进步。我还鼓励所有家长以书信、日记的形式与孩子交流，心与心的碰撞让很多沟通不畅的亲子关系得到修复，很多孩子的心态逐渐平和，认识到看似能干、强悍的父母也有诸多不易，从而理解尊重和接纳父母，并专心学业以回报父母。

正是通过这样的日记撰写，针对每个孩子实际情况有的放矢地找原因、想方法、讲策略，这二十多个孩子发生着惊人的变化，高二接手才一个多月，学校很多老师就当着我的面夸赞艺体班孩子的变化。接下来在学校的各项活动、比赛、评比中，艺体班都取得了佳绩。特别是在国家级的美术比赛中、云南省的体育盛会上，四班孩子都有所斩获，让人刮目相看。从2018年8月到2019年2月，艺体班的孩子都在外面集训，从他们的表现来看，基本上都学会"自己爬"了。2019年2月后捷报频传，大多数孩子在专业课考试中取得了优异成绩。在高考复习中，艺体班孩子全力冲刺，没日没夜地拼搏，虽然文化课难度较大，但这些孩子没有让大家失望，高考凯旋，所有孩子都升入大学！

为铭记爵肆班走过的辉煌历程，大家决定把老师、家长、孩子们书写的日记、书信和作品等集结成册，是为《爵肆战歌》。本书分上下两篇。上篇"四班日记"为班主任两年来书写的251篇日记，下篇"成长留痕"包括科任老师和家长的书信日记、四班部分学生作品等。最后还发出倡议，建议四班学生离开四川师范大学附属昆明实验学校（天娇校区）后，每年总结得失，书写感悟，集结成册，连绵不绝，见证自己步步高升、辉煌灿烂的人生历程！

最后，感谢四川师范大学附属昆明实验学校（天娇校区）所有关心爵肆班的领导和老师，感谢精心培育四班孩子的科任老师，感谢支持配合四班工作的所有家长，特别感谢四班奋发图强、坚持奔跑的孩子们！相信你们会一路高唱爵肆战歌，创造属于自己的美丽人生！

唐建国（爵肆班班主任）

目录 CONTENTS

上编　四班日记 …………………………………… 1
下编　成长留痕 ………………………………… 205
　学生篇 ………………………………………… 207
　教师篇 ………………………………………… 225
　家长篇 ………………………………………… 238

后　记 …………………………………………… 270

上 编

四班日记

唐建国

高贵善良·坚毅独立

四班日记1　　　2017年8月30日　星期三　雨转晴

筑梦而行　不忘初心

　　家长会后马上就是"开学第一课",孩子们洪亮的齐声"起立"让人精神振奋。虽然还不知道他们的名字,但在我的眼中,他们是未来的艺术家、运动员、律师、企业高管等,因为他们良好的精神面貌给我留下深刻印象。带领他们冥想,穿越时空,回顾无忧无虑的童年、快乐有趣的小学时光、辛苦迷茫的初中岁月、波澜起伏的高一生活后,我鼓励他们继续想象两年后拿到大学通知书的激动、五年后参加实习的心态、十年后事业小有所成的喜悦。然后要求他们以十年后的心情给现在的自己写信,感谢过去十年来自己的努力,并马上以现在的心情给十年后的自己回信,述说自己的梦想、计划。完成任务后,郭浩、张蜀昇、潘禹辰主动上台与大家分享信件。如果不是军训教官在催的话,估计所有人都会上台分享。

　　从他们的分享中,我看出这是一群有梦想、有追求、有激情的孩子,他们用得最多的词是"不忘初心"。他们都有追求,但也清醒认识到面临的困难,急切盼望师长的帮助和鼓励。我们有什么理由袖手旁观、无动于衷呢?设法保持他们的激情、激发学习动力、加强学法指导,不断鼓励他们前行,是我们目前最重要的任务。建议:家校合作,大家携手与孩子们同行,帮助他们实现梦想!

四班日记2　　　2017年8月31日　星期四　晴

绯红的脸　坚强的心

　　阳光明媚给孩子们的军训增加了难度,他们的脸颊被晒得绯红,但没有一个孩子抱怨、逃避,而是全力以赴地从早上八点一直训练到晚上九点。特别要表扬所有女生，她们柔弱的外表下都有一颗坚强的心，田路宁、徐颢元是她们的代表。李博脚伤恢复不久，但也咬牙坚持，向我保证尽力不退出训练。王克荣、谷启扬等几个身材单薄的孩子没有放弃，一直在坚持，虽然我看到他们的小腿在发抖。李蝶、姜鸿飞、陆昊彤以及其他几个孩子非常守时，提前好几分钟就到操场等待军训，他们的自律让人敬佩。在训练过程中，一心想走好队列的保斯然总是心太急，常常比别人多走一步，提醒后马上改进，孺子可教啊！潘禹辰作为国旗队的一员，其飒爽英姿大家是看在眼中、喜在心中的。一句话，今天所有孩子都值得表扬，值得我们大人佩服！从这些孩子绯红的脸上，我看到了他们对自己的严格要求，看到了他们坚强的内心，看到了他们的努力，看到了他们对班集体荣誉的重视，看到了他们美好的明天！

孩子们的组织能力同样让人吃惊，从昨天开始他们就自发组织班级的所有活动。王纳、陈自立、王邦主动请缨成为各自寝室的室长，这种奉献精神值得所有同学学习。郭浩是个天生的领袖，大家都很服从他的安排。我呢，基本上不用做什么。这样的孩子我们有什么不放心呢？我们唯一可做的也许是：为他们的坚强、坚韧、大气、奉献点赞！

四班日记3　　　2017年9月1日　星期五　晴转雨

谁说女子不如男

　　今天又是一个艳阳天，下午集合前我提前去操场了解孩子们的状态。女生都来得早，正集中在一起擦防晒霜，问她们能否坚持，她们表示没问题。接下来就是两个男生被太阳晒得过敏，到办公室找我去了，还有男生感冒表示难以坚持下去。所以今天要特别表扬一下我们四班的全体女生，赋诗一首送她们：

沙场练兵有四班，
阳光肆掠心不乱。
最喜巾帼飒爽姿，
谁说女子不如男！

高贵善良·坚毅独立

当然，其他坚持操练的男生也应该受到表扬，包括重感冒的男生也是在实在坚持不下来的情况下，才离开队伍到校医处去治疗。两个晒太阳过敏的孩子虽然离开队伍前去治疗，也是情况万不得已。尤其要表扬李博同学，在脚伤未痊愈、身体过敏的情况下，还表示要与全班同学共进退，坚决留在学校参加明天的汇报表演，这种集体认同感与强烈的自制力是他将来打拼人生的开山斧，希望其他孩子都学习！一句话，今天四班所有的孩子都是好样的，值得我们伸出大拇指为他们点赞！

四班日记4　　　2017年9月2日　星期六　晴

唐老师来信1

同学们：
　　周末愉快！
　　经过沙场考验，重新回家感受温暖和呵护，感觉一定不错吧。在这个开学的第一个周末，唐老师有几句话要与你们聊聊。
　　第一句：很高兴认识你们！缘分这东西看似偶然，其实也很有趣，我的人生轨迹和你们的人生轨迹本来差着昆明与重庆近一千公里的距离，但阴差阳错、机缘巧合我们认识了，这算是上天的安排吧。我很高兴认识你们，特别是开学第一课的见面非常开心，你们的活泼、自信、阳光给我留下了深刻印象。好的开始是成功的一半，希望以后我们相处愉快！
　　第二句：你们军训的表现让我骄傲！军训的火热来自太阳，更来自你们内心的激情。三天中，你们所有人的表现都值得表扬、值得点赞、值得学习。要知道，坚持不仅是一种可贵的品质，更是一种能力。这样的品质与能力远比所谓的智商更重要，因为它可以帮助我们在人生道路上走得更远。希望你们在以后的学习生活中保持这种状态，坦然面对困难，挑战自己的承受极限，说不定奇迹会来得比意料中的还快！
　　第三句：任重道远，我们要做好打硬仗的准备！军训结束意味着正式告别暑假的舒适，回归学校就是学习状态了。你们准备好了吗？高一已逝，往事不可追也不用追，我们的眼睛要向前看。高二是高中时代最关键的一年，我们要学完所有新课，完成学业水平考试，提高学习能力，培养正确高效的思维能力。看似困难的任务需要你们军训咬牙坚持的精神，一点一点的收获，一丝一毫的进步，一天一天地积累，奇迹就是这样创造出来的！更何况，还有那么多负责能干的老师陪着你们、帮助你们、指导你们！很多事情，只要你们想干、愿干，就一定能干得有模有样、有声有色，在这样的过程中，你会发现自己越来越优秀，并锻造属于自己的出类拔萃！

希望你们精神抖擞地回到学校，开始自己的高二时光，为十年后的自己去奋斗、去拼搏，牢记2017年8月30日下午5点你对自己的承诺，那是你对未来、对人生的承诺。言必信，行必果，放手去拼即可。一句话：为了梦想，让自己的小宇宙爆发吧！

愿意陪着你们成功的唐老师
2017年9月2日晚

四班日记5　　　　2017年9月3日　星期天　晴

扫天下者先扫其屋

下午六点是班级预定的集中清洁卫生时间，大多数孩子不到六点就到教室准备着。按照女生做轻松的如擦桌凳、男生干粗笨的如拖地搬书柜的原则，大家齐心协力开始行动。车婧睿、李蝶、李刘琳、徐颢元、王纳几个姑娘下意识就开始擦洗别人的桌凳，这说明她们有集体主义观念。谷启杨那双弹钢琴的手干起活来也灵活自如，郭浩、李博、王邦、姜鸿飞和其他几个男生不仅愿意干活，还很会动脑筋解决难题。从这些孩子身上可以看出他们良好的家庭教育和他们自身的优秀品质。当然，从劳动中也可以看出部分孩子的问题，比如有的孩子觉得反正桌子都要脏，为什么擦那么干净呢？我笑着说反正你的脸都要脏为什么还要洗呢？还有的孩子总是来问我干什么，缺乏自主意识；有的孩子做事敷衍了事，只管完成任务不问效果。我要求他们自己找事做，把事情尽量做完美，培养结果意识和自主观念。一些孩子来晚了，看到大家都在忙，自己的桌凳都被擦干净了，不好意思地赶快动起来。快结束的时候最后两个孩子才来，他们主动要求倒垃圾。在全班同学的努力下，原来乱糟糟的教室焕然一新，营造出清新整洁的学习环境，虽然很辛苦，但大家的心情很舒畅。

古人云，不扫一屋，何以扫天下。对现在都是家里宝贝的孩子来说，打扫卫生有特殊的意义，连教室都不愿意扫或者扫不干净的人，你还希望他能做什么呢？那些主动的孩子特别是郭浩、李博、李蝶根本都不需要他人操心就会高效自觉地完成任务，他们可能不是成绩最优秀的孩子，但成人后走到哪里都是受人欢迎的好员工、好同事！当然，类似他们这样的孩子还不少，值得四班所有孩子学习和模仿。扫干净教室方能扫天下，期待四班所有孩子灿烂的明天！

四班日记6　　　2017年9月4日　星期一　晴

点滴最让人感动

我们普通人生活平凡，没有那么多宏大叙事，可有些小事照样精彩，比如说四班这一天多的点滴。

班级图书馆在所有孩子的热心捐赠下顺利建成，一有空闲时间很多孩子就跑到书柜前找书看。陈自立那硕大的身躯与手中薄薄的书本相映成趣，孩子们埋头看书的认真劲是四班最美的风景！

例行的周一升旗仪式，国歌声中我和所有孩子肃然直立、看着国旗冉冉升起。一些调皮捣蛋的孩子都如同标枪般的挺拔，因为他们知道这样的场合下严肃不是做给别人看的，而是一个人最基本的素质和修养。这种肃然、挺拔不仅仅关乎爱国这样的大问题，也体现出孩子们对自己的严格要求！

班委未选出前，王邦同学被大家信任地推选为第一天值日班长，他表现完美，圆满完成任务。今天他最辛苦，卫生、纪律、总结等事情都要做，但他的成长和收获却无可估量。下午班会课的主题是选班委，郭浩的竞选发言条理清楚、思维清晰，并对班级管理有系统的认识和成熟的想法，全票通过乃实至名归，他选择的班委成员也得到了所有孩子的认可。刘希仁、束思丽、谷启扬、保斯然、陆昊彤、陈自立等几个孩子被选为副班长，各自负责一个四人小组的学习、卫生、纪律。晚上的工作总结郭浩安排了一些具体工作，特别是班级文化建设，期待下周他们的成果！

晚上集中观看《开学第一课》期间，我陪着王克荣坐，聊到吃饭和锻炼身体的事情，他保证少吃方便面和膨化食品，相信他会做到这些，都是聪明人、明白人，应该知道怎么安排生活了吧。结束后大家有序回宿舍休息，车婧睿临别前挥手同我说再见，多有礼貌的孩子！

说孩子们是天使未免矫情，但他们的表现可圈可点，让人感动之余看到了他们了不起的明天！

四班日记 7　　　　2017 年 9 月 5 日　　星期二　　晴

选择是权利更是能力

今天是四班自主管理的第一天，碰巧班长郭浩成为值日班长，事情虽多但并没有扰乱他的思路，安排、执行都有条不紊，颇具大将风范。相信他的管理风格和个人魅力对全班同学是很好的示范，经过以后两年的磨炼，希望四班的孩子都具有这样高超的管理技巧、过硬的执行能力。四班的孩子选择了自主管理这条压力大、要求高的路子，就必须承受相应的风险和付出必要的努力。未来的事实会证明，选择不仅是他们的权利，更是他们的能力，帮助他们锻炼提高组织领导能力和其他能力。

说到选择，今天下午学习艺体的孩子开会，班上一共去了十七个。只剩下五个孩子在教室学习文化课。我很奇怪报名的同学只有十个，那七个是怎么回事，经过调查我明白了这些孩子觉得走艺体升学这条路比较靠谱。特别是懂事的李蝶同学，专门找我谈了这个事情。有梦想有追求的孩子我有什么理由不支持呢？剩下的五个孩子其实也有自己的想法和主张，其中有四个犹豫着是不是去学习美术或者音乐，他们打算周末回家与父母商量，理解并支持。有一个有出国留学的打算,也要鼓励、支持和协助,我建议他强化英语学习,先过雅思,明天会送他一本雅思考试的阅读资料,以资鼓励!

孩子成长的过程就是不断选择、愿意选择、学会选择、培养选择能力的过程,四班的孩子拥有选择的权利,这是四班"自主管理"的内核。四班孩子用行动证明了他们已经具备初步的选择能力,并且知道如何寻求建议和帮助,比如保斯然和姜鸿飞在搞不清选什么专业的情况下,即可电话咨询父母。希望他们不断培养权衡利弊做出选择,在以后的人生道路上次次都做出明智的选择!

四班日记8　　　　2017年9月6日　星期三　晴

教师的快乐是学生带来的

上午几个孩子在教室里挂横幅,上面写着"祝老师教师节快乐",虽然不知道他们从哪里找来的横幅,但收到孩子们的节日问候,还是蛮高兴,谢谢孩子们!很多老师虽然"起得比鸡早、干得比牛多、睡得比狗晚",但有一点我很确认:他们会为孩子的优秀表现而快乐!教师就是这样一个奇怪的职业,成天为别人家孩子的成长绞尽脑汁,当学生有出息时,他们可能跟自己的孩子有出息一样高兴!

就我而言,快乐在于四班孩子们每天点滴的进步!看到四班所有孩子上台时挺胸抬头的自信样我很欣慰;看到转学艺体的几个孩子有主见有规划我很满意;看到很多孩子有空就在班级图书馆找书看我很高兴;看到李博今天带病坚持上课我很感动;看到王克荣抛弃可乐巧克力改吃馒头我很愉快;看到李泽荣腰背挺直我很开心。这样的高兴事还有很多,但也有些事让我担忧,比如几个孩子因为打篮球耽搁吃饭,比如今天有孩子在我的课堂上困得睁不开眼睛,你个家伙,昨晚上干什么去了呢?看到你告诉我昨晚真的睡得很好的无辜小眼神,我姑且相信你吧,虽然知道你并没有告诉我真话。

快乐是一种感觉,但收获这种感觉却不容易,希望我们班所有的科任老师都很快乐,因为四班孩子每天都在不断地进步,每天都有或多或少的收获,每天都在咬牙坚持中辛勤耕耘；更希望四班孩子都快乐，在学习中去寻找快乐，在书本中去挖掘快乐，在班级管理中去探寻快乐，在与大家互动交流和谐相处中体验快乐。但所有的快乐都是有代价的，需要我们付出努力和汗水，需要我们持之以恒地行动。那么，请四班所有孩子卸下包袱轻装上阵，全力以赴投入学习，去找到属于自己的快乐吧！

四班日记9　　　　2017年9月7日　星期四　晴

明天的你会感谢今天努力的自己

下午是艺体学生专业课时间，因为有课我很遗憾没有去看他们上课。不过热情细心的李丹瑜老师为美术专业孩子拍了多张照片，看得出所有孩子都很用心地在练习，专注的神情中隐约可见艺术家风范。晚上表扬这些孩子时，学习体育的几个孩子很不服气，他们觉得自己都快累趴下了。掌声当然也要送给他们，必须的！

累趴下有什么呢，如果孩子们只是为完成老师交代的任务去累，那不仅身累，心更累，如果孩子们是为追求梦想而累，至少心是快乐的吧。更何况，"未来事业有成的你会感谢今天努力拼搏的自己"！记得开学第一课所有的孩子都憧憬了十年后非凡的自己，那么，缩短梦想与现实的工具除了流汗努力外，我们还有其他办法吗？肯定没有！高中时代的累、拼搏、拼命学、全力投入是人生中最划算的投资，多年后孩子们一定会发现这笔投资会让自己赚得盆满钵满。今天是专业课的第一课，从孩子们的表现来看是个良好的开端。常言说"好的开始是成功的一半"，另外一半就是接下来一年多的坚持。坚持就是胜利，相信孩子们会坚持到最后，摘到心目中最美丽的花朵！

努力过程中总有各种干扰，这两天有个孩子上课总是打瞌睡，在我的课堂上都控制不住。今天下午本来打算跟家长联系一下，了解了解孩子近段时间的生活状态。最终放弃了这种做法，因为很多孩子不会告诉家长实话。晚上睡觉前找到这个孩子了解情况，他坦承与电玩手机等无关，主要是被私事所困扰，并保证过几天就可以调整过来，尽快恢复正常。我没有多说，只是告诉他需要帮助就找我，然后握手与他达成协议，期待他满血复活、精神抖擞地出现在全班同学面前。对待孩子我有个基本原则，那就是相信他，相信他的人品，相信他的承诺，相信他的智慧。可能有些孩子一时难以达到自己设想的要求，但只要相信他、鼓励他、帮助他，他必定会达成目标！

四班日记10　　　　2017年9月9日　星期六　晴

唐老师来信2

同学们：

　　周末愉快！

　　第一周大家都很辛苦，回到Sweet Home，放松之余要合理安排时间。除了完成作业外，要与父母聊聊天，说说心里话，有时间的话要力所能及地帮他们做点事情。对我而言，今天上午难得清闲，终于能陪儿子安安静静地看会儿书了。花了几个小时认真看完了稻盛和夫的《活法》，这本书我给大家推荐过，虽然以前已经读过，但再次研读，仍旧为老先生的激情、智慧所感染，依然会热血沸腾。五年前我有幸在重庆听过这位被称为日本"经营之圣"传奇人物的讲座，深深为这位八旬老人的好学、勤勉、深邃、顽强所折服。算是在他的精神指引下，这几年我在强身健体、修身养性、勤勉好学上有些许进步。今天将《活法》中的两个观点与大家分享，希望对大家有启示。

　　关于我们一辈子过得怎么样，稻盛和夫有个经典的"人生方程式"：

　　人生·工作的结果＝思维方式×热情×能力

　　仔细思考这个方程式，结合个人经历，不由得拍案叫绝，这个概括太有道理了。一般人十分重视"能力"，也就是智商、技能之类现代人非常推崇的东西，但纵观历史上的成功人物大多其实"能力"中等，并非都是"能力"超群之辈。仔细分析，会发现不同人在学习工作生活中投入的"热情"不一，以饱满激情学习工作的人即便暂时能力低些，但假以时日、日积月累，会比那些能力强但态度消极、敷衍了事的人取得更大成就。"思维方式"就更重要了，因为它有正负之分，这个好理解，好比一个激情四溢、能力超群的人一心去干违法乱纪的事情，其破坏性肯定比一般人大得多。其实这里谈到的"思维方式"是要求我们培养正确高效的"思维方式"，比如正能量和积极向上的心态、利他感恩之心、自律自控、科学的思维方法等。我这周的政治课大部分都在与大家探讨思维过程、知识结构、学习方法等，其实就是希望培养大家正确的"思维方式"，提高学习效率。

第二点是稻盛和夫谈到，精进要求我们在学习工作中要全力投入，付出不亚于任何人的努力，"天道酬勤"、"天下没有免费的午餐"、"no pain, no gain"其实都是说的这个道理。这周大部分四班孩子都全身心投入了学习，但不可否认，整个班级的学习热情还不够高昂，一些同学开始上课时才慢吞吞找书就是例证。高尔基曾经说过，我扑在书上，就像饥饿的人扑在面包上，如果你拿起一本书就如同提起巨石那么沉重，怎么让人相信你全身心喜欢书本喜欢学习呢？所以希望大家下周课前准备好课本教辅，如果心思全在学习上，动作自然快、效率自然高。我们应该每天反省自己的言行，通过日记等方式提醒自己总结经验、吸取教训，不断进步，这是我要求大家必须写周记最好是写日记的原因！昨天我们学到的古希腊哲学家苏格拉底说："不经过反省的人生，是不值得活的。"不就是强调要随时反省吗？

上面这些道理并不高深，大家应该也知道，落到实处指导大家的学习生活也并不是什么难事。坚持做一天、一周、一月、一年，几年下来发生在大家身上的变化是惊人的！

与你们共勉，孩子们！

愿意与你们一起变化的唐老师
2017年9月9日

四班日记11　　　　2017年9月10日　　星期天　　雨转晴

班变人变还是心变

　　前两天有老师告诉我四班变化很大，我第一感觉是蒙，能有什么变化呢，所有孩子不是都很乖吗？第二感觉是疑惑，他们到底哪里变了呢？利用今天晚上班会课的机会，我在班里做了个调查，了解一下他们心目中四班到底变没变。先给他们讲了中国历史上那个著名的"风动幡动还是心动"典故，然后问四班的变化到底是班有变化，还是人有变化，或者是心有变化。他们还挺有哲学头脑，异口同声说是"心有变化"，到底哪些方面有变化呢？有同学站起来分享了自己的想法。保斯然说他以前怎么怎么的，我倒吸一口冷气，这个外表看似鲁莽，其实智商爆表很有追求的孩子还有这么彪悍的过去！车婧睿用一个我听不懂的本地方言告诉我她好像曾经很拽、很社会，我的下巴差点掉到地上，这与她这一周留给我的认知完全迥异嘛。据她说目前只与一个老师没有做过对，难道我有这个荣幸？不太明白她的意思，我只知道她是一个聪慧、有目标有梦想的女孩。

　　孩子们用自己的眼睛观察着周围的世界，审视着周围的人。他们的看法也许片面，但他们绝对具有基本的是非判断能力，知道哪些事情该做，哪些事情不能做，哪些人关心自己，哪些人对自己有偏见。听听他们的心里话，我们成年人特别是父母教师实在汗颜，我们要做的、能做的其实还有很多。可以确认的是，他们有了变化的意识、有了变化的理由、有了变化的行动，在为自己的未来不断更新自己，这已经很了不起了。我们除了帮助他们更快更好地变化，还有什么好说的好做的呢？也许这也是为人父母、为人师长最基本最重要的职责。

　　当然孩子们的变化也是曲折反复的，下午班上的两个男生躲在厕所抽烟被我逮住了。他们倒是老实，很坦率地就承认了错误，告诉了我面对父母指责的尴尬，想戒烟又难以成功的无奈。我很痛心，体育专业的孩子、音乐专业的孩子，身体、嗓子多么重要，就在未成年之际被香烟伤害，损害他们看似高大健壮其实还没成熟的身体。他们真诚地表达了想戒烟的意愿，并请全班同学监督，我也从生理学、心理学角度给他们提供了一些建议，希望他们能言而有信，成功戒烟！

四班日记12　　　　2017年9月11日　星期一　晴

谈谈"恋爱"这档事

　　计划利用班会课时间与孩子们探讨下恋爱这个话题源于两件事：一是课堂上谈到哲学起源于人们对世界的惊奇和追问时，图示一个小孩问父亲"我从哪里来"时，班上同学一阵怪笑，感觉这些十六七岁的孩子没有受到过什么正规的青春期教育；二是听说班上有几个多情才子用情至深、为情所困，经常跑到其他班级教室去流连忘返，随便留下闲话无数、诸多白眼。孩子们其实对这个话题也很有兴趣，当我因为有事比预定时间晚到几分钟时，他们急不可待地催我快点开始。谢谢孩子们的配合！

　　板书"爱情"两个字后，让孩子们先谈谈看到这个词儿的感受。尽是"禁果、成绩下滑"等负面评价，有这么恐怖吗？提示他们谈谈"爱情"美好的一面，他们也能说得头头是道，看来在这个问题上，孩子们还是很有独立思考和成熟见解的。然后我请大家总结一下自己心仪异性的特征，男生说完"长相"后就找不到什么词语了，倒是几个女生帮助他们想了几个词语。女生呢，明显成熟多了，用了"成熟、稳重、帅气、有经济基础、有责任心、有担当"等一长串的词，这其实反映出高中阶段男生和女生成熟度的差异。然后结合各种实例，分析中学生恋情的是与非，要求个别同学分析自己最真实的看法和想法。说到个别同学沉溺感情、荒废学业甚至在公开场合的不恰当甚至不雅行为时，估计我的语气有些生硬，孩子们都在低头沉思。但相信这些懂事的孩子会明白我的苦心，理智地对待爱情这个美好但对他们明显过早的感情吧。

　　防和堵不是对待中学生恋爱的最好方式，帮助孩子们思考这些问题、结合实情剖析自己的想法和做法，然后做出符合自身利益最大化的决定可能是一条比较可行的路子。希望爱情成为这些孩子一生追逐梦想的助推剂，而不是累赘！

四班日记 13　　　　2017 年 9 月 12 日　星期二　晴

"醒悟"是这两周我听到的最美词语

　　昨晚自习结束后与两个孩子聊天，其中一个孩子谈到以往的荒唐岁月，很是羞愧，并表示现在自己已经醒悟，要好好做点事了。"醒悟"，多么恰当的一个词语，这是与孩子们接触两周来我从他们嘴里听到的最美词语，因为它象征着一个人特别是一个走出青春迷茫期的中学生最真实的内心独白，预示着这个孩子将以全新面貌对待自己的学习、生活和人生！就拿这个孩子来说吧，国旗班的旗手，学校的风云人物，高大帅气、多才多艺、外向活跃、为人仗义，在智商和情商方面都受到师生们的高度评价，很多老师都认为凭他的条件在成绩方面进入全年级前列不是难事。但在本周之前，他的心思明显没有放在学习上，上我的课都会打瞌睡，并在生活习惯上存在严重问题。比较他在公众场合和平时的表现，我其实看到了一个青春期孩子内心的撕裂与冲突：灵魂与肉体、自制与上瘾、学业与感情、梦想与现实。可以想象，有多少个夜晚他辗转反侧、难以入眠，在煎熬中等待黎明的到来。可喜的是上周他向我承诺改变，虽然这周又出了问题，但我仍然选择相信他，因为希望改变、渴求进步是他的本意，拖累他的是人性中消极的一些东西，比如痴、贪、惰等。

　　我明确告诉他，老师无法保证从外部实现他的改变，因为他已经醒悟，应该把改变的重担压在自己身上。不过老师可以帮助他，比如提供改变的方法和工具，最好的办法就是写日记。与他同行的另一个孩子，四班班长，已经给他做了非常好的示范。昨晚看了班长郭浩的周记，他总结了自己狗血的过去，并立志改变去追逐梦想，方法就是通过日记不断提醒自己，总结成功经验，规避失利教训。希望这个孩子借鉴班长的做法，每天总结，时时自查，从细微做起，从些许改变开始，一点一滴地进步，围绕自己的正当兴趣，潜心自己的音乐专业，为未来夯实基础。老师和家长会拭目以待，适时出手支持，陪伴他一步步改变，见证他一点点进步，直到他在醒悟的意识基础上实现行动的真正"醒悟"！

四班日记14　　　　　2017年9月12日　星期二　晴

"和为贵"是解决冲突的指导思想

　　昨晚熄灯后，四班一个男生寝室因无故锁门与前来检查纪律的老师发生言语冲突。今天我向这几个孩子了解情况时，他们还愤愤不平，觉得自己有道理，当然对锁门他们有自己的解释，至于冲突他们觉得是在争取相互尊重。但放到学校整个纪律要求的大背景下，教官恪守职责、严格要求其实也很有必要。两方情况都了解后，听取生活老师的建议后，我要求这几个孩子写份情况说明给教官，主动从自身找原因，然后大事化小小事化了。看得出他们还是不服气，不过还是写了份材料给教官。面对冲突，"和为贵"是解决问题的指导思想，这些荷尔蒙分泌旺盛的孩子目前很难理解这个道理，但我相信时间和经历会很快教会他们如何正确处理人际冲突！

四班日记15　　　　　2017年9月13日　星期三　晴

办法总比问题多

　　日记《"醒悟"是这两周我听到的最美词语》今天上午我发到家长群里，部分家长很有感悟地谈到亲子交流的困难。特别是日记中孩子的妈妈给我写了很长一段话，回顾了孩子的成长历程，很心疼孩子目前面临的心理煎熬，更疑惑孩子巨大变化的缘由。今天上午与这个孩子聊了几分钟，他觉得专业老师对他目前状态的评价比较符合实际，也愿意迎头赶上，但问题是时间紧、压力大、问题多，更大的困惑是不知道怎么控制自己、督促自己。我建议他把自己学习生活中面临的问题梳理下，写在纸上明天一早交给我。然后在周末我会邀请他父母到学校一趟，与专业课老师、年级组组长一起"会诊"，帮助他想办法、解决问题。这个孩子开始一听到请父母到学校，马上拒绝，以为是我要向他父母告状，明白我的用意后，他欣然同意。

我一直坚信：办法总比困难多！所有孩子在成长过程中，或多或少都会遇到这样那样的问题和困难，师长的职责就是帮助他们想办法。比找办法更棘手的是孩子是否信任师长，是否愿意配合成人进行改变，是否相信未来的光明而主动更新自己。十多岁的孩子难免犯错，他们忌讳师长盛气凌人的指责，但渴求理解，特别是解决问题的办法。我们须对症下药，找出切实可行的办法协助孩子们吐故纳新，再造他们的思想，协助他们通过行动达成目标！

四班日记16　　　2017年9月14日　　星期四　　晴转阴

功夫再高，也怕菜刀

昨天中午姜鸿飞写好情况说明后让谷启扬上交给教官，估计姜鸿飞性格相对急躁，觉得还是性情相对温和的谷启扬面对教官安全些吧，从这个小细节看得出孩子们还是很注重人际交往技巧。教官毕竟是教官，他们看了这份材料后，主动到寝室找孩子们交流，并承认他们的言语也存在问题。看似剑拔弩张的情形就这样消弭无形，哪里需要其他人插手呢？之所以建议孩子们"和为贵"，主要因为这是快速、利益最大化处理冲突的指导思想。更何况"冤冤相报何时了"，"冤家宜解不易结"，更可怕的是那种以强凌弱之人，自以为牛气，但常常反受其害，因为"功夫再高，也怕菜刀"！

我的一个高中同学就是这样倒下的，记得当年他练习举重，肌肉发达、脾气暴躁，在球场上动作出格，属于大家不太欢迎的人，当然他的自我感觉一定不错。十多年前他三十岁左右，为自己亲戚家的一个小孩出头教训另一个十多岁的小孩，结果被这个不知轻重的孩子用菜刀砍死。说老实话，听到这个不幸的消息时我没感到多意外，信奉暴力的人易被暴力反噬，这是条颠扑不破的真理。希望四班孩子坚持用非暴力思想处理人际冲突、避免悲剧发生。当然，"和为贵"并不意味着懦弱胆怯，而是要养成正确的处事方式，个人认为"不惹事、不怕事"是比较好的习惯。专注做自己认为有价值有意义的事情，学会控制情绪，杜绝无事生非。另一方面，遇到事情时要头脑清醒，敢于面对挑衅，并理智解决。当然遇到那种连自己的命都不在乎的人，还是趁早躲避三舍为妙，没有必要与之周旋。网上有句话说得好：读书是为了心平气和地与他说话，健身是为了他心平气和地与你说话。建议四班的孩子多读书、多运动，把时间、精力用到有趣、有聊、有用的事情上，提升学识与修养，追求更圆满的人生！

四班日记17　2017年9月15日　星期五　晴

拿什么拯救你的脆弱，孩子

　　今天四班有好几个孩子请假，有的是走路被撞伤，有的是感冒，有的是腰扭了，这些还可以理解。离谱的是有孩子昨天体育训练肌肉酸软，今天下午前两节也请假待在寝室，这就过分了，关键是下午的篮球赛他又满血复活，大战酣战，只能说 I 服了 YOU。晚上遇到这个孩子我很严厉地批评了他，当然这个孩子本身很优秀也很懂事，他可能自己觉得不好意思，虚心接受了批评。

　　从这些事情中我看到了部分孩子身上的脆弱，首先是身体，或许是饮食不当，或许是欠缺锻炼，班上有些孩子的身体素质让人堪忧。所以这周要求所有孩子每顿到食堂吃饭，也许食堂的饭菜没有家里那么可口，但它是有营养的，看到喜欢吃方便面的孩子那单薄的身板，我很无语。幸好这周一些孩子认识到这个问题的严重性，尽量按时到食堂就餐，或者带来自热饭。锻炼才是要事，这周有几天我六点多赶到操场，督促大家早起晨跑，课间操也陪着大家跑步，督促孩子们养成运动锻炼的好习惯，用健康的身体应付紧张的学习生活。其实有些孩子很重视身体锻炼，前天晚上保斯然还找到我学习拉伸方法与技巧。身体素质较好的同学我建议他们要避免运动损伤，类似郭浩前两天腰受伤的事情要尽量避免。同时也有意识地与他们切磋一些高难度但高效的健身动作，比如有天在寝室里演示了四肢腾空俯卧撑、腾空摸膝俯卧撑、远距指卧撑等难度较大的动作，鼓励他们挑战身体极限，增强身体素质。

高贵善良·坚毅独立

  但我更担心部分孩子心理上的脆弱，身体的一点点酸软有什么呢，完全不值一提，哪里需要卧床休息！还有的孩子一遇到情感上的问题就情绪低落、颓废消极，丧失学习兴趣，做什么事情都提不起精神。当然我很感谢这些孩子对我的信任，感谢他们告诉我一些个人隐私。但我仍然要对这些孩子说：风雨中这些痛算什么，擦干泪不要怕，至少我们还有梦。（郑智化《水手》）都是有梦想有追求的孩子，不要被这些细枝末节的小问题所干扰，打起精神，强大内心，挑战自己，直面问题，克服困难。

  没有什么人可以拯救你的脆弱，孩子，除了你的强大、梦想与坚韧！！！

四班日记18   2017年9月16日 星期六 晴

可敬四班父母心

  这两天见到了四班很多孩子的父母，有的妈妈因为孩子感冒连续几天到校接孩子治疗，有的妈妈出差之际也要担心生病寄居亲戚家的孩子，有的妈妈因为孩子固执己见周末缺课两天外出补课而焦虑，有的妈妈为了兼顾周末外出补课与学校补课想尽办法，有的父母为了帮助孩子痛改前非到校与老师商量对策。在与他们的接触交流中，可以看出所有家长为了孩子的发展与进步，都是不辞辛劳、车马劳顿、呕心沥血，但也因为孩子成长过程中存在的问题而伤神头疼。从他们身上我看到中国大部分父母对孩子的拳拳之心、殷切希望，敬佩之余，深感欣慰：四班孩子有这么关心、爱护他们的父母，何愁家校合作、何愁孩子们的未来呢？

  在交流中也谈到很多孩子的个性，特别是前几年叛逆期的亲子关系。反过来想，孩子们在该叛逆的时候叛逆也不是坏事，渴望独立、疏远父母是成长过程中的自然心理状态，问题的关键是父母和老师如何引导孩子顺利度过青春叛逆期。在与孩子们的交流中，发现他们其实很理解父母，也愿意通过努力考上大学让父母家人开心。现在的问题是很多孩子感觉欠账太多，能否赶上他们心里没底。送孩子们彭端淑《为学》里的一段话：天下事有难易乎？为之，则难者亦易矣；不为，则易者亦难矣。人之为学有难易乎？学之，则难者亦易矣；不学，则易者亦难矣。难易与他人无关，仅在于自己"为不为、学不学"。学了你不一定考上好大学，但不学你绝对考不上好大学，道理就这么简单！哪里有必要去考虑学不学的问题，而是要思考怎么学、怎么配合老师高效学习的问题。举个昨天的例子，陈自立下午上我的课时犯困开头几道题乱做，不忍直视，但在我的提醒下打起精神，最后达到百分之八十的准确率，把全班同学吓一跳。只要愿意投入，学习不是小菜一碟吗？现在很多孩子的关键问题是能投入多少多久、遇到困难如何为自己打气。家长与老师须密切配合，在家里要与孩子们多交流，为他们宽心而不只是讲大道理，在学校老师须提供学法指导、精神激励而非一味指责。

　　有全力配合的父母，有迎头追赶的孩子，有不吝付出的老师，所以请相信四班的未来，请相信孩子们的未来！

四班日记 19　　　　2017 年 9 月 17 日　星期天　晴

早起的鸟儿有虫吃

　　这周由于时间安排紧，无法痛痛快快地锻炼，今天早上是个好机会，七点前我到学校操场跑步。微风划过皮肤，汗水滑过脸庞，音乐回荡在耳边，这熟悉的感觉让人沉醉。一班有几个孩子已经在慢跑，一会儿四班的陆昊彤、李博、保斯然也早起开始锻炼，这些孩子的自觉性让人欣慰。七点半左右发现篮球队的孩子都在做仰卧起坐，我向他们推荐了几种效果比较好的腹肌训练方式，希望对他们有帮助。快结束时班上更多的孩子到操场，请郭浩展示了几个高难度的俯卧撑动作，这孩子的身体素质不错，其他孩子要向他看齐。

　　早起是个好习惯，特别是对学生来说。我现在还记得高中时学校六点半打铃，我和几个朋友一般都是六点就起来跑步。他们大部分是体育生，但个人觉得锻炼并不是体育生的专利，只要你愿意，每个人都可以早起锻炼，增强身体素质。早起更大的价值不在于身体，而在于我们的精神状态。坚持早起的人一般都有良好的作息规律，能做到早睡早起。作息有规律则精力充沛，才有良好的状态面对学习和工作，这样利于成才成功。我们高中几个朋友从偏远落后的川北走出来，现在也算事业有成、家庭幸福，这与他们的智商、情商和努力程度有关，但我觉得与他们坚持早起也大有关联。目前四班有些孩子晚睡效果不佳，早上起床困难，白天睡眼蒙眬，学习状态堪忧。我建议：晚上熄灯前完成洗漱，熄灯后躺在床上回顾一天的学习，想想每科今天学了哪些新知识，自己掌握了多少，还有哪些没有理解，第二天预习任务有哪些等。全身心投入学习，不放过每个时间点去学习，自然安心入睡，方能精神饱满地早起、投入新的战斗。

常言道：早起的鸟儿有虫吃。这句话可能绝对，但可以确定的是，晚起的鸟儿绝对没虫吃！希望四班所有孩子养成良好的作息习惯，早睡早起，身体棒棒，吃饭香香，学业有成，心情舒畅！

四班日记20　　　　2017年9月18日　星期一　晴

勿忘国耻须从小事做起

今天上午升旗仪式中途，正好赶上昆明市纪念"九一八"警报拉响，全校学生肃立，四班的孩子与我一道在警报声中接受了"勿忘国耻　爱我中华"的爱国主义教育。作为多年的政治老师，我还认为爱国应该也从自身做好、从小事做起。就此教育对四班的孩子而言，以下几件小事十分重要。

一是好好吃饭。客观地说，从上周开始学校食堂饭菜有很大改观，特别是周末两天不知道什么原因饭菜非常可口。当然如果只是一味追求美味忽略营养，再好吃的饭菜也难以下咽。在我看来，营养健康应该是饭菜的第一标准，美味可口只能处于次位。"消灭它"是我们面对饭菜的第一念头，抱怨其实没用，因为食堂饭菜总强过方便面吧。我从不奢求四班孩子用白开水煮鸡胸脯肉，但如果你渴求健康的话，应该尽量均衡饮食，补充必要的蛋白质、碳水化合物和脂肪，而不被饼干、方便面之类的垃圾食品所诱惑，伤害很脆弱的身体。

二是天天运动。运动是人类的天性，毫无神秘可言，特别是对孩子来说，运动本身是好事。但要规律作息、坚持不懈却不容易。对四班孩子来说，好些孩子已经养成了良好的运动习惯，应该向他们学习，一有时间就活动活动筋骨，提升自己的精气神！

第三是按时睡觉。关于睡觉我昨天已经给出了建议，道理很简单，落实却不容易，因为那需要毅力和自控力。高质量的睡眠是我们精神百倍学习生活的基础，没有人能强迫你睡好，除非你愿意！

第四是沉溺学习。学习不只是读书那么简单，学习应该是我们的一种习惯、一种品行、一种欲望。本来已经在学校了，如果还把学习看成苦差事，那学校生活还有什么盼头呢。与其如此，倒不如把学习看成一件乐事，思路决定出路，说不定最初强迫自己的学习会很快变成一种享受，收获的将不只是考大学这样的要求，而是一种人生新高度！

四班日记 21　　　　2017 年 9 月 19 日　　星期二　　晴

学艺体是条好路子

今天下午是艺体专业课，李泽荣和刘希仁决定去学习美术，其实他们有美术功底，走这条路不失为升学良方。尽管这几年艺体升学比前些年要困难些，但对四班的一些孩子来说，学习艺体更容易考上比较优质的高校，从这个角度讲，我很支持这两个孩子的决定。现在全班只有三个孩子没有选择艺体专业了，虽然我很尊重他们的个人意见，但就他们的未来发展来说，我倒希望他们考虑下。

有一技之长最大的好处是可以激发孩子们的自信心，让他们有更多机会展示自己。就拿这周的班级文化建设来说吧，张蜀昊、田路宁和王纳充分发挥专业优势，商量设计了教室后壁黑板的图文。整个班级文化建设都是在班委领导下完成的，很轻易就可以发现学音乐、美术和体育的影子，充分展现了孩子们的创造力和想象力。为了下周的迎新会演，其他班都只报了两个节目，四班报了四个节目，孩子们利用晚餐后短暂的时间认真排练，看来孩子们对自己的专长有兴趣、有信心。郭浩与潘禹辰还设法完成了班歌的填词谱曲，非常了不起！

说实话我不太担心孩子们的专业课,还有一年半的时间进行训练,没有什么意外的话应该都可以过。最大的问题还是在文化课上,四班的学习氛围还不够浓厚,很多孩子的心思还没有完全放到学习上来。计划本月底与四班的所有任课老师商量下,针对这二十多个孩子不同的情况制定相应的个人学习计划,培优补偏,强化薄弱学科的学习,加强学法指导,提高每个孩子的学习效率。这个任务很艰巨,希望孩子们和家长配合!

　　总之,学艺体要坚持"两条腿走路",专业课和文化课都很重要,偏废哪一个都难以达成目标。从另一个角度讲,这其实也在考验孩子们,能把这样复杂的事情做好,本身就能体现孩子们的个人素质。希望四班所有孩子"两手都要抓,两手都要硬",把学习成绩和专业成绩全提起来!

四班日记22　　　　2017年9月20日　星期三　晴

知错能改　　善莫大焉

　　上午学校宣布前三周学生违纪处理决定,四班有几个孩子榜上有名,主要涉及违规使用手机和不良生活习惯。关于手机问题学校是三令五申,禁止学生在校期间持有手机,这个规定很有必要,希望孩子们和家长理解支持。个别孩子对今天的处罚决定有异议,经过老师的耐心解释最终想明白了,主动承认了错误并保证改正,并能向老师说"谢谢",这个态度让人称道!

　　每个人在成长过程中不可避免会出现这样那样的问题,犯错也是孩子学习的一种途径,要求孩子从不犯错是强人所难。但有两个问题必须要厘清,一是不能犯原则性错误,高二的孩子了,应该知道哪些事情是底线,绝对不能突破,比如暴力犯罪等。特别提醒四班孩子的是,对待同学特别是经常接触的同班同学,绝不能因为妒忌或者单纯看不惯别人,就侮辱攻击别人某一方面的短处,特别是身材、容貌等。这点能反映出个人的修养和家教,突破这个底线在哪个地方都是大忌,相信四班孩子都是有教养的人!二是犯错后的态度问题:积极改正还是蒙混过关。就这次犯错的孩子,大多其实已经认识到问题的严重性,并配合老师积极改正错误,特别是不良生活习惯,期待他们在短时间内取得明显成效！

知错能改，善莫大焉！虽然不乐意看到这几个孩子被处分，但反过来想，学校的做法对这些孩子来说可能是好事，提醒他们正视自身存在的问题，并采取切实可行的方法解决问题，比如说戒网瘾、戒烟等。希望这些孩子明白学校的苦心，更希望四班的孩子引以为戒，尽量避免犯一些没有必要的错误，安心学习，心无旁骛，朝着既定目标坚定地前进！

四班日记23　　　2017年9月21日　星期四　雨转晴

善取舍者成其事

为了下周的迎新会演，四班的孩子也是拼了，学业负担本来就重，还要专业课学习，所以每天孩子们都如同打仗一般。今天中午保斯然打电话，要求利用午睡时间练舞，我肯定了他们寝室的拼劲，但强调了学校的纪律要求，说明了学校禁止大家中午做与午睡无关事情的必要性，这孩子很懂事，表示理解并在挂手机前说"谢谢"，多么有教养的孩子！为他及其父母点赞！陆昊彤就更明智了，因为篮球训练与练舞相冲突，主动要求退出舞蹈表演。这说明他清醒地认识到自己时间的紧张，并知道孰轻孰重，主动选择了紧急重要的事情，为他点赞！

人的一生短暂，但想做的事情却太多，这一无法解决的矛盾要求我们必须有所取舍。我们取了这样，就必然舍掉那样，"鱼和熊掌不可兼得"。练舞就要舍掉午睡、旷课就要舍掉上课、睡懒觉就要舍掉早起的神清气爽、烟酒就要舍掉健康等。对四班的孩子来说，每做一个决定都要三思，然后在正确的道路上走得更远！

四班日记 24　　　2017 年 9 月 23 日　星期六　晴

唐老师来信 3

同学们：

　　周末愉快！

　　昨天回家有美食佳肴、家人陪伴，一定很开心吧！昨天晚上想来都美美地睡了一觉，理解理解，因为我今天也起晚了，六点过才起床，听书、徒手健身和跑步后就八点了，不得不感叹时光飞逝的无情。早饭后陪家人到斗南湿地公园去玩，与我的孩子下棋、踢球、瞎逛，蓝天白云、清风拂面，不由得感叹生活在昆明真幸福！利用空闲时间我继续看《活出生命的意义》，有着鸡汤文书名的这本书是奥地利心理学家维克多·弗兰克在七十多年前的作品，离奇的是他刚刚从纳粹集中营出来花了九天时间就完成了这本书的撰写。到目前为止，这部作品销售已达 1200 万册，被翻译成 24 种语言。该书探讨的是人在类似集中营这样极端的环境中心理上的变化和适应，并开创了意义疗法这一风靡世界的心理治疗方法。作者告诉我们，在极端环境中人愿意活下来的原因在于找到生命的意义。仔细一想，其实任何人都是因为找到了生命的意义才积极生活下来的。人如果没有找到生命的依托，就会活得枯萎、萎靡，容易沉溺于无聊事情，严重的甚至会自残或者自杀。

　　那么同学们，你们生命的意义何在呢？对世界的好奇心、对专业的爱好、对爱情的渴求、对未来的憧憬，还是对家人的责任？具体是什么可能并不重要，重要的是你必须找到自身生命的意义，并为之而奋斗、努力、拼搏，从中挖掘生命的乐趣、找到生命的依托。这点真的很重要！四川师范大学附属昆明实验学校（天娇校区）不是天堂，如果你觉得这里食物无味、学业繁重、生活无聊，我非常理解，但与维克多·弗兰克在集中营中的生活相比，一定要好一些吧。如果你真的觉得学校与集中营差不多，那就向维克多·弗兰克学习，努力探寻生命的意义，找到苦难生活中的精神支柱，支撑着自己走过这一两年。记得开学第一课让大家给十年后的自己写信，就是希望大家心中有所期盼、有所希冀、有所追求。如果有人还没有想明白自己生命的意义何在，请再次想想十年后的自己会干什么、会对现在的自己有什么要求。建议大家每周给十年后的自己写封信，总结这一周的成败得失，归纳一下本周为十年后成为更好自己做了些什么，还有哪些方面做得不够。坚持十年，你的人生将会开挂，这一点，唐老师可以向你保证！

  同学们，在这个平静的深夜，希望生命的意义这个玄乎且重要的话题让你睡个好觉！

愿意与你们一起探讨生命意义的唐老师

2017 年 9 月 23 日

四班日记 25　　　2017 年 9 月 25 日　星期一　晴

校长来了，大家读大声点

  早自习在教室里，孩子们在廖老师的带领下读英语，学生会负责纪律检查的车婧睿风一般冲到教室门口，对大家喊：校长来了，大家读大声点！说完掉头就跑了，她为了让四班在领导眼中留下好印象也是拼了。别说，她的一声吼还真有效果，感觉孩子们的声音高了几度。

  从这件事能看出四班孩子强烈的集体荣誉感，能看到他们渴求被认可的内心需求，从这个角度讲应该表扬所有的孩子。但从另外一个角度看，这件事也暴露出孩子们面对学习的真实心态：为了校长或者家长老师外在的评价去读书，而少了些自我学习的驱动力！这两者都是驱使孩子们投入学习的动力，但前者明显缺乏持续性，而内驱力却可以保证孩子们长久地投入学习！希望四班孩子能客观辩证地看待这两个学习驱动力，着重培养自我学习的内驱力，主动积极地对待学习，提高学习效率，凸显学习效果，取得优异的成绩。希望孩子们每天进入教室后心中都在默念：为了梦想、为了未来，我要读大声点！

四班日记 26　　　　2017 年 9 月 25 日　　星期一　　晴

祝生日贺中秋，四班一家亲

　　下午利用体育课时间，全班集中唱起了生日快乐歌，祝贺李博同学十七岁生日快乐。李博这小伙子热情大方、为人真诚、自立自强、做事认真，是个有教养、有追求的孩子，在四班人缘颇好，值得所有孩子效仿和学习。我也在他的周记中送上了祝福，希望他继续这么优秀，成为更有出息的人！四班类似李博这样的孩子还有很多，包括以李蝶、束思雨等孩子为代表的女生也都很优秀，期待他们（她们）出色的明天！感谢田路宁妈妈为四班孩子准备的月饼，孩子们提前过了个中秋节，二十四个孩子都品尝了香甜可口的月饼，希望四班的所有孩子都记得这个难得的生日聚会和这个有趣的中秋集会，像一家人那样在天骄度过幸福快乐的校园时光！

四班日记 27　　　　2017 年 9 月 26 日　　星期二　　晴

手机上瘾怎么办

　　上午去看了一下孩子们的上课情况，整体感觉不错，绝大部分的孩子都在认真听课、积极与老师互动。遗憾的是有的孩子乘老师不注意，拿出手机在玩，看她一边假装与老师配合，一边忙着玩手机，好气又好笑。别看有的孩子平时说话头头是道、做事有模有样，但在这些严重违反纪律的事情上也挺有胆的，颠覆了她在我心中的部分印象。课后问起这件事，态度还行，找了个破手机、写了份检讨来交差。这件事引发我思考：现在很多孩子手机上瘾，怎么办？如果说假期在家适度玩玩手机倒也无可厚非，但很多孩子想尽办法把手机带到学校，与老师斗智斗勇，千方百计找时间玩手机。有时想想，如果这些孩子对学习也像对手机那么痴迷，什么大学考不上呢？无节制地玩手机影响了他们（她们）的休息，导致身心健康出问题，对学习造成的影响更是惨重，让人唏嘘不已。

现在中学生过度使用手机成为一个普遍的教育问题，如何消除这种不良影响呢？个人认为可从以下三点来解决：一是营造合理使用手机的家庭氛围，建议家长在孩子面前除非必要，尽量少用手机，多花时间陪孩子读书、运动、娱乐，勿让手机成为亲子交流的障碍；二是老师加强理想信念教育，培养孩子们的学习兴趣，鼓励孩子把精力花到学习和运动等有意义的事情上；三是孩子们培养自控力，想明白自己的主业，想明白梦想与现实的距离，知道哪些事情该做、哪些事情不该做。高二的孩子了，已具备基本的是非辨别能力，应该为自己的行为和前途负责。老师和家长永远都是外因，如果孩子们缺乏责任心、缺乏对自己梦想的强烈渴望，老师和家长的努力都是白搭。四班大多数孩子都在为梦想而努力，希望大家想明白这些简单道理，保持目前良好的学习状态，杜绝在学校使用手机，成为自律、自控、明智的四班人！

四班日记28　　　2017年9月27日　星期三　晴

如何有效交流

昨晚四班两个男生差点打起来，其实也没有什么大事，无非是一个脾气暴躁，一个说话不中听。平日很要好的哥们也会因为沟通不爽翻脸，这促使我们思考一个问题：怎样高效愉快地与人交流？语言是人际交流的主要媒介，仔细分析我们平时与人说的话，可将之分为两类：事实陈述和情绪宣泄。客观公正固然很难，但本着解决问题的态度与人交流，事实陈述占的比重应该多些。但有些人与人说话，主要是为了宣泄情绪，他们大多以自我为中心，心智与幼童无异。分析周围的人，不难发现这两种人的存在。第一类人容易与人相处，而第二种人则容易与人发生冲突。我开学初就很遗憾地发现班上有几个孩子是第二种人，一直很想与他们聊聊都没有找到机会，希望他们从昨晚的事情中接受教训，养成遇事心平气和的习惯，从而与人愉快交流！当然，易怒不是个好习惯，遇到不中听的话要理性对待，真正的朋友要帮助他认识到问题和错误，而不是用暴力去解决问题，因为暴力大多只会让情况恶化而非解决问题！

四班日记29　　　　2017年9月28日　星期五　晴

危难见真情

下午正在上课，班上一个女生感觉难受，赶忙让另一个女生扶她回宿舍。但病情比较严重，这个孩子蹲在地上站不起来，一个男生主动背着她往校门口走，班长连忙找车。联系家长后，我继续上课，并在中途几次与他们联系了解情况。所幸没有大碍，晚上这些孩子平安回到学校，让人松了口气。面对这些突发情况，四班孩子沉着冷静，合理分工，值得赞扬。同学特别是高中同学在我们的人生中有着特殊的含义，很多同学会成为一辈子的朋友，同学情谊长留心间。希望四班的孩子珍藏这份难得的同学情，互助互利，阔步行走在人生道路上！

四班日记30　　　　2017年9月29日　星期五　晴

准备演出的利与弊

这周为了准备迎新演出，四班的孩子们都忙坏了，练习、服装准备、彩排等花费了大量时间与精力。四班准备了四五个节目，虽然大部分排练是在课外完成的，但还是会影响到孩子们的休息与学习。我很支持孩子们积极主动参与到学校活动中去，其好处明显：一是可以展示大家的学习情况，作为艺体生，定时向学校、老师、家长、同学汇报学习成果应该是分内之事；二是可以培养大家的参与意识和集体协作能力，很多节目都是几个人合作的结果，孩子们在排练过程中不仅增进了友谊，更可以培养合作能力；三是大家能从中明白很多道理，昨天晚上陈自立为了节目能被选上，非常认真地在彩排现场练习，其认真努力程度前所未见，与平时课堂上的样子判若两人，有同学开玩笑说他学习有这个劲头的十分之一，肯定可以考个好大学，完全赞同！

当然准备演出的这段时间也暴露出诸多问题，比如生活无规律、吃饭难以保证，休息时间用于练习造成一些孩子上课无精神，为了彩排牺牲了部分孩子的上课时间等。感觉有的孩子觉得演出才是大事，学习成了无关轻重的小事，他们会激情澎湃地投身于演出准备中，却在上课时无精打采。说明很多孩子还是没有认识到课堂学习才是他们的主业，是他们到学校来的根本原因。当然演出也很重要，但孩子们必须明白学习才是主旋律！

这周属于特殊情况，马上就国庆长假，希望10月8日到校后，孩子们把所有的心思放到学习上，全身心准备月考。力争第一次月考考出好成绩。放假期间有如下建议：一是合理安排时间、劳逸结合，建议上午完成作业和学习，下午自由安排，作业较多，必须完成，10月8日收假检查；二是正常娱乐，不要沉溺于网游等伤害身心的事情上，建议多与父母商量每日活动安排；三是注意安全，与朋友同学聚会时要多与父母电话联系，建议就近游玩，不到外地旅游！

最后，祝四班的孩子和家长国庆快乐、中秋吉祥！

四班日记31　　　　2017年10月8日　星期天　晴

唐老师来信4

同学们：

返校快乐！

八天的假期结束了，这一周多的时间大家怎么度过的呢？该玩的时候应该尽情玩，该完成的作业应该也完成了吧？希望今天晚上的作业检查大家不用犯愁。这周我一直在总结整个九月份四班的表现，以下观点不一定如大家所愿，如有不满，欢迎吐槽！

九月份四班孩子忙乱、躁动同时又充实有收获。开学的新鲜劲还没过，迎新汇演就吸引了大家的注意力，全班同学都在为之而努力并取得了第一名的佳绩。这个成绩的取得不只是几个领舞、领唱同学的功劳，而是全班同学精心准备、通力合作的结果。祝贺四班、祝贺大家！你们用实际行动证明了自己的优秀，说明只要你们愿意就可以达成任何目标！当然，很多同学的心思都花在这些有趣的事情上，用在学习上的精力和时间有限。就是在这样的大环境下，我欣喜地看到班上有一部分同学专心于学习，特别是以束思雨、李蝶、保斯然、李博、郭浩、谢军、张蜀异、胡婷婷、王邦等为代表的很多同学主动与老师配合，每天按时上课、专心听讲、高质量完成作业，你们的懂事、努力值得大家学习。还有部分同学主动面对自身成长中的问题，积极改进、不断进步，特别是潘禹辰、陈自立、李泽荣、姜鸿飞等同学取得了不小的进步，当然他们还有很大的上升空间，期待他们走得更稳更远。有同学在艺体专业上潜心钻研，学有所成，如田路宁、张蜀异、王纳、车婧睿、潘禹辰、谷启扬等同学；有的同学虽然本期才开始学习艺体专业，如刘漾赟、王克荣、刘希仁等，但钻劲很足，认真对待每次专业课，进步明显。当然我也很遗憾地发现有同学心思花在一些莫名其妙的事情上，耽搁学习，让人担忧。希望这些同学以学业为重，做这个年龄阶段该做的事情，勿为感情所困、勿为手机所困，做一个身心健康、阳光大方、力争上游的高中生！

　　挥一挥衣袖告别九月，让我们满怀激情地步入十月。马上就是高二的第一次月考了，如何取得优异的成绩是大家要思考的首要问题。行动起来，拿出准备迎新会演的劲头，还有什么困难不能解决呢？在大家把重心转到学习中来的关键时期，我有如下建议：一是严格纪律要求，大家要按时作息，每天课前三分钟进教室准备上课，勿迟到早退，杜绝旷课；二是端正学习态度，课前主动预习，上课认真听讲，课后完成作业并及时复习，只要你愿意，无论何时何地你都可以投入学习；三是坚持"两手抓、两手都要硬"，专业课和文化课不偏废，就大家目前的实际情况来看，文化课应该更重要，每堂课、每次作业、每次考试都很重要。希望大家把心思花在学习上，找到学习感觉，找到适合自己的学习方法，事半功倍，高效学习！

愿意陪着你们体会学习甘苦的唐老师
2017 年 10 月 8 日

四班日记32　　　2017年10月9日　星期一　晴

扫地包治百病

九月份有属于四班孩子的辉煌，但也出现诸多问题，如少数孩子纪律意识淡薄、迟到问题严重，卫生打扫尚可但保持效果不佳，不时会在地板上发现纸屑，部分孩子故意拖延、作业完成不理想等。这些问题的存在是有部分孩子学习态度不端正、习惯不良的原因，但主要原因在于我这个班主任。所有的孩子在我看来都是有梦想、有尊严、有追求、有原则、有教养的人，我坚信大家能自我管理、自我发展，所以放手让孩子们自己去管理班级、管理自己。但事实证明有少部分孩子缺乏自我管理意识和能力，在九月份出了不少问题，让人遗憾！

针对这种情况，四班决定在十月份改进班级管理方式，强化纪律、卫生、作业管理，并根据实际情况进行惩罚。以下是《高二（4）班常规管理细则》：

一、教室卫生

打扫时间：晚上十点四十分后或早上七点三十五分之前，中午十二点二十分后，晚上六点五十之前。

日常保持：座位周围有纸屑者（垃圾桶由前排紧邻同学负责），打扫第二天的教室卫生。

负责人：劳动委员

监督人：值日班长

二、文具书本摆放

每人两到三个书柜，保持书柜整洁，桌面有序摆放书本（上课时只能摆放本堂课所需书本）、笔袋，水杯放在课桌桌脚处。

违纪处理：未按照要求者导致班级扣分，打扫第二天的教室卫生。

三、作息纪律

到教室时间：早上七点三十五分之前，中午两点十分之前，晚上六点五十之前。每节课上课铃声响之前必须进教室。

违纪处理：打扫第二天的教室卫生。

负责人：纪律委员

监督人：值日班长

四、作业完成

未完成作业者或不按时上交作业者，打扫第二天的教室卫生。

负责人：学习委员

监督人：班长

今天晚上有三个孩子就因为迟到触及红线，不过他们信守承诺，晚上就开始打扫教室卫生。看来扫地包治百病！希望四班的孩子明白一个简单道理：扫地不是目的，养成良好学习生活习惯才是根本，期待四班孩子在十月份有更精彩的表现！

四班日记33　　　2017年10月10日　星期二　雨

扫地生应先扫心

不出所料，这两天因违反纪律被罚扫地的就那几个孩子，因为每天都要扫地，故得名"扫地生"。虽然就那么几分钟，但他们还是比大多数孩子晚了。很为他们感到遗憾，我一再告诉他们，扫地不是目的，养成按时起床的好习惯才是根本。但这几个孩子总是比其他孩子动作慢点，是他们身体素质有问题吗？非也。看过他们优美舞姿的人就知道他们身体健康、动作敏捷。所以最根本的问题还是在心态上，缺乏生活激情和学习热情才是关键。希望这些孩子能认识到问题，多从自身找原因，摆正学习态度，做到与班上其他孩子同步，按时进教室，摆脱"扫地生"的厄运！

四班日记34　　　　2017年10月11日　星期三　雨

有战斗力的班委

　　利用自习课时间召开班委会，与他们商讨如何带领全班同学准备好月考的问题。总结九月份工作，他们坦诚地指出了诸多问题，并对以后班级管理工作提出了建议。这几个孩子工作主动积极，还特别有想法、有头脑，很有管理天赋。最让人高兴的是李泽荣和陈自立，他们现在的精神状态与开学初比起来变化惊人，自由散漫的作风得以改变，在各方面都有进步，希望他们保持这种进步的态势，追逐积极向上的人生！在交流中他们谈到四班最突出的问题，就是有些孩子觉得基础一般，学习热情不足。面对这个客观现实，我想告诉孩子们的是：日积月累、坚持不懈是王道！每天进步一点点，一两年的积累会让大家取得了不起的成绩。常言说：努力不一定就成功，但放弃绝对会失败！更何况，班上还有一大批孩子专心学习，起了很好的模范带头作用，希望所有孩子向他们看齐，在每天的点滴进步中超越自己！

四班日记35　　　　2017年10月12日　星期四　晴

病号多与天气有关

　　今天又有三个孩子请病假回家，语文课上李老师问起这件事时，班上有孩子说从高一开始，四班就经常有孩子生病请假，不来上课。九月份我就发现了这个严重的问题，很多孩子平时看起来生龙活虎、身强体壮，跳舞时帅气飘逸，但隔几天就生病请假。据我观察，他们一般是肠胃出毛病，常常有人腹泻腹痛，还有几个是运动损伤。仔细分析他们生病的原因，其实与天气没有什么关系，而是与很多孩子的生活习惯密切相关。

　　一是不按时就餐。学校食堂这学期改变很大，饭菜算得上可口了。但很多孩子并没有按时吃饭，而是买方便面和其他零食充饥，而且很多孩子不喜欢喝白开水，喜欢饮料。这样的饮食习惯一般人都受不了，更何况这些身体正在发育的孩子，所以他们肠胃容易出问题。

二是不按时休息。晚上睡觉前东晃西晃，不着边际地闲聊。熄灯后才去洗澡，很多孩子睡眠时间难以得到保证。没休息好不仅影响学习，更导致他们免疫力降低、抵抗力减弱。像陈自立这样看起来强壮的孩子今天早上都感冒爬不起来，更何况身体本来就羸弱的孩子呢。

三是意志不够坚强。一点小感冒、腹痛算什么呢，有些孩子以之为理由，能不上课就不来上课，待在床上发呆。

当然以上主要是在男生中存在，要特别表扬四班的女生，她们很少请假，一般不会无故迟到旷课。有时对四班的个别男生很无语，感觉他们比林妹妹还脆弱，他们的意志力和自制力比女生差远了！给这少部分孩子的建议是：把心用到学习上，合理安排每天的就餐，保证睡眠时间，自然神清气爽、身强体壮，从而远离病痛折磨！

四班日记36　　　2017年10月13日　星期五　晴

人是铁饭是钢

今天几个孩子在学校练舞，其中身体素质最棒的孩子因为下午打篮球没吃晚饭，空腹起舞导致呕吐不止，难受至极。幸好几个同伴陪着，在外面坐了很久才有力气回教室。人是铁饭是钢，不按时就餐后果真的很严重。关于吃饭的问题近段时间本来有所改进，经常吃方便面的孩子在减少，但不良饮食习惯在孩子们中间还是存在，让人痛心！

吃饭看似小事，但反映出一个人的自我管理能力特别是自控力。分析四班的孩子，都很有梦想和追求，与其他普通孩子没有什么区别，但深入他们的日常生活，会发现有些孩子在自我控制方面存在严重问题。上课总要迟到几分钟，吃饭总是挑三拣四，睡觉前难以静心，作业总要别人催才交等。看似简单的小事，缺乏监督却难以独自完成。这直接导致了这些孩子在小事情上浪费了大量时间与精力，从而影响到学习成绩的提升。应该说从本周开始很多孩子已经有了改进，但今天这件事说明问题依然严重，希望四班的孩子认识到做好这些小事情的重要意义，提高自控力！

四班日记37　　　　2017年10月14日　　星期六　　雨转晴

缺课孩子太多让人忧心

今天全班有七个孩子缺课，全部都有正当理由，有的是到外面学习专业课，有的是生病，还有的是家里有事。但班上缺了这么多孩子真的让人很难堪，下午学校领导检查时，我解释起来都觉得脸红。说到专业课的问题，很多孩子担心学校的课时有限，但根据我的经验，艺体孩子高二时还是要把主要精力放在文化课学习上，专业课高三上期要集中培训，一般孩子都可以过线。以往很多艺体孩子最终在文化课上栽跟头，只能读专科，这与他们不重视文化课学习直接相关。这个问题我与很多家长和孩子都交流过，相信他们会做出明智的选择。还有生病问题，其实只要生活习惯好，按时就餐、按时睡觉，一般都没有那么多病可生，但有的孩子在这方面上了一次又一次的当，真为他们感到遗憾！

在学校两周上十二天课，缺课太多对孩子们的学习影响很大，个人建议家长和孩子都要慎重对待这个问题，以免得不偿失！也希望缺课的孩子做好安排，做好补救事宜，力争把缺课的损失降到最低！

四班日记38　　　　2017年10月15日　星期天　晴

十七岁生日快乐

　　今天四班所有孩子为陈自立、车婧睿祝贺生日，班委组织得力、安排得当，整个活动热烈温馨，让人动容！四班孩子送给他们的生日祝词很有意思，不知情的人还以为是社会上的大哥大、大姐大在过生日呢！从他们的言语中，感觉到陈自立高一时在大家眼中就是性子很暴的人，身强体壮、形象吓人，但接触久了就发现他正义感爆棚，为人真诚坦率，现在在大家心目中简直就是小可爱一枚！车婧睿据说更有脾气，虽然没见过，但从孩子们的描述中可以听到以前的风姿。他们给大家共同的感受就是变了，比如王纳说车婧睿都在鼓励她努力学习了，让我忍不住为她鼓掌！陈自立这一个多月变化最大，至少他心中有了方向和目标，愿意去学习、去训练、去努力，这很了不起！

　　所有人的十七岁都值得铭记，四班所有孩子的生日都值得祝贺。生日快乐！每个年龄阶段都有属于自己的精彩，岁月不朽、奋斗不休，在这个美好的岁月，希望大家牢记梦想和追求，摆正心态，奋发图强，用自己的方式证明自己无愧于十七岁，无悔于自己的选择！也希望四班所有的孩子在生日之际都能收到全班同学的祝福，吃到大家送上的蛋糕，在欢声笑语中留存快乐、温馨与友谊！

四班日记39　　　　2017年10月16日　星期一　晴

眼泪的背后

　　昨天周末本来是个开心的日子，但两个人的泪水带给我深思。班上一个孩子以身体不舒服为由回家，然后就以各种理由赖在床上不回学校，把自己锁在房间里玩手机，父母苦口婆心劝告却吃了闭门羹。妈妈的劝告最终变成谴责、呵斥与绝望，与我通电话时泪如雨下。另一个孩子与我聊天时，谈到父亲对自己的批评时眼泪直流，可以看出他内心的愤懑与苦恼。其实他父亲只是想告诉他正确做事，可能方式方法有些粗暴，导致这个孩子决定减少或者杜绝与其交流。妈妈的眼泪代表着无奈、难受甚至绝望，孩子的眼泪代表着委屈、难过甚至怨恨。这反映出哪些问题呢？

　　我想，眼泪背后隐藏着沟通不畅带来的恶劣亲子关系。父母都深爱着孩子，因为孩子是他们生命的延续，是他们每天努力工作的支撑，孩子代表着家庭甚至家族未来的希望和荣耀。孩子也深爱着父母，父母的关注和爱护是孩子安全感的主要来源，从小时候对父母的依恋到懂事后的自觉回振，一般来说孩子都希望得到父母的理解、支持与关爱。但在现实中，强大的社会压力和个体不良情绪特别是固执己见却往往毁了父母孩子之间的亲密关系，特别是在孩子青春期时带来尖锐的亲子对立，让人唏嘘和感慨！解决方案很多，建议家长朋友看看心理学家武志红关于家庭人际关系调整方面的书，对这方面应该有帮助。我想处理亲子关系的核心是在陪伴中助长亲子之间的理解和关爱。我们常说"关系好了什么都没关系，关系不好什么都有关系"，亲子关系其实也一样，如果父母与孩子关系亲密，什么都可以交流，哪里有那么多对立与冲突呢？

　　特别想告诉四班孩子的是，父母不是你的敌人，他们绝对是你们一辈子最忠诚的朋友、后盾和支撑。可能现在与父母之间有误解，但请转变思路，站在父母的角度考虑问题，也许你会容易领会父母的苦心，并在学习生活中慎重行事，做出让父母、自己、老师和其他人都认可的选择！

四班日记40　　　　2017年10月17日　星期二　雨转晴

月考喜忧录

　　这两天月考，孩子们都是全力以赴、认真对待，特别让人欣喜的是考场纪律方面发现了翻天覆地的变化。据说高一每次考试都有些孩子动歪脑筋，千方百计钻空子。从这次考试情况看，整个高二年级的孩子变化明显，四班的孩子也一样。孩子们摆正心态，把考试当成检查自己这段时间学习情况的手段，严肃认真地对待月考。这种心态和思想上的进步要表扬，这说明随着年龄的增长，孩子们的认识在提高，观念在进步，祝贺四班的孩子们！

当然通过月考也可以发现部分孩子的学习状态让人担忧，有些孩子除了选择题，其他主观性试题是下笔沉重、无所适从。说明这些孩子平时努力程度还有待提高，当然这可能也与我九月份要求不严有关，我先做一下自我批评。根据月考呈现出的问题，下一步工作就是帮助孩子们养成良好的学习习惯，掌握科学学习方法，提高学习效率，希望下一次考试四班孩子能够有惊艳的表现！

四班日记41   2017年10月18日   星期三   晴转雨

问成绩的孩子值得表扬

月考分数陆续出来，很多孩子跑到办公室问分数，他们的心情我很理解，给他们点赞！四班大部分孩子都很有上进心，他们一边用心于专业课，另一边也很重视文化课的学习。这种现象反映出他们对未来的向往，并用实际行动追求梦想。可能有些孩子的成绩并不理想，但学习的关键在于坚持。智商高也许在一次两次考试中有优势，但要连续奋斗几年应对高考，积极上进、主动进取、坚持不懈、百折不挠等非智力因素更为重要。希望四班孩子都能关注自己的成绩，不管分数高低，把考试结果当成督促自身进步的推进剂，在下一阶段的学习中积极改进、再接再厉，一步一个脚印，踏踏实实地追求高分！

四班日记 42　　　　2017 年 10 月 19 日　星期四　晴

月考是提升成绩的催化剂

　　今天看到月考成绩，虽然为一些进步较大和成绩平稳的孩子高兴，但更多的是为部分孩子担忧。不劳而获毕竟是概率极低的事情，特别是在学习这件事上更是微乎其微。九月份整个四班的学习状态、学习情况在这次月考中暴露无遗，值得四班所有师生反思的是：我们到学校来的主要目的是什么？我们尽全力去拼搏了吗？我们还有多大的进步空间？等等。而最应该思考的是：我们应该改变些什么去提升学业成绩？根据我的观察，四班孩子的智商绝对没有问题，而且有些孩子天赋极高、智力超常，那么这种天分为什么没有在学习考试中体现出来呢？最重要的原因在于心思没有放那么多在学习上！抱怨饭菜难吃、抱怨学校管理等无助于问题解决，也许醉心于学习可以把我们从这些日常烦恼中解放出来，获得优异成绩的同时还可以锻炼出宠辱不惊、不畏困苦的心态。

　　月考已过，纠结过去没有意义，着眼十一月的期中考试、着眼于高考更有价值！希望四班孩子吸取前一个多月的教训，调整心态，合理安排运动、睡眠和学习的时间，每天进步一点点，在下次考试就会有所改变！

四班日记 43　　　　2017 年 10 月 20 日　星期五　晴

用什么来回报父母

　　今天有孩子家长到学校办理校外住宿手续，因为体育训练感觉身体和睡眠状况不是很好，这个孩子跟父母商量后决定在校外租房。孩子妈妈虽然事务繁忙，但还是决定到学校附近来照顾孩子，让人感动！接受教育是孩子一辈子的大事，特别是在高二高三这个关键点，陪着孩子学习，照顾孩子生活，解决孩子后顾之忧,家长做这些事情是值得的,也一定是有价值的。那么问题也来了:孩子,你打算用什么来回报父母的苦心?

也许父母并不在乎孩子的回报,可有感恩之心的孩子一定会思考这个问题,并体现在实际行动中。因为他们明白,自己并不是附着在父母身上的吸血虫,而是与父母命运与共的合作者。利用父母提供的资源和平台不断发展自己、提升自己,然后回报父母。其实对父母而言,所谓回报父母并非给予多少物质的回馈,而是孩子的健康成长、学业进步和平安顺利。那么四班的孩子,你们打算用什么来回报父母的无私付出呢?有时间请思考这个简单但深邃的问题!

四班日记44　　　2017年10月22日　　星期天　　晴转雨

唐老师来信5

同学们:

返校愉快!

今天我们要探讨的主题是月考总结,为了让部分孩子愉快地度过周末、避免破坏你们与父母的亲密关系,我还是选择了你们返校前写这封信。首先祝贺四班考试成绩优异的孩子,400分以上特别是500分以上的孩子值得祝贺。这是你们平时认真努力的回报,也是"一分耕耘一分收获"的证明,希望你们再接再厉,保持目前良好的学习状态,在以后的学习中取得更大进步。总分处于390至400分的孩子,虽然为你们感到遗憾,但你们稍微加把劲,考个400分不是什么大问题。其他孩子需要看到自己在学习中存在的问题,在以后的学习中查漏补缺,力争下次考试有进步!

结合开学这一个多月大家的学习状态,我个人其实很不满意,虽然主要原因在于我要求不严格,但大家也要反思下自己的学习态度、学习方法和学习热情。学习这件事其实是很个人化的事情,老师教得再好,班里的学习氛围再浓,如果自己没有投入到学习中去,就很难在学业上取得进步。我的建议已经很老套了,大家也都听过了,但为了下次的进步,我还是要啰唆几点:

一是随时问自己为什么要努力学习，为了梦想？为了父母？为了自己？具体原因不重要，但你必须明白自己为什么要待在教室里认认真真地看书学习。动力不足，再好的智商都没用，再好的外部环境都无能为力。当你感到读书很累的时候，请给自己一些鼓励，保证自己随时处于热血沸腾的状态。二是合理安排好每天的吃饭、休息和学习时间，管理好情绪。细节决定成败，班上有些同学在情绪控制上、时间管理上、手机使用上、就餐休息上存在不少问题，白白浪费了大量时间和精力，耽搁了学习。管理不好情绪、吃饭和休息这些事，就很难管理好学习，更不要说人生了。三是全身心投入学习，学校生活精彩无限，有些孩子的脑子不集中，有些孩子的心是慌的，任再精彩的体验也没有学业进步那么让人有成就感和充实感。希望四班孩子能明白这些简单道理，把心思都花到有价值、值得这个年龄阶段去做的事情上，而不是二目无神、头脑空空、虚度时光、一事无成！

结合月考状态和实际情况，所有科任老师在思考如何提高四班孩子的学业成绩，大家从这段时间的学习中应该也有体会。希望大家能明白老师的苦心，积极与老师配合，从改变自身心态出发，培养良好作息习惯，全身心投入学习，争取下一次考试有实质性的进步！

愿意与你们一起改变的唐老师
2017 年 10 月 22 日

四班日记 45　　　2017 年 10 月 23 日　星期一　雨转阴

主动上交手机是一种飞跃

私藏手机一直是个让人头痛的问题，个别孩子采取各种手段在学校私藏手机，除了影响自身学习和休息外，也让其他同学很不满意，导致人际关系疏远。前几周我多次谈到这个问题，并督促孩子们自觉上交手机，保正在校学习的质量。大多数孩子还是很明理的，极少数孩子一直拖着，但我并不想强迫他们，因为让他们自己明白这些道理比从外部强求他们更有利于他们的发展。昨天到校，手机上交情况明显好转，一些困难户突破思想局限，把手机交上来了。首先要祝贺这些孩子，因为他们在提高认识，他们在成长、在进步。他们通过一个多月的比较分析，特别是在月考的冲击和洗礼后明白了学习和生活中的诸多道理；特别是明白了自己肩上担负的责任。而上交手机可以帮助他们卸去不必要的负担，轻装上阵，全身心投入学习，争取下个月中期考试的进步！

　　静候花开并不容易，特别是对心急的老师和家长来说，看到孩子的问题却要按兵不动、慢慢感化可能是种煎熬。但这样可能有助于孩子成长，外因必须通过内因才能起作用，孩子们其实都是理智的、有原则的，但他们需要时间去战胜外界诱惑、战胜自身软弱。事实证明，四班孩子能清醒认识到自身学习和生活中存在的问题，也愿意想办法去克服自身惰性，争取属于自己的荣光。今天下午的班会课上，我与孩子们总结了本次月考情况，他们各自分析了自身在学习中存在的问题与不足，并认真规划了下一阶段学习。我从来都相信孩子们的智商，相信他们的坚持，现在是孩子们实现规划的时候了。希望四班孩子主动挖掘潜能，迸发洪荒之力，合理安排时间和精力，培优补偏，在期中考试中惊艳四方！

四班日记46　　　2017年10月24日　星期二　雨转阴

在教室化妆是什么意思

　　早上到教室去转，发现有女生在化妆，很客气地提醒了她，她还很不在意地回答：化妆有什么问题吗？这种无语的回答让我思考一个常见的教育问题：如何应对高中孩子的化妆问题。关于学生化妆学校其实三令五申地禁止，我以前也不关注这个事情，觉得学生这么忙哪有时间化妆呢？事实证明我的想法大错特错，在其他老师的提醒下我发现化妆的孩子还不少，而且不少还浓妆，让人感觉怪异！是这个时代的审美观变了吗？青春年少的高中女孩子需要用化妆来衬托自己的容貌？结合资料查阅和观察，我估计有这样一些原因：向身边的成熟女性学习，把化妆看成一种生活习惯；用化妆来证明自己与周围素颜女孩子的区别，增加存在感；希望吸引其他人的关注等。虽然这些理由都比较充分，但学校的规定也有其道理，如何引导这些孩子正确处理二者之间的矛盾让人头疼。

　　就我而言，站在健康第一的角度，对四班喜欢化妆的孩子只有一个建议：衡量健康与爱美的关系。说实话四班很多女生的身体素质让人担忧，虽然她们比男生要坚强得多，很多时候能带病坚持上课，但还是经常出现这里不舒服、那里难受的情况。按照我常年健身的经验，运动锻炼是这个世界上最好的化妆品！可惜很多人特别是四班的女孩子并没有意识到这个问题。这个问题怎么办，实在伤脑筋，希望得到大家的帮助！

四班日记47　　　2017年10月25日　星期三　雨转阴

孩子进步是家长最大的欣慰

　　昨天下午王克荣父母到学校给他送东西，到处找不到他，最后在画室发现他在认真画画。我不知道他们当时的心情，但我可以体会到他们心中的喜悦和欣慰，那是看到孩子变化进步的幸福体验，那是发现孩子在为未来而努力的极端愉悦！祝贺克荣！祝贺他们一家！

　　四班的孩子，希望你们明白一个简单的道理：你不仅仅是你自己的你，你还是父母心中的未来，甚至是你们家庭、家族的希望！你们的沉沦或上进、放弃或努力、倒退或进步，都有父母在后面默默地关注，他们随时为你们的沉沦、放弃和倒退而着急甚至流泪，但他们更会为你们的上进、努力和进步而欢呼。你们在学校很辛苦，但你们的父母也不容易，因为他们除了辛勤工作外，重心有很大一部分在你们身上！当你们消极颓废打算放弃时，请想想他们，也许你们会增加些动力；当你们奋斗努力进步时，请告诉他们。因为他们是你最亲密的"粉丝团"！希望四班的孩子不断进步，让你们的家长有更多机会体会到喜悦和欣慰！

四班日记48　　　　2017年10月26日　星期四　晴

安心就对了

　　上午张蜀异不小心把脚扭了，赶忙联系车把她送回家。下午发现她带着拐杖坐在教室看书，受伤的脚完全不能动，幸好有同学帮助她。说实话，看到她这么快就返校我很意外，但又感觉在情理之中。这姑娘对自己的人生有明确规划，在专业课学习上有强烈危机感，在文化课学习上毫不松懈，只要是与升学有关的事情她都积极主动地应对，一点都不含糊。明白自己的人生目标，坚持不懈地为之而奋斗，并监督自己完成每天应该做的事情，这是一个人成功的关键。对学生而言，每天按时坐到教室、全身心投入学习不仅是一种义务、一种承诺，更是一种可贵的品质。张蜀异同学做到了，祝贺她！

　　难得的是四班这样的孩子还不少，他们平时可能不是那么张扬，但总是按时进教室，不迟到、不早退，认真听讲完成作业，积极与老师配合。这些充满正能量的孩子是四班的镇班之宝，代表着四班积极主动上进的一面，希望这样的孩子在四班会越来越多。当然，四班也还有些孩子无心学习，把到校读书当成苦差事，上课铃响也无动于衷，课上心不在焉。可能他们有自己的理由，但这样的学习和精神状态让人担忧。希望其他孩子的认真努力能触动这部分孩子，收心于学习，安心于教室，提高学习成绩的同时振奋精神状态！

四班日记49　　　　2017年10月27日　星期五　晴

祝贺四班大课间比赛获奖

　　今天学校举行大课间比赛，说实话我很担心四班孩子们的状态，因为平时耽搁多，这样那样的活动太多让很多孩子没有系统地学习课间操。上场前还有几个孩子以技术太烂为借口躲在教室不出来。我的观点很明确：我们可以被打倒，但绝对不能被吓倒！所以要求所有能够参加比赛的孩子都去参加，事实证明四班孩子有运动舞蹈天分，他们获得的奖励是实至名归的！也就是说，只要四班的孩子认真起来没有什么克服不了的困难。希望这次获奖能触动所有孩子的自信心和自尊心，把这股劲头用到学习生活上，认真对待每件事情！

从这次获奖可以看到四班孩子团结奋进的一面，今天班上有个孩子情绪波动比较大，不仅没有参加比赛，还把母亲叫来说不想读书了，要回家。看到妈妈苦口婆心说那么多，我都看不过去，四班的孩子听到这个消息后，很多都跑出来劝导这个孩子。当我看到这个孩子最终决定留下来，我不仅为他高兴，更为四班所有孩子互相鼓励、互相帮助的精神所感动。"我们是一家人，一个都不能少"，希望孩子们友谊长存！

四班日记 50　　　　2017 年 10 月 28 日　星期六　晴

坚持的人生与众不同

今天正在与四班的一个孩子谈心时，接到一个来自荷兰的电话，是十多年前毕业的一个学生打来的。这个学生在国内读完本科、研究生、博士，前几年又到荷兰去读博士，现在在荷兰一个研究所从事博士后研究，事业前景喜人，成为世界前沿领域科学家指日可待。虽然任他们班主任时并没有特别偏爱他，但这个学生一直与我保持联系。说实话，他当时的学习并不是最拔尖的，那他为什么走得这么顺呢？简单说来就两点：勤能补拙、坚持就是胜利！在我的学生中，坚持每天六点起床锻炼、坚持每天学习的人也有，但像这个学生一样多年如一日地坚持学习、锻炼、研究、思考的却不多，所以他也最有出息！

借这个事例其实只想告诉四班所有孩子一个简单道理：坚持就能实现梦想！四班的大多数孩子目前都在努力学习，但要克服学校生活的枯燥、学习的劳累却并非易事。但世上有什么梦想是随随便便就可以实现的呢？唯有长期坚持才能积少成多；才能聚沙成塔；才能帮助我们达成梦想。四班的一些孩子并不缺少梦想，但毅力和恒心少了点，有一点挫折就轻言放弃，希望今天这个例子对他们有所触动，在任何时候都告诉自己：坚持就是胜利！

四班日记 51　　　　2017 年 10 月 29 日　　星期天　　晴

家长的重托让人压力山大

　　周末这两天班上很多孩子缺席，有的是生病，有的是到外面补习，看到班上稀稀拉拉的十多个人，很是寂寥。让人欣慰的是坚守在教室的这些孩子很用心地在学习，为他们点赞！因为部分孩子这样那样的事情，我这两天与好几个家长联系，分析孩子的教育问题。很感谢家长朋友的厚爱，对四班目前的状态很满意，对四班孩子取得的进步很认可，对四班老师的认真负责很肯定。家长这样说我很高兴，这是四班所有老师和孩子们共同努力的结果！这说明四班老师的心血没有白费，四班孩子的努力有人看到。但另一方面我也感到压力山大，孩子们的进步虽然有但还有很大的上升空间。特别是有几个孩子学习兴趣不浓，心思花在了一些莫名其妙的事情上，浪费精力的同时虚度了光阴，很是让人痛心。

　　按照年级要求，本周四班要组织老师开会研究学生的学习状态，引导孩子们提高学习效率。胖子不是一口吃成的，学习也不是一朝一夕的事情。总体而言，四班孩子的进步还是有目共睹，希望这种良好势头一直保持，让每个孩子在点滴进步中持续成长！

四班日记 52　　　　2017 年 10 月 30 日　　星期一　　晴

班会课纪实

　　每周一次的班会课弥足珍贵，利用这段时间与四班孩子聊聊是很好的沟通交流、总结反思机会。今天也不例外，首先祝贺四班大课间比赛获奖，建议大家把最热烈的掌声送给自己,这是大家团结拼搏的结果,也说明四班是一个战斗力爆棚的集体,只要我们愿意做就一定能做好!其次表扬了近期努力学习、进步明显的一些同学,他们起了很好的模范带头作用,鼓舞着全班同学把心思放在专业课和文化课上,不断进步!同时也指出少数同学因为生病、各种耽搁、思想包袱影响学习,要求大家轻装上阵,全力备考,准备两周后的期中考试,特别要求上次月考没有参加的三个孩子,一定要克服种种困难,按时参加考试,因为"我们可以被打倒,但绝对不能被吓倒"。虽然压力很大,但还是感觉到了四班孩子的决心和信心,期待他们两周后在期中考试取得理想成绩。

　　班会课还开展了禁毒教育,这是学校的安排,非常有必要。所有孩子对这个问题都比较感兴趣,在交流过程中,得知云南的毒品问题还比较严重,大家也认识到吸毒的危害性,并表示绝不吸毒。最担心的是班上有几个孩子有吸烟的恶习,这两个月一直在督促他们戒烟,有的孩子效果明显,能有意识控制自己,但有的孩子问题仍然比较严重,希望在全班同学的帮助下,这些孩子能成功戒烟!

四班日记53　　　　2017年10月31日　星期二　晴

表现不错

　　晚上遇到数学张老师,交流了一下孩子们的学习状态,她结合孩子们在课堂上认真学习的事例,指出全班同学在数学学习上有很大进步,最后总结说:这段时间表现不错!看到她发自内心由衷的笑容,我为她高兴,更为四班的孩子感到自豪!九月份的混乱和躁动逐渐过去,十月份高强度的学习、各方面的压力让很多孩子归心了,大家逐渐认识到了学习的重要性和紧迫性,把注意力逐渐转移到学习上。希望这种良好的学习氛围和状态能保持下去,引领四班的孩子取得学业上的突破和进步!其实,为四班操心的不仅仅是各学科老师,生活老师也非常关心四班的孩子,特别是张老师,在生活二对四班的孩子关爱有加,并利用各种机会与孩子谈心,鼓励他们学习与进步,同时又严格要求，对自由散漫的孩子随时提醒。感谢所有关心四班的老师！

四班日记54　　　　2017年11月2日　星期四　晴

为朋友，值吗

　　下午几个男生在宿舍吸烟，对这个让人深恶痛绝的习惯我多次强调并督促他们戒掉，但收效甚微，但今天他们扫尾工作没做好，被发现有烟蒂在厕所。到底是哪三个人呢，学校责成我去调查，很快就有三个孩子承认，其中一个孩子主动要求处分。虽然发现其中有猫腻，但我怎么说呢？为朋友两肋插刀也许在孩子们的眼中是个很酷的事情，但处分落到这些前途远大、未来辉煌的孩子身上让我心里很不是滋味。批评他吗，他又是在为朋友、同学背锅，表扬他吗，他又是拿自己的前途、未来开玩笑。我唯一能做的就是到德育处请他们从轻处分，但我的确不擅长这样厚着脸皮求人，效果到底如何看情况吧。

　　这涉及怎么指导孩子帮助自己的同龄人，为朋友担当可能一时有用，但哪里管得了一世呢？治标还要治本，希望这些孩子互相督促，改正不良习惯，养成良好的学习生活习惯，远离背锅侠！

四班日记55　　　　2017年11月3日　星期五　晴

为四班的孩子坐到一起

　　这几天实在太忙，中午四班的科任老师坐到一起，结合月考情况和平时孩子们的学习生活表现，问诊求方。各位老师结合本学科教学，指出孩子们学习中的常见问题，并有针对性地提出对策。归纳起来有以下几点：学习积极性和主动性不强，偏科问题严重，学习方法有待提高，纪律问题比较严重，个别孩子的不良习惯影响了全班学习等。坦率地说，四班大多数孩子智商不错，有梦想有追求，但学习的激情是硬伤。结合这个问题，科任老师决定每人认领四个孩子，从心理疏导、个别辅导、情感关怀等角度帮助所有孩子进步，相信这个办法会有效果。

看到老师们为四班孩子操劳，我发自内心地感谢他们。四班科任老师以经验丰富的中年教师为主，也包括两个工作时间不长的年轻老师。但大家心往一处想，劲往一处使，尽力为孩子们服务。针对班上近段时间的一些乱象，我作为班主任主动担责，希望所有家长朋友支持科任老师的工作，家校合作，为四班孩子的发展保驾护航！

四班日记56　　　　2017年11月6日　星期一　晴

周末请清爽返校

返校第一节课，发现李泽荣、陈自立、姜鸿飞、刘漾赟几名同学在打瞌睡，提醒好几次都没有效果。那么问题来了，周末他们干了些什么导致如此疲倦呢？了解后得知他们有的太早起床跑操，有的没休息好，但无论如何，返校如此疲倦说明部分孩子周末时间、精力分配不合理。这涉及一个自我管理的问题，周末回去孩子们其实事情也很多，作业、休息、娱乐等把两天时间填得满满的，如何合理安排就很考验大家了。建议上午趁精力充沛先把周末作业完成，下午再去运动娱乐，特别是晚上一定要在十二点前睡觉。最担心的是手游问题，估计有孩子在这个问题上没有节制，直接导致了睡眼蒙眬。建议各位家长周末多陪陪孩子，谈谈心，了解孩子学校生活的收获与感悟，一起运动或者娱乐，增进亲子关系，引导孩子做正当有价值的事情，避免无节制地玩手游，从而保证孩子清清爽爽地返校！

四班日记 57　　　　2017 年 11 月 7 日　　星期二　　晴

手游害人不浅

　　班上一个孩子对待手机的态度让我震惊，周日返校一个多小时的路程足足走了三个多小时，到教室都九点了，白白让家长和老师担心了一场。与他妈妈交流后，我建议他上交手机，他否认自己有手机，当我指出他妈妈才与他手机交流过时，他对自己母亲表现出的态度简直让人不可思议、难以理喻。网络游戏真的有这么大的魔力，会把一个正常孩子变成这个样子？由此我想到周围类似这样的孩子，不管有多么高的智商、有多么全面优秀、有多么远大的前途，却很容易被手游改变得面目全非！与他们的家长交流后的感觉就是：家长也很绝望啊！但亲眼看见这样的孩子，看到他们如同毒品上瘾那样依赖手机被游戏所控制，很是痛心与担忧！开学至今，类似这样私藏手机的孩子也有，但做过多次思想工作后，很多孩子主动上交手机，开始专心学习，但顽固不化的孩子也存在。解决办法有二：在学校时我与生活老师配合，尽量与孩子交流沟通，鼓励孩子战胜网瘾，脱胎换骨；二是家长多陪陪孩子，通过情感熏陶把孩子的心从手游那里拉过来，回归正常！希望四班所有孩子引以为戒，远离手游，钻心学习，不负大好时光和美好青春。已希望各位家长献言献策，解决孩子网瘾问题！

四班日记 58　　　　2017 年 11 月 8 日　　星期三　　晴

改错没有那么难

　　这几天处理班上的违纪事件，有涉及私自调换座位的，有一时冲动差点与老师起冲突的，有私藏手机不愿意交出来的。经过我几天与家长的交流沟通，与孩子反复谈话、做工作，违纪孩子想明白了很多事情，并表示愿意改正，把心思放到学习上。尤其让人高兴的是愿意上交手机的孩子，经过长期思想斗争，他今天向我承诺晚上把手机交到生活老师那里。这应该是近段时间班上最让人欣慰的事情吧。网游的诱惑虽然强大，但敌不过孩子们的决心和毅力！希望这个孩子以此为契机，明白人一定战胜外界干扰这个简单的道理，从"心"开始、重新开始，走出不一样的人生道路！

  十多岁的孩子在成长过程中，难免出现这样那样的问题，怎么帮助他们认识到这些问题的危害性，怎么帮助他们战胜人性的弱点，怎么引导他们克服自身观念和行为上的不足奋起改变，其实是很不容易。这需要家长和老师的配合，需要学校规章制度的约束，更需要孩子积极主动地反省。可喜的是四班很多孩子能正确面对自身的失误和缺点，并愿意接受老师和家长的教导以改变自己。古人云：知错能改，善莫大焉。让我们共同见证这些迷途知返孩子的"善"，并提供条件让他们在这条"善"道上越走越远！

  个别孩子的改变对全班孩子其实有很好的示范引导作用，自从上周四老师开会讨论四班学习和纪律问题后，四班这几天有很大转变。今天与几位科任老师交流，都感觉四班的纪律有很大改观。班干部也有这样的感受，以前他们觉得管理班级时有些人不听，但这几天全班的自觉性得以提升，大家会主动配合工作。希望这样的好势头能长久保持，四班每个孩子从自身做起，从监督周围的同学做起，从配合班委做起，打造出一个让所有人眼前一亮的"爵肆"班！

四班日记59   2017年11月9日 星期四 晴

祝贺四班班级文化建设评比获一等奖

  为了今天的班级文化建设评比，四班所有孩子在班委带领下忙碌许久。天道酬勤，孩子们的努力没有白费，在今天的评比中，四班荣获一等奖。说实话我比较意外，尽管四班的文化建设很有特色，但其他几个高中班级的文化建设也非常有味道。能在这么多优秀的班级中脱颖而出，说明四班的班级文化建设征服了评委，说明四班的班级文化确实有独到之处，说明四班的孩子潜力巨大、优势明显。再次祝贺四班,希望这些点滴成功和进步能无声浸润孩子们的心田,增强孩子们的自信心和自豪感,从而以更饱满的热情投入到以后的学习和成长中去!

分析四班的班级文化建设,个人认为有以下几点值得称道:一是全原创,从创意到设计再到实施,四班的班级文化建设都是全班同学在班委的带领下完成的,所有班级文化元素(班名、班徽、班歌、布置等)都是四班孩子亲手完成,百分百的原创;二是有特色,围绕四班的艺体特色来打造,音乐、体育、美术三方面各有千秋,又完美融合,体现出艺体班的精神内核;三是很温馨,不管是布满全体师生手掌印的"梦想树",还是窗户玻璃上大家的生日记录和星座说明,都体现了四班所有人的相互关爱和热忱,让大家感受到家人般的温暖!所以在我看来,不管四班这次评比得奖与否、得什么奖都不重要,重要的是大家能围绕一个目标,有计划、有组织、分步骤、高效率地完成任务。这个过程中四班孩子体现出的集体主义精神、合作能力、创新意识等让人惊叹、让人钦佩,更让大家为四班孩子的明天充满期待,相信在这样有战斗力的团队中,四班每个孩子的未来都不可估量!

四班日记60　　　　2017年11月10日　星期五　晴

首胜是四班所有孩子的功劳

球场上队员生龙活虎、积极拼抢,场外四班班旗飘飘、啦啦队喊声震天,这是今天下午校级篮球赛的一幕,让人热血沸腾。大比分取胜不仅仅是十多个队员的胜利,更是四班啦啦队的胜利,是整个四班集体力量的胜利!祝贺四班,祝贺四班所有的孩子!四班是个有战斗力的团队,而你们每个人,是这个团队不可或缺的一员,光荣属于四班的每个孩子!

全班十五个男生,绝大多数都能上场拼,这种生气和活力居全校之冠!全班九个女生,能来喝彩加油的都来了,这种团结和配合居全校之冠!这次胜利再次证明四班是个团结、奋进、拼搏、积极的集体,身处这样的氛围,四班有什么事情做不好呢?特别要表扬陆昊彤同学,在脚受伤的情况下,不顾家长和老师的一再告诫，上阵奋战，为胜利打下坚实基础。当然，我还是希望这样的事情以后不要发生，精神可嘉，但危险很大，要尽力避免运动损失。其他球员就不一一列举表扬，一句话：你们都是好样的！你们为四班争光彩，四班为你们而自豪！

　　下周就要期中考试了，近段时间四班的学习风气、纪律表现等有了很大改观，得到老师特别是学校领导的多次表扬。希望四班携球场取胜的好运气，所有孩子潜心复习，考出水平，在考场上也旗开得胜，得到更多人的点赞！

四班日记61　　　2017年11月11日　星期六　晴

停水是考验

　　这周学校经常停水，给全校师生带来诸多不便，特别是四班很多孩子运动后面临无水洗澡的尴尬。面对这种突发事件，大部分孩子还是能理性对待，采取各自措施应对，虽然对正常的教育教学秩序有些许影响，但总体影响不大。不过也有孩子持续抱怨，并想以此为理由回家休息，一再与他们交流，好在他们非常明理，打消了这个看似合理其实有小题大做嫌疑的念头。

　　停水是突发事件，而如何应对突发事件可以看出一个人的综合素质特别是应变能力。如果把停水看成比天还大的事情，并以此为借口放弃学习，无疑雪上加霜、损失更大。如果转变观念，把停水看成一种考验，采取各种措施应对、解决，可培养自身应变能力。其实想想，人生不如意事十之八九，在人生不同阶段每个人可能会遇到不可预测的困难，放弃当然没道理，迎头顶住、及时解决也许才是最佳选择。希望四班所有孩子把挫折看成考验，看成挑战自身的机会，以平和、积极的心态面对人生的起起落落！

四班日记62　　　　2017年11月12日　星期天　晴

人际交往三原则

　　结合近段时间班级发生的一系列事情，今天围绕人际交往这个主题与孩子们进行了交流。在一个团队里，我们在与他人交往时要坚持三个原则：与人为善、针锋相对、和好如初。具体而言，我们进入一个团队，为了集体利益首先要坚持与人为善，友好地对待团队中的其他人。但如果有人故意破坏集体利益，或故意采取不礼貌、不友好的言行针对你，那你要针锋相对，只要你是为了集体利益、有礼有节地以牙还牙，集体里的其他人会支持你的。当有错在先的人改正后，你要与之和好如初，和以前一样配合这类人为集体利益而奋斗。要坚持这三点很不容易，与人为善需要你善良，针锋相对需要你勇敢，而和好如初则需要你大度。如果感觉心里不平衡，最好在心中默念：集体利益、集体利益！

四班日记63　　　　2017年11月13日　星期一　晴

考场布置风波

　　为了今天的期中考试，昨天晚上全校就在忙碌了。因为我有事要办，四班的考场布置工作落到副班主任刘老师身上，但是很多孩子并没有配合刘老师的工作，考试布置未达到学校要求。晚上十一点多，我与班委几个孩子一起赶到教室，按照学校要求完成相关工作，感谢郭浩、李博、刘希仁、夏翊漾、陆昊彤等同学。与刘老师交流后，发现部分孩子没有把考场布置当成一回事，他们打算按照自己的想法来布置教室。太天真了吧！个人诉求与集体要求可能存在矛盾，但在这种大是大非面前，学校的要求肯定排在首位。希望四班的部分孩子能正视自身观念问题，协调个人想法与集体决议的关系，以大局为重，以集体为重，心平气和地做好该做的事情！

四班日记64　　　　2017年11月14日　星期二　晴

考试被赞　出操被批

为了这次期中考试，四班的孩子铆足了劲，大家都很认真地在复习，都很投入地在应考。我通过与其他老师调课，基本上都在四班监考，不敢说绝对没有人搞小动作，但孩子们的自觉性有很大提高。希望这样的考风能长久在四班蔓延，避免自欺欺人的现象出现。当所有人为四班的考风考纪点赞的时候，其他问题又出现了。今天早上全校出操，四班的男生除了王邦（特别要为王邦同学点赞，他这段时间的进步有目共睹）其他的都不知道跑到哪里去了。德育处在处理时，充分尊重四班孩子的意愿，下午专门把所有男生组织起来开会。了解完男生对未出操情况的原因说明后，德育处领导意味深长地对所有男生提出要求，鼓励大家严格按照学校要求出操，并特事特办，要求生活老师和教官把每天四班的出操和其他纪律表现向学校领导报告。有了全校领导、老师的关心和监督，相信四班的纪律问题能得到解决，促使孩子们把心思花到学习上，保证孩子们全方位的提升！

四班日记65　　　　2017年11月15日　星期三　晴

理性对待同学间的冲突

昨晚为了快速调换座位，纪律委员与班上其他两个男生发生了激烈冲突。虽然没在现场，但我可以想象当时的混乱和狂躁。四班孩子在面对这样的突发事件时，总是会暖心地安抚双方情绪。事后我找到当事方了解情况，大致明白了冲突发生的原因。首先表扬纪律委员李博维持纪律的行动与愿望，为了四班李博花了很多心思，也得到了大部分同学的支持与理解，但遗憾的是极个别的几个同学不仅不理解他，还说了些很不好听的话。对自我要求颇高的李博来说，他感觉很委屈，其实不管换成谁都会想不通。我与他探讨了管理之道，只要是为了集体利益，该做的事就大胆地做、理直气壮地做，特别是以后出去工作了更要如此，不必因为少数人而影响集体利益。同时也提醒他控制情绪，在任何情况下都要心平气和地解决问题，谩骂和气急败坏反而会恶化事态，懂事的李博很快想通了。另外两个男生也看到了自身存在的问题，并表示没有什么大问题，他们完全可以自己解决。事情发生不到一个小时，看到三个男生自己跑到一边去解决，我感到欣慰的同时更为四班所有的孩子自豪！你们都是好样的！

回到教室我花了几分钟与全班孩子分享了自己的看法，鼓励大家相互理解，采取适当的方法解决班上各种冲突。相信通过这样的事情，四班的孩子会受到很多启发，提升他们的人际关系处理能力。

四班日记66　　　　2017年11月16日　　星期四　　晴

家长会上想说的话

按照学校统一安排，明天下午高二年级要开家长会。面对这次期待已久的与家长见面，除了汇报期中考试情况外，我还想与四班所有家长聊聊高二以来班级整体情况。具体来说，涉及以下三个关键词：

一是欣慰。因为短短两三个月四班所有孩子的改变和进步。首先是学习风气逐渐浓厚，在几个爱学习孩子带领下，大部分孩子认识到学习的重要性和紧迫性，把心思转到了专业课和文化课学习上；其次是班级纪律的逐步改善，经历了九月的躁动、十月的疯狂后，十一月四班的孩子收心了，收心就会用心，用心就会专心，只要专心班上纪律问题自然就解决了；最后是自我管理意识的逐渐树立，在自主管理理念指导下，在班委全体成员努力下，所有孩子经历了值日班长的考验，各自的自主管理意识逐步增强，很多孩子认识到学习是自己的事情，开始管理自己的一言一行，严格按照校纪班规行事，所有孩子的精气神得以展现。正是有了这样的进步，四班才取得了那么多荣誉，比如九月底的迎新会演第一名，大课间比赛二等奖，班级文化建设一等奖,更重要的是四班的改变得到科任老师、生活老师特别是学校领导的认可与表扬。

  二是感谢。因为四班所有孩子的努力、家长的配合和所有老师的付出。我在这几个月里一直秉承人性化和自主管理的意识带班,九月很多孩子可能不习惯,面对这些权利他们还不知道如何去使用,包括组织能力很强的几个班委成员都很难合理使用职权,从而造成班级管理的诸多混乱。但相信孩子,相信他们的判断力是我一贯的主张,慢慢地大部分孩子学会了正确行使班级管理的方式方法,特别是班委成员逐渐学会了如何去平衡原则性和灵活性,班级管理逐渐走上正轨。其次要感谢所有家长的支持,不管是家委会的两位妈妈,还是其他家长,只要四班有需要,都会大力支持,得到了家长的配合,四班更有希望!特别感谢生活老师和科任老师以及学校领导,张老师和普老师对四班的孩子就如同对待自家孩子一样,给予无微不至的关心,学校领导对四班这个艺体特长班可以说是特殊对待,在各方面给予指导和协助。四班的科任老师更不用说,在四班孩子身上花费了很多心血。李丹瑜老师的严谨教学和严格管理,张婉老师的全力投入和认真负责,廖志红老师的积极主动和严厉要求,鲁娜老师的个别辅导和关爱有加,杨欢老师和刘声燕老师如同大姐姐一样地关心和照顾,贾娜老师、李颖老师和王宁老师在音体美专科课上的认真负责和全力付出,四班的所有孩子应该都有切身体会。正是有这么强大的教师团队,四班在学习、纪律和其他方面才会有如此大的进步,真心感谢你们!

  三是期待。因为给四班的孩子更大的成长空间需要所有人的配合和努力。对孩子们的期待有三句话:坚持造就奇迹;战胜自己的人才是真正的王者;将来的你会感谢现在努力的自己。对四班的老师有以下建议:四班孩子总体基础较弱,夯实基础从最简单的知识点教起也许更恰当,当然成绩比较靠前的几个孩子也要开小灶,争取让他们吃饱。对四班的家长有以下几个建议:请相信孩子的潜力,四班的孩子学习能力都不差,有几个孩子甚至说智商超群,只要他们静下心来学习,成绩提升不是什么问题;多陪陪孩子,利用周末回家的机会多与孩子说说心里话,特别是女孩子,她们在情感处理方面更容易陷得深,引导她们正确处理感情与学习的关系,这方面父母应该比老师更合适;鼓励孩子战胜自身弱点,通过与很多孩子的交流,他们其实也理解家长和老师的苦心,也想把学习提起来,但就是管不住自己,希望家长与老师配合帮助孩子收心，力争用好剩下的一年半时光，让每个孩子都能笑傲高考！

一句话：四班是有希望的，希望大家齐心协力、齐抓共管，配合孩子们让爵肆班创造奇迹！

四班日记67　　　　2017年11月17日　　星期五　　晴

爵肆之星必将闪耀

今天的家长会四班开得很扎实，时间长达两个小时。副班主任刘老师总结了期中考试总体情况，然后各科科任老师从本学科考试入手，分析了四班孩子的学习状态和优缺点，最后我总结了四班这几个月来的变化和进步，也指出了目前存在的突出问题，并希望家校配合，帮助四班所有孩子更上一层楼。家长会后按照家委会的安排，晚上四班举行了开班典礼。感谢家委会和所有家长的支持和配合，加之四班孩子的倾情投入，整个典礼有序温馨，聚餐的礼貌敬酒、典礼上的载歌载舞、结束后的温情告别，给所有人留下了美好印象！

通过这次开班典礼，我对四班的未来更有信心了，并坚信爵肆班会大有作为，爵肆之星必将闪耀，不管是在接下来的高中阶段学习，还是高考，抑或未来的四班孩子，肯定会大放异彩！理由如下：一是孩子们更懂事了，这几个月的经历让四班孩子明白了一个简单道理——学好才是硬道理，下午班会课后家长参观了四班美术生的作品展，面对孩子或成熟或稚嫩的作品，家长是欣慰的，因为孩子们已走上正轨了二是家长们的支持和鼓励，我一直认为这个世界上最难的工作就是做个优秀家长，特别是这个时代，家长真的不容易，通过几个月的接触，我看到了四班所有家长更新了教育理念、改进了教育方式，同时无条件支持四班工作；三是科任老师的激情和投入，估计所有四班的老师在高二开学之初都比较忐忑，因为艺体班太有特色、孩子们个性太鲜明，但经过几个月的磨合，师生关系融洽了、师生配合默契了，这种良好的互动关系必然有助于孩子们的学习和进步！

四班日记68　　　　2017年11月20日　　星期一　　晴

手机问题基本解决

　　昨天下午返校，我参与了学校组织的电子产品收缴活动，特别注意了对四班孩子手机的收缴。尽管遇到了一些波折，还算解决这个让我长时间头痛的问题。前面几个月，班上个别孩子想方设法私留手机，白天晚上一有空就躲着玩手机。看到他们苍白的面孔、无神的眼睛、疲倦的形象，仿佛看到好些天没有睡觉的人。因为我一直主张他们自己交出来，没有强迫他们，所有极个别孩子一直忍受着全班同学的嘲笑私藏手机，让人感叹。经过昨天的全校集体收缴，这个问题基本解决，让我松了一口气。希望四班所有孩子能以此为契机，把心思放到学习上，专业课还是文化课都行，总比偷玩手机强！

四班日记69　　　　2017年11月21日　　星期二　　晴

管理严格是好事

　　昨天早上全校早操检查，四班男生又一次中招，很多孩子因动作慢被堵在过道上接受批评。自开学以来，学校强化管理，特别针对起床和出操加强检查和督促，应该说效果很不错。就我而言，很支持早睡早起，很多孩子赖床除了习惯不良外，主要还是晚上就寝速度太慢。该睡觉的时候不及时上床，总要做些无关紧要的事，早上当然很困，连起床都成为难事。记得我在高中时代总是提前半小时起床，与几个志同道合的同学跑步，根本就不存在早操迟到的问题。但现在的孩子要养成这样的习惯真的很难，与身体无关，是思想意识在作怪。特别是四班选择考体育的孩子，我一直建议他们早起锻炼，看来效果不佳。强烈的渴望才能帮助我们养成这样的好习惯，四班大部分孩子对未来、对升学是有渴望的，但这种渴望还没有达到让他们自觉早起的程度，非常遗憾！通过学校的严格管理，应该可以帮助孩子们解决这个问题，期待每天早上在操场上看到所有精神抖擞的四班孩子！

四班日记 70　　　　2017 年 11 月 22 日　星期三　晴

起床时长其实够了

　　关于早上起床的问题我与很多孩子交流过，他们说学校安排的起床时间太短，难以及时到操场。今天早上六点半左右我专门赶到男生宿舍，了解起床情况。起床铃声十分钟后，除了两个孩子还在床上慢腾腾地穿衣服外，大部分男生都起来洗漱了。二十分钟后，绝大部分孩子都准备好，在生活老师的催促下往操场走。如果按照这个标准和作息时间，应该不存在迟到现象，估计前段时间还是大部分孩子在该起床的时候赖着不起来造成的。经过星期一学校的整顿，四班起床这个问题应该说得到了很大的改观。希望动作还是很慢的个别孩子能跟上大家的节奏，铃声一响就马上爬起来，跑跑步，醒醒神，吃吃饭，然后精神饱满地开始一天的学习。一日之计在于晨，按时起床，美好、充实的一天才有可能开始！

四班日记 71　　　　2017 年 11 月 23 日　星期四　阴

天气转凉光加衣裳还不够

　　气温骤降，感觉一夜入冬，今天一大早赶到学校，发现四班大部分孩子都加了衣服，生活能力很不错，点赞！有个别身体素质比较好的同学还是平常薄薄的衣服，更要为他们点赞！要应对春城突然的降温，除了加衣服这个常规手段外，还希望四班的孩子从以下两方面加以注意：一是吃好饭，四班有少数孩子不习惯食堂的饭菜，经常自己找食物吃，但这么冷的天气，食物热量不够的话吃了容易生病。昨天晚上就有孩子因为外带食品卫生问题生病到医院检查，让人遗憾。希望四班所有孩子尽量吃热饭，特别是体育生，更要逼着自己多吃食堂饭菜。二是加强锻炼，不管是早操还是课间操，要动作规范地使劲跑，有机会的话一定每天都要出出汗。我每天早上会用很短的时间剧烈运动，迫使不跑步也能出汗，感觉对身体有帮助，这也算是基本上不生病的一个诀窍吧，希望对四班孩子有启发！在这个寒冷的季节，希望四班所有孩子都能生龙活虎，健康平安地学习与生活！

四班日记 72　　　　2017 年 11 月 24 日　星期五　阴

看不惯不是理由

有初二班主任向我反映有四班孩子欺负他们班学生，找来这个孩子一问，基本上弄清楚了事情原委。四班这个孩子觉得初二这孩子平时比较跳脱，动作出格，非常看不惯，于是碰到他后就会警告几句，让他老实点，这样的次数多了，初二这个孩子很是崩溃，不知道自己哪些方面得罪了高中部这个两百多斤的庞然大物，只好流泪向班主任求救，并发狠再被欺负要找人报复。虽然四班这孩子只是单纯恶作剧，但以看不惯为理由教训初中学弟，我非常反感。与他讲清道理后，他表态不会再去打扰初中这孩子。对这件事我有三点看法：

一是教师要正确认识和处理校园欺凌。有些中学生看起来长得人高马大，但心理上毕竟未成年，他们看人看事标准不成熟，出现校园欺凌现象后，教师要多方了解情况，避免偏听偏信，并坚持治病救人的原则，帮助当事双方正确处理问题，教育他们不能以个人好恶苛求别人，尤其不能以一些莫须有的理由欺负低年级学生。

二是家长要教育孩子与同学和谐相处。情商的核心是人际关系处理能力，家长要关心孩子的成绩，更要培养孩子的人际关系处理能力。以强凌弱应该只是少数孩子，大多数校园欺凌的加害方只是想玩个恶作剧，家长要教育孩子养成尊重他人的习惯，尽力避免让他人不适的言行。

三是家长要营造温馨平和的家庭环境。问题孩子大多来自问题家庭，以初二这个孩子为例，父母离异后，母亲移民海外基本上不管孩子，富有的父亲经常出差，找个年轻的继母照顾他。这个每月零花钱据说上万的孩子是幸福呢还是可怜呢？估计大家都有不同的看法，他表现出格应该与这种家庭环境和个人经历有关。希望所有的父母以此为戒，努力为孩子营造温馨平和的家庭环境，避免孩子成为校园欺凌的对象。

四班日记73　　　　2017年11月25日　星期六　阴

如何宣泄负面情绪

昨天下午好不容易有两节课自由安排，班上的男生计划要去打篮球，为此我上午专门去把球服取回来，对四班孩子特别是男生来说，这种机会弥足珍贵。但由于学校安排有变，所有孩子都要在整理好教室内务后集体去看电影。大部分孩子表示理解，但个别孩子情绪上头，言行很不恰当，当着几个老师的面表现得很不得体。我严肃批评了个别孩子，有情绪可以理解，但宣泄不当易造成麻烦。当然，事情最终得以圆满解决，看完电影后学校还是给了机会让四班孩子打篮球，直到七点上课前我去把他们叫回教室。

这件事警示孩子们要合理宣泄负面情绪，人生不如意之事常有，行事极端易引起事态恶化。遇到不如意之事，我们应先冷静分析事情的原委和趋势，能解决的尽量解决，不能解决的要相互理解，特别要避免情绪化的言行，因为这样无助于事情的解决。任何时候，带着解决问题的意识去处事，很容易找到出路。希望四班的孩子牢记：冲动是魔鬼，遇事先找办法，因为办法总比问题多！

四班日记 74　　　　2017 年 11 月 26 日　星期天　晴

晨跑是更高级的承诺

　　周末是晨跑的好机会，这两天我都早起晨跑，今天还特别把孩子带上，体会寒风中大汗淋漓的舒畅感。利用晨跑的机会我也观察了四班孩子的起床情况，少数孩子主要是女生比较自觉，基本上按照平时作息时间起床吃饭准备上课。男生的问题就严重了，很多都是在上课前十多分钟冲向食堂，据生活老师说，他们也起来了，就是赖在宿舍不想出来。还记得开学初学校篮球队的那几个孩子周末都是早起练习，现在球队解散了他们动力没了，从不早起锻炼，真让人遗憾。周末四班缺席的孩子不少，除了正常的校外辅导外，好些都是生病。观察了一下，很多孩子没有每天运动的习惯，包括喜欢篮球的孩子也很难自觉起床锻炼。加之天冷教室的门窗经常关闭，很多孩子下课也佝偻着身子待在座位上，空气不好细菌容易滋生，这样下来生病的孩子自然多。其实越怕冷就会越冷，生命在于运动，没有运动产生的热量，穿再多的衣服都没用！看到四班好多身体素质非常好的男生也为病痛所困扰，真为他们感到脸红！健康这玩意其实掌握在我们自己手中，坚持跑步、持续锻炼，才能远离感冒，保持健康！希望所有孩子都作息规律、坚持锻炼，精力充沛地投入到学习生活中！

四班日记 75　　　　2017 年 11 月 27 日　星期一　晴

消防演练后被批评了

　　在今天下午学校组织的消防演练活动中，四班孩子组织有序、参与积极、纪律严明，得到领导和老师的一致好评。但活动结束后还是被批评了，主要原因就是很多男生没有穿校服。为这个事情四班被多次批评，不管什么原因未按照学校要求穿着肯定不对。为逃避穿校服，有的孩子故意把衣服弄丢，有的以衣服洗了未干为借口，有的只穿衣服不想穿校裤，各种理由只为显示个性，但收拾残局的是我这个班主任。教育是一个反复和折腾的过程，我经常与四班孩子开玩笑，九月份班主任津贴被扣了两百多，十月份只扣了一百多，也算进步吧，如果十一月份只扣几十块的话，那就是大大的进步！但从穿衣服这些小事的表现来看，这个美好的愿望估计要落空了。还是要感谢班上所有的女生和剩下的几个男生，他们用优良表现维护着四班的脸面。希望其他男生向他们学习，把个性显示在专业课和文化课的进步上，而非花心思用在与学校管理制度的斗争中！

四班日记76   2017年11月28日   星期二   晴

为四班黑板报点赞

　　按计划这周要举办校运动会，刚好轮到四班孩子出教学楼的黑板报。在班委安排下，几个学美术的孩子充分发挥专业优势，办出了一期与运动会密切相关的高水平板报，很有想象力和艺术表达力，得到全校师生的高度评价。为这些孩子感到骄傲，为四班感到骄傲，只要给四班孩子一个机会，他们总会有各种新奇的想法，用富有想象力的方式完成任务，带给大家惊喜和赞叹！

　　人各有所长，班级也各有特长，作为学校的艺体班，四班无愧于自身角色，用实力在演绎着精彩。希望在学校的每一次活动中，四班的孩子都群策群力、互助互利，运用聪明大脑和灵活双手为四班争光、为自己添彩，让全校师生发自内心地赞叹：爵肆之班，势不可当！

四班日记 77　　　　2017 年 11 月 29 日　星期三　晴

心平气和接受运动会延后

　　昨晚在班委的带领下，四班孩子利用第四节补课的机会在操练运动会入场演练，大家对这次活动倾注了大量心血和热情。中午因为学校安排临时有变，决定把运动会延后到下周举行，据说其他班有孩子很气愤甚至埋怨学校。让人欣慰的是这次四班孩子表现完美，他们接受了这个事实，并理智地接受了学校运动会延后的理由。毫不夸张地说，这几个月来四班孩子的为人处世能力有了长足进步，他们逐渐学会了把解决问题和情绪宣泄区分开来。要祝贺四班所有的孩子，当一个人学会了这一点，开始学会理解他人，学会接受不可抗力带来的变故，说明他在逐步走向成熟！

　　每一件小事的处理都可以反映出一个人的成熟度。放眼这个社会，不难发现有些人都好几十岁了，但为人处世的能力与以自我中心的儿童差不多，干什么都会碰壁，自然难有幸福的人生。但有的人小小年纪就很会为人处世，不仅知道维护自我利益，还明白要保护其他人的权益，做到双赢，人生自然过得很顺。希望四班的孩子都向后者学习，修身养性、宽厚待人、理解他人，成为别人眼中可以信赖、可以合作之人，从而更大概率地拥有幸福的人生！

四班日记 78　　　　2017 年 11 月 30 日　星期四　晴

安排好周末事宜

　　明天要放假，今天在班上明确了假期注意事项，特别谈到明天下午离校前要整理好班级和宿舍内务，打扫好清洁，然后周日清清爽爽地返校。全班同学没有表示异议，欣然接受了这些建议，让我很开心地看到了四班孩子对学校这些教育措施的理解和支持。学校并非十全十美之地，老师也非圣洁高尚的天使，但一般而言，学校很多措施和要求是站在提高教育的立场上做出的，虽然有些孩子不理解一些做法，但从长期来看，类似清洁卫生、就寝起床、按时到校等要求对一个人的发展举足轻重。一个人在学校养成了这些好习惯，会让他终身受益。从十一月份的情况看，四班虽然还存在这样那样的问题，但总体表现是进步的、向上的，是值得全校表扬的，希望下个月这种好势头延续！

四班日记 79　　　　2017 年 12 月 3 日　　星期天　　晴

突然发飙为哪般

今晚一个同学突然发飙，在教室被几个同学死死拉住才没爆发。问了一下原因，他说这段时间总感觉班上同学在笑话他，但他又说不出是谁在背后说他的闲话，至于晚上突然发飙是因为有同学在他座位旁吃东西，问起来还没有人承认，一时火气上头。这种无名火发起来还找不到对象，发火有什么意义呢。结合班上其他同学对他的印象，我郑重向他保证全班同学对他很有好感，因为这个孩子本身就是一个老实憨厚之人，至于他感觉到的敌意基本上可以断定是误判。同时我也建议他学会控制自己的情绪，为了自己的暴脾气他其实已经出过几次问题，没有必要为不知名的对手发飙，反而让别人看笑话。

高中孩子看着像大人，但他们的心智毕竟还未成熟，平时看着很高冷的孩子其实也很关注同龄人对自己的看法。这是好事，在意别人的看法其实也是提醒自己要注意言行。但过分关注别人的看法，甚至因为他人的看法带来不必要的烦恼就过了。针对这种情况，老师和家长要注意观察他们的情绪变化，鼓励他们说出心里话，当烦恼说出后其实就没那么严重了。在这个问题上，倾诉肯定比憋在心里有好处。希望四班孩子都正确看待他人的看法，心平气和接受别人的评价，不怕被嘲笑，专注于提升自己，向他人展示自身优秀的一面，直面任何褒贬！

四班日记80　　　　2017年12月4日　星期一　晴

上好每一次班会课

　　根据这段时间班上存在的问题，与班委商量后决定把本次班会课主题定为"如何处好同学关系"，由班长组织大家讨论，以促进四班孩子和睦共处。因为学校有其他安排，我不得不去忙其他事情，但我还是在班会活动快结束时专程到教室与大家交流了一下，要求四班所有孩子学会处理和协调同学关系。就四班而言，走到现在这个地步很不容易，凝聚了校领导、老师、家长和所有孩子的心血和汗水。如果因为四班孩子的一些观念和意识问题导致不团结，只能让人看笑话，这是所有关心支持四班的人不愿意看到的情形！应该说这次班会课很有效果，课后还有孩子专门找到我探讨同学关系处理的苦恼，其实都不是什么大不了的事情，但孩子们需要得到他人的认可而非误解甚至诋毁。很理解高中阶段孩子的想法，其实当年我们也一样，任何人在成年之前都会有这样一个敏感阶段，希望四班所有孩子都平稳度过这个多事的人生阶段。

　　从这次班会课想到四班这几个月的班会课，虽然不是每次班会课探讨的问题都那么令人愉快，但四班在尽力上好每次班会课。碰巧今天下午在学校也观摩了两堂准备参赛的班会课，进一步认识到班会课对孩子成长的意义。以后还会与四班孩子和班委多商量、多探讨，争取每次班会课都让孩子们在参与中有收获，在感悟中有变化，在思考中不断成长！

四班日记81　　　　2017年12月5日　星期二　晴

洁身自好乃幸福之源

　　近段时间的班会课学校定了很多有意义的主题，除了消防知识普及外，还包括戒毒教育和艾滋病防治教育。就这些主题，我与四班孩子进行了深入思考与探讨，现在这些孩子对毒品和艾滋等问题已经有较成熟的认识，他们能较准确地分析这些东西带来的危害。我结合部分孩子抽烟的不良习惯，要求他们看到缺乏自控造成的恶果。其实静下心来想想，毒品和艾滋这些东西离我们并不遥远，但我们不去主动接近，基本上也不会有什么事情。问题就出在这里，对那些缺乏自律的人来说，不去主动接近这些东西却很困难。不幸的人生各有各的不幸，而幸福的人生却需要一个共同的修炼：自律自控！希望这些主题活动对四班的孩子有所启发，以后学会鉴别、学会自律、学会节欲，在洁身自好中开创自己的幸福人生！

四班日记82　　　　2017年12月6日　　星期三　　晴

专业课开齐了

在学校领导的关心和支持下，班上学习播音主持的孩子也找到了专业课老师。今天下午老师试讲后，孩子们都很满意，更令人欣喜的是，外聘老师的工资全部由学校支付。至此，四班所有孩子每周都有两次专业课可上，每天专业课老师都布置作业并及时检查，可喜可贺！

为了四班孩子的未来，学校领导做了大量工作，在人、财、物的安排上明显有所偏袒。作为班主任，我见证了学校对四班所有孩子的偏爱与关注，非常感谢学校领导！当然学校对四班孩子也有更高的期许，作为全校唯一的艺体班，四班不仅需要在平日的校园活动中独领风骚，更要在专业课和文化课的学习上齐头并进，在高考中一鸣惊人，为父母、为学校争光！要做到这一点，需要四班所有孩子都争气。这其实很不容易，目前看来，四班全身心投入到学习中的孩子还不多。部分孩子以前认为学习艺体应该很简单、很好玩，但现实给了他们当头一棒，因为专业课和文化课两头用力对大家提出了更高的要求。当然，班上有几个孩子对升学、对学习充满了激情和斗志，他们应该成为四班所有孩子学习和效仿的榜样。如果大家都这样努力、拼搏和进取，全班形成积极进取的气氛，共同进步应该不是什么问题，奇迹才会创造出来！

四班日记83　　　　2017年12月7日　星期四　晴

运动会见闻录

　　期待已久的运动会终于开幕，四班的表演时间到了！出场式中技惊四座的舞蹈就让全校师生尖叫不已，加之王克荣、夏翊洋、陈自立的COS造型独特惊艳，让最后登场的四班出尽风头。在紧张激烈的比赛中，今天的四班有以下几点值得表扬：

　　一是全员参与。除了王邦同学作为全班的专业摄像师外，其他二十三个孩子全部参加了比赛。九个女生最是让人感动，她们平时看起来都斯斯文文，但在运动场上也是英姿飒爽，为她们积极拼搏的精神点赞！男生参加比赛本来没有什么要说的，但看到王克荣参加男子200米比赛，我还是不由自主为他竖起大拇指，希望他多参加这些有益身心的活动！

　　二是多方支持。除了全班同学为参赛的孩子加油助威外，今天几位家长的加入让四班孩子精力充沛、活力爆发！感谢王克荣妈妈、夏翊洋妈妈、王邦爸爸和陈自立爸爸，他们带来了矿泉水、牛奶和面包，为孩子们实打实地助力！在四班孩子的每次比赛中，他们担任现场摄影，及时在群里上传，解其他家长之馋。很多家长表达了未到现场的遗憾，他们及时在群里互动，为四班孩子加油呐喊！同时要感谢四班的老师特别是生活老师张老师，她不断鼓励四班的参赛选手，并随时拍照到群里。

　　三是成绩显著。在今天的比赛中，除了拔河比赛获得第三名外，陈自立获得男子实心球冠军，郭浩获得跳远亚军，刘漾赟获得800米亚军。这是他们平时认真训练的结果，祝贺他们！尤其要表扬那些认真参赛、全力以赴的孩子，不管他们的成绩怎么样，重在参与，愿意参与都值得点赞！

　　这是美妙的一天，给四班所有孩子留下了美好回忆！希望这样美好的记忆长存四班孩子心间，并激励大家创造更加灿烂的未来！

四班日记84　　　2017年12月8日　星期五　阴

运动场是个修炼场

今天上午比赛继续，四班孩子加入欢乐的海洋，享受着运动会带来的乐趣！下午是教师的比赛项目，高中部老师团结一致，获得三项比赛中的两个冠军，成绩超出预期，感谢所有孩子的加油助威，让老师感受到了运动的快乐！

四班的郭浩同学获得立定跳远的冠军，值得祝贺！但更让人高兴的是看到谷启扬去参加接力比赛，看到四位女生接力赛中的拼劲，看到田路宁那么斯文的孩子参加长跑。运动成绩已不重要，四班孩子在比赛过程中表现出的拼搏精神让人感动。收获最大的也许是陈自立吧，1500米的比赛对他来说算是苦役，但他咬牙坚持，并把感想写了下来，作为获奖运动员代表在闭幕式上发言。这样的经历将是他一辈子独有的财富，鼓励着他为梦想持续奔跑！

运动场是个修炼场！你不身临其境、不加入其中，永远无法体会比赛过程中的痛苦与欢乐、疲惫与愉悦、难受与狂喜。四班的孩子很幸运，在这次运动会中体会到独特的感悟，希望四班所有孩子及时总结运动会的得失，不断磨炼意志，把运动会中表现出的拼搏、奋斗精神用于学习生活中，在更高层面上促进自身发展！

四班日记85　　　2017年12月9日　星期六　阴

两个建议

为了延续四班孩子的运动热情，提高四班所有孩子的运动能力，有如下两个建议：

一是开展每天一个俯卧撑（箭步蹲）活动。运动重在坚持，坚持造就奇迹，针对部分孩子运动能力有待提高的现实，建议全班男生每天一个俯卧撑、全班女生每天一个箭步蹲。当然，可以多做，但至少要完成一个，坚持一个月、半年、一年，四班的孩子一定会让所有人吃惊，因为运动不仅会让大家身体强健，更会让大家精神强大！

  二是购置必要的运动器材。针对四班的实际情况，建议为三个男生宿舍购置三个健腹轮，为两个女生宿舍购置两根跳绳，鼓励大家每天回到宿舍也有机会锻炼。这个事情麻烦家委会去操办，相信这对四班孩子的身心健康会大有裨益！

四班日记86   2017年12月11日 星期一 晴

沟通创造和谐

  昨晚三班班主任田老师在班上谈到了男女生交往的问题，对一些孩子影响学习的行为不点名地进行了批评教育，并鼓励大家集中精力学习，争取三年高中能有个圆满的结果。但他这些意味深长的话被以讹传讹，传到其他孩子的耳中就变样了。四班有孩子觉得自己受了伤害、感到委屈，就跑到办公室质问田老师，口气相当不友好，让别的老师都看不下去了。但田老师是个有教养好脾气的人，他及时进行了解释，并到班上进行求证。高二年级老师中就田老师年龄比我大，而且他对待工作认真负责，对待学生情深意切，是我很敬仰的一位老同志！发生这样的事情我很遗憾，并第一时间向田老师道歉，无论如何四班孩子这样对待老师，我这个班主任都有责任。

  第一时间与这个孩子进行了沟通，他谈了自己的看法，并举了几个事例说明自己行为的合理性。我针对这几个事情一一进行了阐述，到最后，他也认识到了自身行为的鲁莽与冲动，想通了田老师对大家的一片苦心，并保证向田老师道歉！事实上今天下午他很诚恳地向田老师道歉，并得到了田老师的谅解，皆大欢喜！最后这个孩子还与我聊到了自己的成长经历，我逐渐了解到他平时一些不合理言行的原因，理解了他的苦恼与难处，并及时提供了改进意见。这是一个聪明有想法的孩子，虽然现在他的问题还有，但对他的未来我有信心。希望这些事情的发生对他是个刺激，帮助他学会与师长、与他人理性交流沟通，成为一个有思想、有行动、有出息的人！

面对面的沟通有助于消除误解，这件事对四班的孩子都是个教训！希望类似的事件不再发生，大家都能心平气和地处理人际关系，营造和谐氛围，为大家的学习和进步创造良好的外部环境！

四班日记87　　　　2017年12月12日　星期二　晴

把握好男女生交往的度

昨天下午的班会课所有高中学生集中接受学校德育处关于男女生交往尺度的指导与规范。今天上课期间我再次在班上进行了强调，告诫四班所有孩子不要把学校的相关要求当成耳边风，给自己和家人带来不必要的麻烦。更何况，就因为在学校公开场合与异性同学的不恰当举止被要求请家长，甚至被劝退本身就是个笑话，何必呢？

男女生交往的尺度问题不用过多探讨，其中的利害关系四班孩子其实大多心中有数。前一个多月，四班是这个问题的重灾区，部分孩子因为这个事受到老师的诸多批评，有的孩子受到相应处罚。异性同学之间互有好感是人之常情，但在学校公开场合甚至教室有过分亲昵表现实在让人生厌。我曾经在一些班上作过调查，大部分孩子厌恶这种不文明行为，但碍于同学关系一般不好明加干涉。知礼节、懂规矩的孩子才懂得收敛，但有的孩子完全缺乏这方面的教育，动作生猛，十分辣眼，严重干扰了其他同学的学习，引起师生不满也是自然的。经过教育，近段时间很多孩子的行为还算规范，希望四班的孩子不要触红线，为这件事情买单！

四班日记88　　　2017年12月13日　星期三　晴

野百合也有春天

　　晚上陈自立因为感冒要出去买药，我决定陪他去。一路上他谈到这段时间的学习、运动锻炼，谈到以前的一些成长经历和黑历史，谈到家庭特别是家人之间互相关爱对个人成长的重要性。发现这个看似吊儿郎当的大个子其实很有想法和头脑，看问题较有深度，对自己的人生也有较明晰的规划。这与九月初刚认识他时那个"没有梦想，打算随波逐流过日子"的家伙有了很大区别，结合这几个月他写的一些文章，发现陈自立在不知不觉中有了很大进步，很让人欣慰！

　　野百合也有春天，每个人只要愿意进步都有机会变得与众不同！四班所有孩子都有梦想，但在一些看似难堪的现实面前，部分孩子被吓住了，改变得慢一些，但比较以往，应该说所有孩子都在变化发展。爵肆班要闪耀，不是个别人的改变，而是所有孩子都要发光。希望四班所有孩子都像陈自立一样，思考自己的未来，紧盯自己的目标，一点一点地改变，一点一点地进步，持之以恒，所有孩子终将以自己的方式闪光、终将迎来属于自己的春天！

四班日记89　　　2017年12月14日　星期四　晴

月考又是多人缺席

　　第三次月考今天开始，遗憾的是考试前四班有两个孩子因为感冒回家治疗，下午又走了一个孩子。要特别表扬车婧睿，在病情如此严重的情况下还在坚持。高二三次月考每次四班都有孩子因为病情耽搁，甚为遗憾！开学至今我就发现了四班孩子身体素质欠佳，多次引导他们从睡眠、饮食和运动方面强身健体，但对有的孩子来说效果并不明显。特别是个别女生以保持身材为由，经常节食，造成身体抵抗力下降导致感冒。更麻烦的是，班上还形成了以苗条为美的怪风气，一些身体不是那么苗条的姑娘也打算节食保持身材，被我狠狠地批评了。微胖体形有助于身体抵抗力的加强，所谓的苗条大部分都是畸形减肥的结果，危害很大。对于中学生来说，为了什么身材把健康搞垮了，那是得不偿失！现在大家的重心是学习，学习的先决条件是健康，而中学生健康的天敌就是所谓的苗条身材。希望四班的女生抛弃那些错误的、无聊的念头，通过科学运动、均衡饮食保持身心健康，全身心投入专业课和文化课学习中去！也希望男生每天坚持早操、课间操和其他体育锻炼，减少生病概率，保持旺盛精力投入学习！

四班日记90　　　2017年12月15日　星期五　晴

生日快乐

今晚最后一节课为班上的三个孩子过生日，前几天班委就准备好了，最后一节全班围在一起，还请来了高中部的老师，大家开开心心地为王纳、保斯然和郭浩过生日。许愿后所有人为他们送上生日祝福，然后切蛋糕给每个人分享，由于是周五有些孩子未能参加这次的活动，但总体氛围温馨，王纳还流下眼泪，说被感动了，但其实每个人都很感动！由于健康原因我很少吃蛋糕，今晚在这样欢乐的气氛下我也吃了一大块。再一次祝这三个孩子生日快乐、健康成长！

过生日的三个孩子各有特点，但都是聪明、上进、有追求的孩子。王纳从小就离开父母学习艺术，她告诉我从小父母对她就是放养，所以她的生活自理能力和心理成熟度远胜同龄孩子。祝贺王纳，希望在这个十七岁的美好岁月里，她能全身心投入到专业课和文化课学习中，为升入理想的艺术院校夯实基础！目前她在学习方面稍有欠缺，但作为政治课代表，她的政治课学得不错，这说明她的学习能力很强，如果把这种学习动力、能力和态度用到其他学科，一定能提高所有学科的成绩！保斯然是个智商很高、热爱运动的小伙子，特别是他超常的记忆力，让很多老师和同学咋舌。语文老师说他看几遍课文就可以背了，效率比一般孩子高得多，历史老师说他高一时历史考过第一。同时保斯然在运动方面也很有天赋，身体素质很不错。祝贺保斯然，希望十七岁的他能好好利用上天赋予他的这些宝贵财富，创造属于自己的灿烂明天！目前他花在学习上的精力还不够，潜能还没有被充分挖掘，如果能解决这个问题，他的前途无量！郭浩在全班年龄居长，十八岁了，真正的成年人了，祝贺他的成年！在这个特别的日子里，这么多人见证他的成年礼，是他的荣幸也是大家的幸运。作为班长，郭浩的组织能力没的说，四班的自主管理很大一部分功劳是他的，他带领班委与全班同学一起干了很多漂亮工作，让爵肆班的名气响彻全校。作为体育特长生，他的专业能力也没的说，运动会上的优异成绩说明了这一点。从今天起就是真正的大人了，希望郭浩改掉暴脾气，心平气和地处理人际关系。更希望他自强不息，在班级管理上、专业课上、文化课上样样红，为四班孩子作好表率，带领爵肆班闪耀的同时自己也成为一颗更闪亮的星，获得大家的敬重与信服！

四班的每一次生日聚会都让人印象深刻，这样美好的时光将长留在孩子们心间，期待下一次的生日聚会，希望所有孩子都开心快乐地过生日、都平安健康地成长！

四班日记91　　　　2017年12月16日　星期六　阴

天冷不是理由

降温了天气很冷，但这不是睡懒觉的理由，今天早上有两个孩子因为赖床被锁在宿舍。过分的是，这已经是本周的第二次了，第一次就已经连累到张老师，他们在明知道自己行为后果的情况下继续赖床，属于典型的明知故犯！与其父母交流后，建议他们回家反省，一个回家了，另一个的父母来接还不想回去打算赖在学校。估计他们还很不服气，觉得哪有睡懒觉就上回家反省的道理。现在学校管理严格，当有孩子视规定为儿戏时，如果严格按规定办事，有些孩子都可能被劝退。提前打预防针对这些自控能力薄弱的孩子来说是好事，以免他们临到被劝退时还一脸无辜。床都爬不起来的人还能希望他们做些什么呢？四班这几天感冒的人比较多，主要的原因不是天气冷，而是缺乏锻炼。希望每天早上四班的孩子都能快速起床跑操锻炼，在寒风中流汗，用强健的体魄战胜疾病和寒冷，精神百倍地投入学习！

四班日记92　　　　2017年12月17日　星期日　阴

会考过了吃火锅

下课时大家闲聊，说天气这么冷不如去吃火锅，我说吃火锅可以但要等到会考过了后。有孩子起哄说唐老师请客？我说没问题，但要大家全部通过会考。刘希仁反应倒快，马上拿出白纸把我的话写下来，然后让我签字。我二话不说马上签，要是四班所有孩子这次会考都能过，请大家吃个火锅算什么呢。事后我郑重要求大家好好复习，充分利用这一个月时间，拼尽全力也要把这么重要的考试通过！

吃火锅不是目的，所有孩子通过会考才是重点。从这件事也可以看出四班的孩子其实对学习、对考试很上心，如果他们认真上好每一堂课、认真对待每一次考试，学习完全不是什么难事。现在的问题是很多孩子怕苦怕累，又想分数高又想好玩，这样的好事哪里去找呢？希望四班的孩子都能明白不劳则无获的道理，认真对待学习，老老实实背诵、记忆、读书、写作、做题，完成老师布置的作业，掌握基础知识，提高基本技能，然后顺利通过会考！

四班日记93　　　　2017年12月18日　星期一　阴

火热的实验室

　　为了准备理化生的实验考试，高二年级全部停课做实验。今天的实验室里，所有孩子在老师的指导下认真完成实验，四班平时吊儿郎当的几个孩子也专心在做实验。人一认真就会特别帅！看到这些孩子认真的样子，为他们感到高兴！希望他们保持这种良好的学习状态，保持上进努力的心态，在接下来的一个月时间中全力以赴，把会考全都考过，那就善莫大焉了！

　　从今天四班孩子的优良表现可以看出两点：一是四班孩子渴望在考试中展现自己的实力，希望逢考必过。常言道"哀莫大于心死"，只要心中还有期盼，还有渴望，那些平时看起来让人担忧的孩子就有希望。我们这些师长能做的就是呵护他们心中上进的火花，提供机会让他们展示，帮助他们走向成功。二是四班孩子知道轻重，关键时候不会掉链子。人可以一时糊涂，但不能一世糊涂，平时可以犯点小错误，但在大是大非面前一定要慎重。考试对目前的四班孩子来说就是重中之重，绝对不能掉以轻心。把这个牛鼻子抓住了，心思花到学习上了，那什么都好说！

四班日记94　　　　2017年12月19日　星期二　晴

安全意识防范其实是一种能力

　　班上的两个体育生连续出问题，一个下楼太快把脚扭伤，一个今天打球碰伤眉骨。这一个多月几个体育生连续出安全事故，严重影响训练。问起来他们都说是意外，不小心造成的，很少从自身思想上找问题。其实根源出在安全意识防范上，缺乏这种意识防范很容易出问题。对体育生而言，运动安全是一个随时要注意的问题，比如每次运动前的热身要充分，下楼要有自我保护意识,打球尤其要避免受伤。从一定意义上讲,安全意识防范是一种能力,你具有这种能力,就能最大限度地避免运动损伤,然后把时间和精力用到训练场上,提高运动成绩。四班的几个体育生孩子身体素质不错,但在安全意识防范上还存在欠缺,如果把这个问题解决,相信他们的运动成绩会显著提升!

四班日记95   2017年12月21日   星期四   晴

说话注意点有好处

　　班上女生与其他班同学发生口角的事情弄清楚了,四班的一个孩子私下议论其他班同学的成绩,另一个孩子在转述她的话时添油加醋,造成双方矛盾加剧。就这个事情在班上与所有孩子交流了下,有以下几点建议:一是四班孩子平时只需管好自己的事情,不要随意在背后议论他人,说者无意听者有心,容易造成误会;二是传话要讲艺术,不管是否怀着恶意打小报告,都要考虑传话后果,仗义执言也好,借刀杀人也罢,如果可能带来消极后果,都要慎重;三是处理同学关系须坚持"和为贵",大家都不是坏人,也不是敌人,开开心心度过学校生活才是重点,总想把事情搞大对我们的学习、生活、心情都没好处!

　　学校无小事,处处为育人!发生这些不愉快的事情也不全是坏事,希望四班孩子以这件事为契机,在以后的人际交往中注意说话方式方法,特别是慎重当传话筒,避免不必要的麻烦,把精力放到有意义有价值的地方!

四班日记96　　　　2017年12月22日　星期五　晴

希望会考都能过

　　三周后就要会考了，学校非常重视高二年级的会考，今天学校专门组织老师开会讨论如何提高会考成绩。经过研究，大家达成以下几点共识：首先要营造考试氛围，因为高一的会考大部分孩子都过了，这次会考有些孩子怀着侥幸心理，觉得会考不难。事实并非如此，暂且不说这次五科会考本来任务就重，就高一那两科全体师生也是紧锣密鼓地努力了一个月才过的，如果不认真，谁敢保证都能过？所以引起重视才是硬道理，特别对四班孩子来说，任务就更为艰巨，本来基础就弱，再这样掉以轻心，问题就严重了。其次要保证复习时间和训练强度，经过校领导和老师的研究，决定每天晚上提前半小时到教室，然后每天晚上三四节考试。可能四班孩子接下来这段时间会很辛苦，但为了通过会考，拼一拼也是值得的！最后是班主任要加强管理，保证孩子们的学习效果。这点四班孩子没问题，虽然他们平时看起来有些吊儿郎当，但在关键时期他们还是很重视的，在老师督促下终究是好事！虽然知道这次五科会考四班有些孩子问题很严重，但有了校领导和老师的重视，有了所有孩子强烈的过关愿望，应该会有一个让人满意的结果！

四班日记97　　　　2017年12月25日　星期一　晴

周末须按时到

　　昨晚七点上晚自习时，班上有几个孩子未返校，有的家长提前请假要晚到几分钟，有的是到了学校人不知道哪里去了。不知道去向的孩子最让人着急，生活老师张老师四处电话联系，确认孩子去向，生怕出什么事情。孩子长大了有自己的主见是好事，但随意迟到终归不行。按时返校涉及孩子的时间观念问题，应该引起大家重视。班上大多数孩子能按时到，说明孩子们养成了良好的纪律意识和时间观念。少部分孩子几乎每次返校都迟到，主要原因除了学习兴趣、时间观念有待加强外，把心思放在网游等莫名其妙的事情上才是主要原因。希望家长密切配合老师，每次返校要提前与孩子协商好，何时出门一定要定好规矩，力争每周日晚按时返校进教室！

四班日记 98　　　　2017 年 12 月 26 日　　星期二　　晴

课间操时出去走走都好

　　上周五班上出课间操的人数较少，德育处专门到班上来打招呼，督促所有孩子按时出操。昨天课间操的出勤情况非常好，但今天又有四个孩子没有出勤。大致了解情况，发现都是病号不能跑操，但按照学校规定能到的要集中到操场。这样做的好处很明显，既避免了孩子没班主任监管出问题，又促使他们在紧张的课堂学习后放松一下。对四班孩子来说，出操对少生病特别有意义，上两周班上感冒肆虐，很多孩子高烧不退，跟抵抗力低下有关系。很多孩子成天待在关着门窗的教室里，很少出去透透气。所以课间操是一个很难得的日常锻炼的机会，学校非常重视，要求能跑操的孩子一定要到操场运动一下。总体而言，四班在这方面做得不够好，让人大伤脑筋。现在学校非常关注四班，这是一种关心和督促，希望所有孩子都重视课间操的价值，每天按时出操，身体实在有问题也要去操场转转，一定有好处！

四班日记 99　　　　2017 年 12 月 28 日　　星期四　　晴

记住温馨浪漫，记住打灯的孩子

　　大家期待已久的校园音乐会今晚十点开始，作为学校音乐特长生的汇报演出，在一个小时的精彩演出中，四班的几个孩子成为绝对的主角，他们或独奏、或合奏、或伴奏，展示了自身的艺术特长，为参加音乐会的校领导、老师、同学送上了丰盛的音乐大餐，让大家度过了一个难忘的夜晚！在祝贺潘禹辰、谷启扬、郭浩、王纳的同时，我们还要记住四班那些负责场地布置美化的孩子，记住那些把手电筒当成霓虹灯一直闪烁的孩子，记着那些搬运钢琴的孩子，是他们与场上主角一道，为音乐会的温馨浪漫贡献了力量！所以，让我们感谢场地布置的：田路宁、张蜀昊、束思雨、王克荣、夏翊洋、李泽荣、刘希仁、李蝶、李博、谢军、姜鸿飞、王邦、李刘琳；感谢搬运钢琴的：陆昊彤、陈自立、刘漾赟、保斯然；感谢最佳主持人：胡婷婷、徐颢元；感谢所有在二楼打灯的四班孩子！

中午几个学美术的孩子在设计场地图案认真画线的时候，一个老师对我说：四班孩子真能干！我没有谦虚，而是由衷地赞同：四班的孩子的确能干！不止在专业上能干，在做事上能干，而且在展现四班实力、体现四班风采的时候特别能干。这体现出孩子们的专业水平和专业能力，更显示出爵肆班的凝聚力和战斗力！过去几个月，四班孩子经历了很多事情，有波折、有麻烦，但更有荣耀和喜悦，所有人在这些过程中学习了很多、思考了很多、感悟了很多，并最终收获了很多。四班现在还有问题，甚至难以解决，但四班孩子良好的发展势头让人欣慰，让人看到了希望！如同演出现场那些手电筒发出的灯光，不是那么显眼，不是那么突出，但终究发出了四班自己的光芒！相信这光芒会在四班所有孩子心中永驻，并如星星之火最终在一年半后呈燎原之势，指明所有孩子的前进方向，照亮所有孩子的未来！

四班日记100　　　2017年12月29日　星期五　晴

告别2017　拥抱2018

今天是2017年四班上课的最后一天，孩子们以自己的方式向老师们表达了节日问候。上午第四节，同学们建议我打开多媒体看看，我惊喜地看到了一颗大大红心中间的"祝老唐元旦节日快乐"，很感动，也很感谢四班孩子的用心！其实每位四班老师今天都收到了来自爵肆班孩子的问候，从这些小细节可以看出所有孩子对老师的感恩、对新年的期盼、对未来的憧憬！感谢四班的所有孩子！

今天四班也有一些事情发现，下午一个男生忘记了我近段时间再三强调的行为规范问题，在其他班教室有不恰当行为。按照学校规定，将其父母请到学校，说清事件原委，并按要求让家长带回去教育反省一周。特别要感谢高二年级负责人李丹瑜老师，经过她到学校德育处的全力争取，德育处让该生正常上课准备会考，但再犯错将按规定回家反省一个月。说实话，高二年级类似处罚首次发生在四班不是偶然，有我教育不力的原因，也有部分孩子自控能力薄弱的原因。敬告四班孩子要注意这个问题，尤其请各位家长与孩子多交流，避免类似事件发生。

苦乐参半的2017年最后一天也是四班这四个月的缩影，所有人都看到了四班孩子的进步和成长，但部分孩子身上还存在问题和不足。挥挥手告别2017，希望这些孩子也告别自身存在的问题，满怀激情地拥抱2018，在新的一年中用汗水和心血创造属于自己的历史！对2018年，四班孩子应该都有所期待，因为这一年他们在学校待半年，下半年就会接受专业课培训，这一年基本上可以决定所有孩子的人生走向，让我们共同努力，为四班孩子的2018年保驾护航，确保所有爵肆之星闪耀！

最后，感谢校领导、老师、工作人员对四班的厚爱与支持！感谢所有科任老师对四班的辛勤付出！感谢所有家长对四班工作和孩子的关爱、理解、鼓励和帮助！感谢四班孩子对爵肆之班的付出！同时感谢所有人对我个人工作的支持和帮助！祝所有与四班有关联的人：元旦快乐、新年吉祥！

四班日记101　　　　2018年1月2日　星期二　晴

留查非我愿

上周四班两个男生在宿舍公厕抽烟被生活老师发现，他们其中一个孩子上周五又在男女生交往方面存在不恰当行为，另一个以往因为抽烟本身就被处分过。今天他们的情况经过学校德育处研讨，最终被处以留校察看的处分。说实话，我很不希望班上的孩子被这样处分，因为这意味着他们在学校再也没有被轻罚的机会。虽然我们常说"年轻人犯错上帝也会原谅"，但学校的管理毕竟还是需要一定的规章制度约束，当某些孩子触碰到红线时，学校也只能忍痛为之。

处分前我专门与这两个孩子谈过，因为这对老烟民曾经被我严厉批评过，他们也保证在学校再不抽烟，我很好奇到底是什么原因促使他们做出如此不明智的举动。因为这几个月来，这两个男生是我心目中进步非常大的孩子，比较八月底与现在他们的表现，基本上可以说已经是两个人了，为什么突然发现这样的事情呢？与他们谈话后，发现理由还真充分，至少在他们看来是如此，但归根到底在于自身控制力不强，这一点他们其实也认识到了。看到一句很有道理的话：让我们走向成功的无非是勤奋、自律和有条理，其中的自律不就是告诉我们自制力的重要性吗？外部原因可能很多，但如果我们能控制自己的行为，遇到烦恼时采取运动、写日记或者找朋友谈心等积极方式应对，哪里会有可恶的抽烟一事呢？希望四班所有孩子引以为戒，遇到不顺心的事情采取积极方式排解郁闷，避免类似损人害己的行为，避免为自己带来不必要的麻烦！

四班日记102　　　　2018年1月3日　　星期三　　晴

孩子懂事是福气

昨晚张蜀异突然高烧近四十度，我在校门口把她送上车，但还没到家就已经高烧到不能动弹，于是马上送医院进行抢救，今天早上张妈妈告诉我孩子病情大为缓解。中午孩子睡醒后，就开始看书学习，并要求尽快到学校准备会考。张妈妈很无奈，问我怎么办，她希望孩子在家多休息两天。我能说什么呢，只能建议根据孩子的实际情况来定，如果到学校，我会多关注她，力保她健康地投入到学习中。同时真诚地恭喜张妈妈：有这样的孩子真是福气！

工作二十多年见过无数的孩子，对于学习其实就两类：要我学的孩子和我要学的孩子。他们的区别不仅仅是学习成绩的问题，而是人生态度的问题。需要其他人监督才能学习和做事的孩子想要取得多大成就真的很难，而那些发自内心想学习的孩子却很省心，基本上不需要家长和老师花多少工夫。那么到底是什么导致了这么巨大的差异呢？原因很多，其中最主要的是自主意识，就是我们平常说的"自己的事情自己做"的意识。从小家长就告诉孩子生活上要学会自己照顾自己、学习是自己的事情时，当老师告诫学生每个人都是这个世界独特的存在、需要独立完成学习任务时，他们已经向孩子传递了一种意识：你是一个独立的个体，应该为自己的行为负责，应该做自己该做的事情！这种有独立意识的孩子、有自己梦想可以追逐的孩子，哪里需要家长和老师操心呢？

　　欣喜地是，四班类似张蜀异这样勤奋好学的孩子真不少，他们平时看似不显山不露水、老老实实普普通通，但每次考试都名列前茅或者稳步上升。还有些孩子已经认识到专业课和文化课学习的重要性，正在迎头赶上。当然也有极少数孩子还在云里雾里，被一些莫名其妙的事情所羁绊，学习上、生活上和心理上消极悲观、得过且过，虽然他们也想改变但效果并不明显。希望大部分好学上进的孩子能带动这少部分愿意改变的孩子，都成为懂事的爵肆之星！

四班日记103　　　　2018年1月4日　星期四　晴

调查起床情况

　　昨晚十一点多生活老师联系我，说班上三个孩子回宿舍前未与全班同学一起集合，其他孩子等急了也私下跑了，对这种违反纪律的事情生活老师肯定要追查。今天六点五十不到我就到宿舍检查起床情况，孩子们都起来了，就是动作比较慢，幸好在全校集合前都跑到了操场。跑操结束，老师专门到四班清查人数，并结合近期出操情况对四班孩子进行了严厉批评。话虽然难听但有道理，我只能尴尬地陪着大家接受批评。问了一下昨晚的三个男生，理由一大堆，但改变不了个别人违反纪律却让其他同学挨骂的事实。这种情况让人很无奈，四班个别孩子犯错，背锅的却是大部分遵守纪律的孩子。我向这三个孩子剖析了这种不公平，引导他们认识自身行为对四班其他孩子带来的影响，并希望他们以后严格按规定行事，避免类似事件再次发生！

四班日记104　　　　2018年1月5日　　星期五　晴

家长的支持是四班进步的保障

　　这周学校要求收会考费，很多孩子没有带现金，只好让家长通过微信转钱。麻烦的是学校周围缺少自动取款机，遇到这种情况我都比较头痛，期末这么忙的节骨眼真没有那么多时间去做这些事情。非常感谢夏翊洋妈妈，她帮助解决了这个问题。其实类似夏妈妈这样热心为班级做事的家长还有很多，当班级有这样那样的事情，总有家长及时解决四班的燃眉之急，保证四班各项工作正常开展，感谢所有为四班排忧解难的家长朋友！

　　众人拾柴火焰高，家长协助爵肆好！这四五个月四班取得了一些进步，与全体家长的关心、帮助、支持、鼓励密切相关。相信四班的孩子已经感受到父母的这种苦心，他们一定会用自己的实际行动回报父母的关爱！这周很多老师反映四班孩子突然懂事了，纪律变好了，上课认真了，学习积极了，分析原因，除了复习会考外，与理解了家长的苦心和关爱一定有关系吧！

四班日记105　　　　2018年1月6日　　星期六　晴

老实孩子也犯犟

　　昨天下午放学后，全班同学在操场集合准备参加集体活动，体育老师王宁整队时班上两个男生跑去捡球，违反了纪律。王老师的惩罚措施比较温柔，要求他们做平板支撑，一个孩子照做，另一个孩子拒绝。接到王老师打电话给我，我马上赶到操场，问拒绝的原因，这孩子嘴上说是做不了，实际上是不服气。聊了几句后他还是认识到了自己的违纪行为，并认可了王老师惩罚的合理性，然后老老实实地做了两分钟平板支撑。与王老师交流了这件事，谈到这两个孩子平时非常老实，属于那种成绩优异、遵规守纪的三好学生。但这样的孩子也容易认死理，如果他没有认识到老师教育行为的合理性，犯起犟也是九头牛都拉不回。遇到这种情况，摆事实、讲道理是最好的解决办法，因为他们还是明理的，只是面子问题，加之很少受过批评，心理上一时过不了关，只要老师把话说透，他们会接受相关处分的。

当然，这样的事情还是不发生为妙，有规矩才能成方圆，老师一般不会无理取闹，故意刁难学生，但出现违纪情况时正常处理也是老师的职责，学生积极配合处理应该是最明智的方式。对老师的处理有意见可以采取正当方式反映，协调师生关系是班主任工作的重要内容，相信班主任会正确处理这些事情。纵观这件事的发生、发展和结果，四班这两个孩子的表现很不错，知错能改善莫大焉，更何况是平时非常老实、优异的孩子呢？希望四班孩子引以为戒，杜绝类似事件的发生！

四班日记 106　　　　2018 年 1 月 7 日　星期天　晴

晨跑有什么魅力

在群里看到生活老师发给我的晨跑照片，觉得自己当时很没有礼貌，只顾埋头跑也没有与张老师问个早。平时上班时间紧，还要招呼自家孩子上学，所以就在小区跑个半小时左右，总感觉不过瘾。周末早上时间反而更充裕，加之七点五十要监督四班孩子进教室，所以周末成为晨跑的最佳时机。七点出门时气温还低，但清冷的晨光照亮前行的路，如果不是这个时间起床很难发现淡青色天空中明月的纯洁与闪亮，远方山峦上隐约可见的霞光，如同淡蓝色的裙摆镶嵌着橙黄色的亮边。以前到云南来醉心于晒太阳，但现在有机会欣赏晨间的天空、明月和霞光，意外地发现云南的凌晨也是如此迷人，这算是晨跑其他收获吧！周末的学校操场空旷寂寥，但适合戴着耳机埋头向前的跑步者，不到半小时就大汗淋漓，一小时后疲劳感反而消失、浑身舒畅，这算是跑步带来的美妙礼物吧！

　　一直鼓励四班孩子晨跑，直接原因是为了健康，这个周末缺勤不算太严重，但还是有好几个孩子因为重感冒回家，让人遗憾。但跑步更大的价值在于人的精神状态，身体好了自然精力充沛、活力四射，这是我一直鼓励四班孩子跑步的根本原因。从目前的情况看，效果不佳，缺觉等理由的确存在，但六点半准时起床总是应该的吧，对这个最低要求少数孩子也存在匮难。所以根本原因在于观念与意识，如果把跑步当成要事来做，哪里需要现在的二十五分钟时间才能到操场呢？希望四班的孩子养成锻炼身体的习惯，利用一切机会运动，用强健的身体和强大的内心面对学习、生活和人生！

四班日记107　　　　2018年1月8日　星期一　晴

会考复习指南

　　路过教学楼看到三班出的黑板报，主题是会考复习指南，很受启发，特记录下其重点以供四班孩子学习借鉴：熟背熟记重点知识；多看错题及会考说明；不懂就问，巩固联系；believe yourself。方法简单实用又有效，会考最后一周按照这个指南去复习一定大有裨益。

　　这里涉及一个向其他班学习的问题，好学的人从来都不耻下问，愿意向其他有本事有才华的人学习。对四班孩子来说，三班很多孩子的学习态度、学习方法值得学习和模仿。三班只有四个男生，但都很靠谱，自律上进、勤奋好学。三班的女生更了不起，有很多已经达到"要我学"的境界，并在学习方法、技巧、策略方面经验丰富。如果四班孩子结合自身实际，谦虚点去找三班孩子请教，一定有助于学业进步。但遗憾的是前段时间两个班发生了一些不愉快的事情，影响了交流合作。另外一个现实在于个别孩子不是带着学习交流的态度串班，而是为了一些莫名其妙的事情去串班，更过分的是还有孩子存在不文明、不雅观、让其他人难堪的行为。但总体而言，这些不良现象不是主流,两个班大多数孩子的交流是愉快和有益的。希望四班孩子虚怀若谷、谦虚好问,有机会就向三班孩子请教学习上的问题,提升自己的学业水平!

四班日记108 　　　2018年1月9日　　星期二　　晴

生病不是偶然

　　马上要会考,孩子们压力很大,更何况有些孩子还属于临时抱佛脚,但备考最后一周四班遇到的最大敌人是感冒。这段时间气温下降,感冒概率增加,学校虽然也采取了消毒措施,但无法防止几个孩子被病毒感染。四班有三个孩子感冒请假已经一周了,这几天随时有孩子请假出去输液、拿药,上课期间经常有六七个不在,科任老师说起来也是无可奈何!观察了很多孩子的生活习惯,发现他们生病有很多主观因素,比如:冬季打球后穿短裤进教室,凉了也不加衣;下课后躲在教室不出门,运动机会少;上课紧闭门窗,空气浑浊、细菌滋生;大半夜不睡觉,无法早起锻炼,睡眠不佳也降低了抵抗力等。相对而言,四班孩子的生病概率远大于其他几个班,与这些坏习惯有很大关系。

　　针对这些问题,我在四班也做了很多提醒,要求全班孩子注重生活细节,平时多运动、到食堂就餐、按时睡觉、课间到走廊多转等。但有些孩子总是怕冷、不愿意动、晚上睡不着等,等待他们的就是过段时间就感冒,让人很无语。有时想想,成绩优异与否与智商真没多大关系,但跟这些关乎生活细节的观念大有关联。我经常观察其他班成绩优异的学生,他们平时在生活细节上非常注重:按时就寝、早起跑步、劳逸结合,把一切精力都放到学习上,成绩自然喜人。建议四班孩子多向这些有目标有追求,更有策略有方法的同龄人学习,养成良好生活习惯,保持身体健康,全身心投入到学习中去!

四班日记 109　　　　2018年1月10日　星期三　晴

大家进步才是真的进步

　　期末按惯例学校会评优评先，按照四班"民主公平，自主管理"的宗旨，公投即可产生。"优秀干部"的评选中班长郭浩和纪律委员李博票数所差无几，最后郭浩以微弱的优势领先。"三好学生"的评选中束思雨是遥遥领先，看来四班孩子的眼睛是雪亮的。最激烈的就是"进步之星"的评选了，全班三分之二以上的孩子都被提名，而且很多孩子的票数都很接近，经过与四班老师的协商，刘希仁和李刘琳最终当选。评选为先进很是可喜，但更让人高兴的是全班绝大多数孩子被认为"进步"了，这算是本次评先最大的亮点！

　　四班孩子各有特色，但经过半年的学习，大部分孩子都觉得自己有进步，可能有的进步多，有的进步少，但只要在进步就是好事！这半年来经常有人说四班变化太大，但个人认为四班最大的变化是每个人都感觉在进步，都在努力进步，都在为进步而努力！聚沙成塔、积少成多，一步一步地前行、一点一点地进步，爵肆之子不会让大家失望！

四班日记 110　　　　2018年1月11日　星期四　晴

早起不是问题，问题是

　　昨天早操就去了八个人，把生活老师张老师气得够呛，晚上问责未到的孩子，计划每人罚跑十圈，不过他们保证不再犯，于是把这次的处罚留到下次了。今天早上六点多，我专门赶到操场检查跑操情况，意外地是所有孩子都到了，看来都很守信！分析这件事，发现对四班孩子来说早起跑操完全不是问题，那么问题到底出在哪里呢？起床肯定没问题，因为现在真正赖床的几乎没有，但就是动作慢。怕冷好像也不至于，因为只要打篮球再冷都是短衣短裤。估计最核心的原因还是意识观念特别是自控力不足。晚上如果睡不好觉，早上自然很难爬起来，所以下晚自习后快速洗漱然后尽快入睡是关键！早上六点半铃声一响就爬起来，只要稍微一懈怠想赖会儿床，问题就复杂了，其实一下爬起来就起来了，也没有那么难受！相信通过今天的体验，四班孩子特别是个别男生的懒毛病会逐渐好转，每天都能早睡早起，保持身心健康！

四班日记111　　　　2018年1月12日　　星期五　　晴

两点半能到吗

下午放假，要求四班所有孩子周末早点返校，所有人下午两点半赶到教室复习应考。意外地是这次没有任何一个孩子唱反调，有些孩子还信誓旦旦地表示要提前到教室复习。太阳从西边出来了？非也，因为关键时期四班的孩子从来都不让人失望，都渴望在会考中取得优异成绩！那么，所有孩子都能在周日下午两点半准时赶到教室吗，让我们拭目以待。

四班日记112　　　　2018年1月15日　　星期一　　晴

复习进入恐怖阶段

今天问一个孩子复习得怎么样，她说还行，并告诉我全班同学都在认真备考，连"陈自立和刘漾赟都在认真了"，"太恐怖了"。我不知道她在表扬还是调侃陈自立和刘漾赟，但用上"恐怖"形容班上的复习气氛，说明四班孩子这段时间真的拼了，为这次五科会考竭尽全力，复习进入白热化状态！

四班有些孩子属于"平时不努力，临时抱佛脚"的，平时上课不够认真，对老师的严格要求不当回事儿，幸好每次考试前都比较靠谱，会全力投入。虽然有些亡羊补牢的味道，但总比不补强些。就拿昨天下午两点半到班情况来看，除极个别孩子犯糊涂外，绝大部分孩子都按时到班认真复习，让高中部老师啧啧称奇！今天上午开考前半小时，四班很多孩子还围在历史老师周围问这问那，连老师都笑他们如果平时也这样认真努力，哪里还操心考不上好大学？当然，按照量变是质变的基础、量的积累才可能引起质的突破等哲学思想，平时的积累和努力才是取得好成绩的前提，希望四班的孩子把准备考试的劲头用到平时学习中，夯实基础，那么每次考试都能从容不迫，取得优异成绩！

四班日记113　　　　2018年1月16日　星期二　晴

带病坚持考试

　　这次会考前夕正好赶上季节性流感大暴发，班上感冒的孩子太多了，好些孩子随时进医院，让人头痛。包括这两天考试，晚上还是有两三个孩子回家治病，有的孩子还被诊断为肺炎。但这些孩子一到考试就拿出劲头，并全力以赴完成考试，为他们点赞！

　　人都需要点精神，为了完成任务如何对待困难反映出一个人的靠谱程度。四班的这些孩子经受住了考验，在会考这样重要的考试面前克服了疾病困扰，说明他们很靠谱。希望任何时候四班孩子都能这样精神百倍地面对学习和生活中的困难，打好每一次战役，赢得他人尊重！

四班日记114　　　　2018年1月17日　星期三　晴

会考圆满结束

　　最后一场会考科目是政治，据说题还比较难，但四班还是有好几个男生提前交卷，然后生龙活虎地奔跑在篮球场上。问他们考得怎么样，自我感觉都还不错，至少"材料题都答完了"。看到他们会考结束如释重负的兴奋劲，都不忍心批评他们提前交卷这档事了！

　　近几周为了会考四班所有的孩子都值得表扬，难得看到四班孩子都那么用心、认真、专注地学习。通过这几周优异的学习表现，可以看出所有孩子都希望在学业上取得好成绩。问题在于高中学习是三年时间，现在其实就剩一年半了，建议孩子们每时每刻都绷紧神经，而不是考试前的几周临时抱佛脚。班上那几个一直坚持用功的孩子状态之所以好，就是因为他们一直在坚持、一直在努力。希望其他孩子从这次备考经历中体会到"一分耕耘一分收获"的道理，把这几周的学习状态一直保持下去，直到高考结束！

四班日记115　　　　2018年1月18日　星期四　晴

为什么总是在同一个地方摔跤

　　今天班上又有孩子因男女生行为举止不规范被巡视领导抓了现行，等待的自然是学校的严肃处理。让人遗憾的是这孩子算是班上各方面表现很优异的孩子，出现这样的事情让人叹息！关于类似问题，学校要求严格、惩戒较重，我多次在班上强调声明，想来其父母也是苦口婆心地劝说过，但仍然屡次出现，那么到底是什么原因呢？

　　规则意识的淡薄算一个吧，学校特别是教室是大家安心学习的地方，面对学校提出的男女生交往规则，部分孩子估计没当回事，或者觉得犯一两次也没什么。甚至明知两周前班上有同学因为类似事件被处分，仍然我行我素。意识如此，行动自然难以改进，出问题、被处分就在意料之中了！

　　荣辱观的扭曲也算一个吧，四班的孩子大多快到成年了，男女生的行为举止哪些属于荣耀的、哪些属于羞耻的其实大家都明白。但我不疑部分孩子颠倒了荣辱，影视作品和社会上的不良作风造成了他们荣辱观的偏差。很欣赏一句话：喜欢就会放肆，而爱就会克制！可能在这些孩子心目中他们认为自己在爱，但从他们放肆的行为中无法让人看到爱的影子。

　　原因可能还有很多，但还是要奉劝四班部分孩子一句：中学生毕竟未成年，我们的主要任务是学习，把宝贵的时间用于这些没必要的事情上真的很可惜。不要随时让别人劝你好好读书，自己争气点，把心思放到专业课和文化课学习上！

四班日记116　　　　2018年1月19日　星期五　晴

让我一次吃个够

  会考结束后，高中部一直在找机会庆祝，李丹瑜老师包饺子的主张得到大家一致赞同。今天下午放学后，王宁老师组织高中部全体孩子包饺子，看得出来孩子都很高兴。看了生活老师张老师给四班孩子拍的照片，很多孩子都专注地在包饺子，有模有样、姿态万千。开完会后正好赶上吃饺子，食堂准备充分，所有孩子包括老师都在敞开肚皮享受美食。不仅我们觉得味道不错，孩子们吃着自己包的饺子也是特别香。意外地看到平时不喜欢到食堂就餐的王克荣，正在津津有味地大快朵颐，一个人坐一桌也吃得这样有味道，不错不错！陪着大家吃了不少的饺子，连续取了好几次饺子，连陈自立都看不过去了，招呼我到他那里去分几个，但我完全相信他的肚皮，让他自己解决吧！

  这是半年来我在食堂呆得最久的一次，以前都是三下五除二，几分钟搞定用餐，今天却与大家有说有笑地吃了半个小时。首先是孩子们包的饺子味道鲜美，更主要的是大家笑容灿烂，氛围好了胃口就好，平时我晚上基本不吃东西，今天却撑得难受。感谢孩子们费心包的饺子！感谢李老师的提议！感谢食堂的配合！希望以后多举办这样的活动。

四班日记117　　　　2018年1月20日　星期六　晴

表扬坚守教室的孩子

　　上午又有两个孩子因病回家，下午仅一半孩子在教室，这样哭笑不得的缺勤率大家都不愿意看到，但又不得不接受现实。昨晚碰到学校的一个领导，他很疑惑地问我：四班学体育的孩子多，打篮球最厉害，可为什么总是有那么多人生病回家？他还怀疑很多孩子不是身体有病，而是心里有病。我明白他的意思，说实话，领导说的现象在有的孩子身上的确存在，一点小毛病就要回家。但这次缺勤多的确与天气变化大造成部分孩子感冒有关，但一个班缺那么多孩子总感觉不对劲。不过让人欣慰地是，还是有那么多孩子坚持在教室里认真准备期末考试。下午特地表扬了这些孩子，因为这至少体现出他们如下三个优点：一是身体素质不错，在流感肆虐的季节还能保持身体健康；二是生活习惯好，身体之所以好是因为平时积极锻炼和合理饮食；三是精神状态佳，周围空了那么多座位，还能专心学习，说明把学习看成了自己的事情，不管其他人怎么样，自己学自己的！当然，更希望因病回家的孩子病愈，早日返校，全身心投入到期末复习备考中。

四班日记118　　　　2018年1月21日　星期天　晴

禁止打篮球了

　　晚上体育委员发高烧，很诧异他这么好的身体也要生病，问了原因果然是下午打篮球后着凉了。还有两天就期末考试了，为了防止类似事情发生，今天专门在班上宣布接下来几天禁止打篮球，以免生病影响考试。看得出大家很理解这个决定，估计也认识到了这样做的必要性和重要性。纵观四班因为运动而生病的情况，发现很多孩子在小事上麻痹大意、自以为是，最后导致因小失大、影响学习。其实学校生活的方方面面都是有联系的，运动、休息、人际关系等与每个孩子的学习状态密切相关，如果忽视这些小事，易导致连锁反应，"城门失火殃及池鱼"，最终还是会影响到孩子们的学习。希望四班孩子能明白这些简单道理，任何时候都谨慎从事，做好每件小事，服务于学习这件大事！

四班日记119   2018年1月22日   星期一   晴

罚跑20圈

因为生活老师张老师没在学校，我今天决定去陪大家跑操，意外地发现有几个男生没有到操场。早读时问他们怎么回事，都很坦率，没有去找什么理由。按照以前的约定补跑，我先陪他们跑了10圈，然后问他们状态如何，都很不错，决定再跑20圈，速度太慢，第一节上课才跑了10圈，决定留着以后跑。其实对四班的男生而言，跑几十圈完全是小菜一碟，问题是早上赖床，道理都懂，难得就是爬起来。罚跑是手段，培养早起习惯才是目的，希望经过今天这几十圈的洗礼，以后所有人都能快速起床跑操！

四班日记120   2018年1月23日   星期二   晴

不情愿地收拾教室

按照学校要求，期末考试前每个班都要收拾教室，所有书籍和物品先拿到宿舍，然后寒假再拿回家。听到这个消息，班上是抱怨一片，觉得麻烦。讲明道理后，大多还是能理解，采用各种办法把东西拿回宿舍。教室里很快清空，感觉清爽很多，这才像个考场的样子嘛。学校为了安全考虑要求寒假把所有东西带回家，看起来有些麻烦，但好处也很明显，比如寒假随时可以翻翻书，下学期来时可以有选择性地拿书来。希望所有人理解！

四班日记121　　　　2018年1月24日　星期三　晴

期末考试圆满结束

　　本次期末考试比较特殊，因为会考科目多，这次就英语和数学需要考试。前面六天，孩子们会考一过就全身心投入到期末考试中，还算认真努力。今天的考试过程中也出现了一些曲折，经过各方努力，问题大致得以解决，考试顺利结束！虽然昨晚就要求孩子们把书本物品拿回宿舍，不过教室里的东西也还有，但大家收拾得都比较快。孩子们归心似箭，连清洁卫生都没来得及打扫，就急匆匆往家赶。非常理解大家的心情，这半年所有孩子都很辛苦，这几天应该好好回家放松放松！

四班日记122　　　　2018年1月25日　星期四　晴

孩子，不要让你妈妈的眼泪白流

　　因为行为举止多次违背学校纪律，班上一个孩子不得不转学。昨天下午到宿舍清查时遇到他妈妈在收拾东西，没说两句话，这位朴实的妈妈就泪流满面，说这学期孩子进步很大，月考竟然上四百分了，谈到因为小事造成转学感到十分痛心。其实这个孩子本学期进步最大，开学初我就对他很关注，因为在他散漫动作、无动于衷的外表下其实隐蔽着一颗聪明的大脑和渴望成功的雄心。经过时时处处提醒，他的动作越来越规范，人也越来越有精神，特别是作为班上的劳动委员，表现出了不起的组织能力和负责态度。看到他的进步家长、同学和老师都很高兴，但不良的生活习惯和不规范的行为习惯一下子难以根除，虽然大家多次提醒，但还是触碰了红线，让人痛惜和遗憾！

孩子，不要让你妈妈的眼泪白流！人年轻的时候犯错不可避免，但要"吃一堑长一智"，吸取教训，不要在同一个地方摔两次跤。四班的精彩有你的参与，你为四班做的工作大家都记得，希望你在其他学校专心学习、持续进步，以后任何时候见到四班的老师同学，相信都是朋友！

四班日记123　　　　2018年1月26日　星期五　晴

获"优秀班主任"提名有感

晚上十点多年级组组长李老师打来电话，说高中部公选本学期"优秀班主任"结果出来了，我很荣幸地以微弱优势当选。但这个结果让我诚惶诚恐，因为我知道高中部的其他班主任都很优秀，他们认真负责的工作态度、卓越的带班效果都让我佩服。高中部其他班级纪律表现和学习成绩优于四班，我何德何能获得"优秀班主任"称号呢？唯一的解释是：四班的孩子有进步！感谢高中部领导和老师对四班的厚爱，我就将这次评选当成大家对四班的鼓励和鞭策吧！

四班的进步是孩子们长期努力的结果、是科任老师兢兢业业工作的体现、是各位家长与学校协作的成果、是学校领导关心的结果，所以请允许我将"优秀班主任"这份荣耀献给四班所有的孩子和家长，献给所有科任老师和关心四班的学校领导和老师。希望四班不辱使命、再接再厉，在2018年用更优异的表现回应大家：爵肆班配得上所有的荣誉！

四班日记124　　2018年1月27日　星期六　晴

散学典礼实录

　　班上大部分孩子和家长参加了今天的散学典礼，在家休息了几天，感觉孩子们的气色不错。或许是因为放松的原因，很多同学忘记了穿校服，甚至个别男生烫了大卷发，俗称"鸡窝头"，让人哭笑不得。整个散学典礼虽然艳阳高照，但孩子们还算配合，安静地坐在操场上。四班今天上台表演的只有潘禹辰同学，但他自编自唱的歌曲引起全场轰动，甚至有老师下来问我这首歌录没录下来，并拜托我如果录了后一定拷贝一份给他，因为太好听了！看来好东西大家都喜欢，希望四班这样的好作品和受到大家喜爱的作品越来越多！

　　散学典礼后召开家长会，结合本学期三次月考成绩，我给家长朋友介绍了四班越考越好的上升趋势，并结合PPT中的图片介绍了四班孩子本学期参加的各种活动以及获奖证书，家长和我都为孩子们在文化课和专业课中取得的进步感到自豪。在学生经验介绍环节，张蜀异同学分享了自己的学习经验，实用且具有很强的借鉴价值，她的表现与平时桀骜不驯的样子大相径庭，说明只要给孩子们一个机会，他们都会把最精彩的一面展现出来。谢军同学在分享自己的学习方法后，还特别强调了中途到四班来学习美术是"很明智的选择"，因为"四班的同学都很好，老师也都很好"。总之，"现在的四班挺好的"，感谢谢军对四班的热爱与认可，希望四班所有的孩子都这样看待四班，并用自己的发光发热为四班添彩！在家庭教育分享环节，束思雨妈妈介绍了自己的育儿经验，培养出束思雨这样优秀孩子的家长果然不同凡响，有很多精彩的做法，特别是家长"教育孩子不如教育自己"这句话让我很受启发。相信束妈妈的经验分享对四班家长都有启发。

　　按照学校要求，期末离校前每个教室要打扫清洁，以便下学期大家进班时能有个舒适干净的环境。家长会结束离校前，班长郭浩带领谢军、李博、李蝶等一些同学认真打扫教室卫生，体现了他们高度的集体荣誉感和责任感，他们在这样的义务劳动中不会吃亏，而是为扫出自己的人生新天地奠定基础！

感谢他们，还要感谢谢军妈妈和其他几个家长，帮助孩子们收拾书桌，有了家长的参与孩子们会以更大的热情投入到四班的各类活动中去，谢谢你们！

一学期就这样结束了，圆满收官。很荣幸来到四班，见证这二十多个孩子的成长进步，见证所有家长对孩子的关爱、对四班工作的支持！一年更比一年好，2018年对四班孩子来说举足轻重，他们大多18岁已经成人，上半年要把一年的文化课复习任务完成，下半年还要专业课训练。但这半年孩子们的优异表现证明他们有实力、有信心完成这些挑战，并在来年用丰硕的成果告诉自己"我能行"，告诉家长和老师"我们是最棒的爵肆之子"！

四班日记125　　　2018年2月28日　星期三　晴

重返四班心情好

这个寒假算是史上最长寒假了，但感觉也没多久就结束了，这两天老师到学校做好了各自安排，就等着孩子们报到注册重返校园了。副班主任刘老师很用心地在四班黑板上画了世界地图，并用漂亮的粉笔字写上"欢迎回班"。下午四点多我在教室陆续见到了王克荣、李博、张蜀昊、束思雨等，六点多除了几个请病假的孩子，大部分基本上都报到注册了。晚上第一节是我的自习课，也算是收心课，主要与孩子们交流了一些假期见闻。大部分孩子都觉得这个巨长的假期还算充实，基本就是待在家里做作业、做家务、陪家人，郭浩、刘漾赟、陈自立等几个体育生到健身房去锻炼。最让人欣喜的是陆昊彤说假期帮助父母照顾生意、刘希仁到父母的厂里帮工。这些积极的假期打开方式说明孩子们对自己的生活和时间有了清晰地安排，其实开挂的人生都是这样安排出来的！

我与大家分享了假期与以前学生聚会的感受，这些农村出身、条件极端艰苦的学生现在有的读了国内博士，又还拿到荷兰的博士学位，有的高中毕业到深圳打拼现在在那里买房买车、事业有成，成绩很一般的几个现在也开厂当老板。结合这些学生的经历与他们假期和我的交流内容，我给四班孩子谈了三点感受：一是人的未来是不可估量的，特别是年轻人，只要愿意奋斗

高贵善良·坚毅独立

与拼搏，都可以在不远的未来闯出属于自己的人生新天地；二是好习惯成就人生，智商固然重要，但读书写作、运动锻炼、守时上进等好习惯对一个人成就事业更有价值；三是坚持创造奇迹，天上不会掉馅饼，不断努力、持之以恒，咬定青山不放松，奇迹在不经意中就会出现。对四班孩子来说，为了顺利完成高考前的文化课学习和专业课训练，这三点都很重要，希望孩子们能领会这些经验，并在以后的学习工作生活中贯彻落实，用自己的汗水浇筑属于自己的成功！

接下来的寒假作业检查中，我一个一个、一项一项地检查，欣喜地发现大部分同学很认真地完成了各项作业。几个体育生存在敷衍了事的现象，当场督促他们修改并补齐。总体来说，四班孩子对寒假作业都比较上心，很自觉地完成属于自己的任务。这开了一个好头，让人对四班本学期的学习充满了信心！新的一年，期待孩子们用更完美的表现来证明：四班是最棒的！

四班日记126　　　　2018年3月1日　星期四　晴

班委改选

班长郭浩昨天找我辞职，问其原因，感觉学业压力大，这学期打算静心养气、努力学习。我告诉他按照四班自主管理的原则，他这个班长是大家民主选出来的，应该找班上同学辞职而不是找我。于是他今天给大家讲明了情况，大家很理解，并决定重新选班长，潘禹辰同学获得大家的高度认可，成为新的班长，并由他提名，成立了新的班委。相信新的一届班委成员不会辜负全班同学的重托，勇挑重担，克服困难，完成班级自主管理工作。

要感谢前班长郭浩同学，上学期四班取得如此多的集体荣誉，他是首要功臣。郭浩头脑灵活，组织能力强，协调能力突出，深得师生好评。虽然现在辞职，但以后四班的很多工作还需要他协助和支持，相信郭浩仍然会是四班攻城拔寨、再创辉煌的得力干将。要感谢潘禹辰同学及其领导的班委，面对本学期如此繁重的学习任务，他们不辞辛劳，主动站出来为全体同学服务，体现出他们无私奉献、责任担当的高贵品质。要感谢四班所有的孩子，按照四班"民主公平，自主管理"的班级管理思想，每个人每天轮流担任的值日班长才是班上最重要的角色，希望每个人都勇挑重担，竭力干好值日班长工作，既锻炼个人组织管理能力，又为班级作贡献。期待四班在新班委班子带领下取得更好的成绩，让爵肆的光彩继续在天娇闪耀！

四班日记127　　　　2018年3月2日　星期五　晴

恭喜四班学业水平考试大获全胜

今天上午第五节才上课，就发现高二每个班的学生围在讲台上看什么，一问才知道学业水平考试成绩出来了。副班主任刘老师兴奋地告诉我四班考得非常好，全过了。真心为四班的孩子高兴，恭喜你们，祝贺你们！你们再次用实际行动证明：只要你们静下心来学习，任何问题都不是问题，任何考试都是小事！

回忆起上学期最后准备学业水平考试的那两个月，对很多孩子来说是暗无天日、疲倦困乏，除了白天的学习外，每天下午六点半就进教室，晚自习四节下课后快十一点才离开教室。说实话，很多老师对这次四班孩子参加五科会考很担心，因为有些孩子平时太涣散，基础存在很多问题。但客观讲，备考的这段时间，四班孩子使出了洪荒之力，即使在进考场的前几分钟都还在向老师请教。一分耕耘一分收获，四班孩子的努力没有白费，他们顺利过关，值得所有人的赞美与祝福！接下来四班孩子的文化课和专业课任务更重，有了会考大获全胜的先例，相信四班所有的孩子会再创奇迹，让更多人为你们鼓掌与喝彩！

今天是元宵节，在这个特别的日子里，四班孩子为家长送上的这份大礼具有特别的意义，祝贺四班所有的家长：你们的孩子是最棒的！快乐地度过这个美好的元宵节，度过这个美妙的周末，下周我们继续战斗！元宵节快乐！

四班日记128　　　2018年3月5日　星期一　晴

新学期　新起点　新希望

　　上午课间操举行了开学典礼，结束后学校要求各班以"新学期、新起点、新希望"为主题，利用班会课时间引导学生思考本学期如何提高学习效率取得优异成绩。今天的班会课我先把时间进行了分段：第一阶段3月5日至7月15日，四班孩子要进行文化课高考第一轮复习和每天的专业课训练；第二阶段为7月16日至明年的2月底，全部投入专业课训练和备考；第三阶段为明年3月初至6月8日高考结束。每一阶段都很重要，而本学期这4个多月更是重中之重，文化课的第一轮复习只有其他班时间的一半，但任务还是要完成，而专业课打基础也非常关键。所以抓好这几个月的学习对明年高考至关重要！我要求班委以"奋战四月半，打好基础关"为主题，把教室后面的黑板从新进行布置，为大家加油助威！要求每个孩子从现在开始全力以赴，全身心投入到第一阶段紧张的复习中去、投入到专业训练中去，全力打好文化课和专业课基础！

　　从开学这几天四班的表现来看，孩子们其实已经进入状态了。首先是纪律意识和自觉性显著增强，大家按时出操、上课、自习和就寝，特别是早操都能按时参加。其次是信心都很足，会考的大获全胜让四班孩子沉浸在喜悦之中，对自己的学习能力充满信心，学习态度非常端正。最后是自控力普遍提高，周末回来后很多孩子都是主动上交手机，特别要表扬陆昊彤同学，主动上交两部手机，主动切断网游诱惑，非常难得！有了以上这些变化，说明四班孩子都认识到了学习的重要性和艰巨性，并愿意为之付出努力。有了这样一种良好的精神状态，有了这样一个梦幻般的开局，在新学期，所有人都应该对爵肆班充满希望！而这二十多个孩子，一定会用实际行动证明自己在为梦想而奔跑，证明自己无愧于大家的期待！

四班日记129　　　　2018年3月6日　星期二　晴

专业课排课很伤脑筋

  昨晚高中部领导联合教务处，组织高中部年级组组长、班主任特别是专业课老师开会，商讨专业课排课问题。但这是一件很伤脑筋的事情，因为要兼顾学生、家长、文化课老师、专业课老师、学校领导等方方面面的诉求，有些诉求甚至对立。但我主张从四班的整体利益出发、从提高四班高考上线率出发去考虑这个问题。经过激烈的争论和协调，终于在我的建议稿基础上拿出一个大家都比较满意的方案。这个方案不一定是最完美的，但基本兼顾了各方诉求，将专业课与文化课有机统一起来，推动本学期孩子们的专业课训练。今天我把方案内容与部分孩子透露了下，他们还是有不同看法，这很正常，因为让所有人都满意的方案绝对不存在，在现有条件下能推行的方案才是最佳方案。

  估计以后在推行该方案时，还会遇到这样那样的问题，但大家的目标是一致的，都是为了四班孩子明年能考上心仪的大学。所以以后在推行该方案时，请大家特别是家长和孩子们克服自身困难，从整体和大局出发思考问题、解决问题，支持学校的专业课训练计划，保证四班孩子的学习和训练效果！

四班日记130　　　　2018年3月7日　星期三　晴

文化课老师开会讨论复习事宜

  今天与四班文化课老师碰头，商讨这学期的复习安排。大家都感受到了时间紧、任务重、压力大，特别是四班下半年这么长时间缺席文化课复习，本学期又存在专业课挤压文化课学习时间问题。经过协商，大家达成共识：尽快用一个月时间把需要学习的新课程学完；剩下三个月全力开展高考第一轮复习；本学期要会考的数学和英语还是将重心放在高考第一轮复习上，兼顾二者的平衡。通过开会，四班的文化课老师对下一阶段的复习做到了心中有数，大家表示要齐心协力、齐抓共管、协同作战，提高本学期文化课教学效率，保证四班孩子在专业课离校培训前夯实基础，为明年最后三个月的决战奠定坚实基础！

四班日记131　　　　2018年3月8日　星期四　晴

四班的孩子和家长都是巨星

今天是国际劳动妇女节，祝所有的妈妈和女老师节日快乐！下午高中部组织所有学生上电影赏鉴课，观看最新印度电影《神秘巨星》，难得的放松机会，看得出大家都很开心。四班有孩子说已经看过打算去打球，我质疑他们是否真的看懂，就考他们谁是真正的巨星，他们都说是电影中的主角女孩子，但我告诉他们在这个女孩子心目中真正的巨星是她妈妈。了不起的妈妈、关爱孩子的妈妈才造就了这么优秀的孩子！

其实在我心目中，四班的孩子和家长都是巨星！这学期以来四班所有的孩子都很明确自己的目标和任务，并在繁重的学习生活中努力进取，表现出强烈的学习愿望、坚强的学习意志。说实话，四班孩子能有今天这样的学习表现很不容易，凝聚了前半年校领导、家长和老师的心血！这股气一定不能松，这四个月的坚持对孩子们弥足珍贵，每个人都应该为他们打气、加油和鼓劲！

结合《神秘巨星》的剧情，个人觉得最能为四班孩子打气鼓劲的是各位家长。在所有科任老师心目中，四班的家长都是了不起的存在！各位家长不仅关心自家孩子的成长，对四班的发展也灌注了很多心血。四班能走到今天，各位家长的支持、鼓励和帮助功不可没。希望接下来的一年多时间，四班的各位家长还是这样一如既往地支持四班的工作，引导和激励四班孩子化解学习的压力、情绪的波动、考试的焦虑等各种问题，成为真正的巨星！相信在这一过程中，各位家长也必将成为孩子们心目中永远的巨星！

四班日记132　　　　2018年3月9日　星期五　晴

不要折腾父母

　　班上一个男生因为种种原因这学期没来报到，开始我也以为是生病无法来上课，经过这几天与其父母的沟通才发现不是这么回事。与父母一点点的矛盾就让这个孩子做出了不想读书的决定。按照学校惯例，一周不来报到必须报批学校，否则予以开除。但这个孩子上学期表现不错，会考也顺利通过，这学期再通过剩下的两科，就可以高中毕业了。实在不忍心他就这样放弃，我先到学校德育处说明情况，请求学校特事特办，再宽限一周。今天利用放假时间我到这孩子家里去看了看，详细问了下情况，其实没什么大问题，感觉孩子就是想待在家里。父母面对孩子的问题也束手无策，快成年的孩子了，打也打不得、骂也骂不得，但哪个父母遇到这种情况也很难过和无助。坦率地说这是一次不成功的家访，因为我也无法与闭门不出的孩子交流，无法倾听他内心真实的想法，有种老虎吃天——无处下口的感觉，真的很遗憾！

　　回校后与四班一个孩子谈起这个事情，他说了一句我感同身受的话：不要折腾父母。回顾这一周与孩子父母的交流，感觉这句话说到点子上了。很多孩子在成长过程中有这样那样的想法，或许在我们成年人眼中这些问题都不值一提，但在孩子眼中这些问题比天都大，如果他们想不通这些问题，就很容易走极端，比如沉溺于网络来麻痹自己。最可怕的就是封闭自己，躲在家里要与世隔绝。他们很少站在父母的角度思考问题，无法体会父母看到孩子自我封闭的无助、失望甚至绝望！从这学期四班的表现来看，采取这种方式折腾父母的孩子应该说没有了，希望还没来报到的孩子能尽快打开心结，与父母正常交流，早日返校，正常健康地成长！

四班日记133　　　2018年3月10日　星期六　晴

我要考第一

　　昨晚与班上两个孩子聊天，其中一个说这学期要好好学习了，月考一定要考第一，见我不相信的样子，他还加重语气表示自己很有信心。另一个孩子上学期本来进步就很大，在一边说自己月考要也考第一。虽然知道他们两个都有玩笑的成分，但看到他们愿意投身学习、勇争第一的雄心，我还是很高兴，衷心希望他们梦想成真！

　　读书这事本身并没有什么神秘，四班每个孩子都有考第一的实力，但最终折桂的却是那些坚持不懈、长期努力的孩子。四班上期三次月考、一次期末考试名次变动都比较大，很少有孩子能一直考第一。其实这是好事，说明在四班如果你努力学习成绩一定会上升，如果你自以为基础不错在学习上懈怠，就很可能落后其他同学一大截。分析四班的成绩一直领先的那几个孩子，不难发现他们的法宝就是勤奋、努力、坚持。希望这种考第一的风气盛行在四班，每个孩子都为好成绩而努力，因为"爱拼才会赢"！

四班日记134　　　2018年3月11日　星期天　晴

周末补课尽量不缺席

　　这两天补课效果还不错，待在教室的孩子认真地与老师配合，完成老师布置的任务，学习状态和风气都值得表扬。遗憾的是还是有几个孩子因为种种原因缺席补课，身体有问题是事实，但更主要还是有些孩子没有认识到文化课学习的意义和价值。其实有些缺课的孩子很想把专业课和文化课都学好，但如何平衡二者之间的关系却不易把握。有的孩子周一急匆匆地抄写补课的笔记和资料，中午也不休息，疲倦地准备下午的课，感觉对文化课学习有影响。

关于这个问题我在班上已经说过几次，虽然尊重大家的选择，但家长和孩子要三思而行。还是有两三个孩子计划周末去外面补课，但这样得不偿失的做法真的有效吗？我很怀疑。当然，也有家长很支持班里的决定，配合我做好孩子的工作，希望这个事情能圆满解决，保证四班孩子文化课和专业课共同进步！

四班日记135　　　2018年3月12日　星期一　晴

为取消处分而努力

这学期才开学，班上被处分的几个孩子就着急地去找德育处领导，他们深刻地认识到自己曾经犯下的错误，并通过实际行动进行了反省和改正，现在强烈地希望自己的处分被取消。按照学校规定，这学期其实也要解决这个问题，于是把取消处分申请书拿给他们。这一两周可以看到班上这六七个孩子拿着申请书到处找科任老师签字，然后交到我这里审核签字，最后我再交到德育处，校领导表示争取在下月内解决。

通过这件事，可以看到四班孩子有很多值得称道的地方。首先有知错能改的意识，年轻人犯错不可怕，可怕的是不愿改正，四班这些孩子用实际行动证明了他们是明智的年轻人。其次是他们敢于主动出击，比校领导还关心这件事，先下手为强，这种积极主动的意识弥足珍贵，希望他们一直保持。最后是他们向科任老师表决心的行为和态度值得表扬。学校里的每一件事都具有教育意义，这几个孩子在取消处分的过程中，实际上受到了方方面面的教育，希望他们能吸取教训，以后用优异表现证明学校取消他们的处分很值得！

四班日记136　　　2018年3月13日　星期二　晴

相信孩子们的冲突处理能力

　　今天上晚自习时我就发现不对劲，有几个男生晚了十几分钟才回来，而且脸色有问题。课后我让他们自己选个代表出来给个解释，最后出来的是没有迟到的郭浩。他说四班孩子与高一二班某个孩子有点冲突，然后四班几个男生与高一二班几个男生在教学楼的一个地方协调，所以迟到。然后他保证没有什么问题了，说我不用过问。一会儿有负责安全的老师也过来向我了解情况，我感觉不放心，还是决定到高一二班去了解一下情况。没想到班上的三个男生先我到那里与高一的一个孩子在说什么，见我来问情况，拍着胸脯向我保证他们正在解决问题，完全不需要我插手，并保证能圆满解决。既然他们这样说，我决定不过问具体情况，并告诫他们有什么事情要及时报告学校或者告诉我。

　　高中学生离成年不远了，他们已经初步具备危机冲突解决能力，如果他们自己觉得能在不违背纪律的前提下解决问题，我觉得老师就给他们机会。实践出真知，这个年龄阶段的孩子很需要这样的锻炼机会，可以帮助他们学会处理冲突，协调人际关系，促进他们的社会化，为他们以后进入社会提供启示！当然老师面对这种情况并非置之不管，而是要提供冲突处理的原则指导和相应的危机干预方案。这样双管齐下，可以帮助高中学生培养冲突处理能力，学习人际关系协调技巧，对他们以后的发展有好处！

四班日记137　　　2018年3月14日　星期三　晴

血战四月半　打好基础关

　　在班委组织领导下，经过田路宁、王纳、陆昊彤等同学一周多的努力，教室后墙黑板报终于完成。在萌萌的"粉红小猪"一家四口的中间，是一句极富冲击力的口号"血战四月半 打好基础关"。整个黑板报布置看似简单，但体现了一种气势和决心，表现出四班孩子本学期打算浴血奋战、奋力拼搏，把文化课和专业课的基础都打好，相信四班孩子的梦想一定成真！

人都需要点精神，一个班更需要点精神！特别是处于十七八岁、风华正茂、奋发向上的孩子，需要乐观积极的精神来面对接下来这一年多的文化关和专业关。四班这半年多的转变，其实主要是班级激情等精神的变化导致的，保持这种高昂的斗志，更利于四班孩子战胜畏难情绪、驱除身心疲惫，从而在明年二三月的专业课考试和六月的高考中笑到最后！

四班日记138　　　　2018年3月15日　星期四　晴

幸福感从何而来

打算以"性、爱情、婚姻和家庭"为主题在四班做个讲座，主要由两个原因促成。一是上周在课堂上有个男生突然来了句"我需要个女人"，粗俗言语但与作家冯唐的小说《十八岁，请给我一个姑娘》表达了类似的需求，需要家庭和学校及时疏导。二是这半年多在分析班上几个问题孩子的成因时，发现很多孩子都在初二初三时成绩大滑坡、行为大转变，估计与青春期适应不良有关。其实四班很多孩子对这个讲座还是很期待，两天前就计划做的这个讲座拖到今天，等不及的孩子都在催我了。

首先在班上做了个调查，从小到大他们获得了多少来自家庭和学校的性教育或者青春期教育，遗憾的是没有孩子举手。按照我的理解，很多家长和老师应该与孩子谈过这个问题，但比较隐晦，导致孩子们也是一知半解。针对他们一听到性这个字就笑甚至有男生怪笑的现象，我谈到了对自己两个孩子从小就进行的性教育，把性放到与吃饭喝水一样正常的位置与孩子交流，严肃认真地讨论、看待从小到大遇到的性生理、性心理问题，可以减少孩子不必要的成长困惑，正确面对与性有关的诸多问题。

然后给孩子们介绍了四本书，卡西尔的《人论》、道金斯的《自私的基因》、莫利斯的《裸猿》和佛洛依德的《梦的解析》，结合中国传统经典《三

高贵善良·坚毅独立

字经》和《中庸》中的"人之初,性本善"、"天命之谓性,率性之谓道,修道之谓教",引导孩子们从人、人性、人的本质等方面认识"性、爱情、婚姻和家庭"。结合哈佛大学关于幸福的一项70年研究成果"影响一个人幸福的主要因素在于亲密的人际关系",告诉四班孩子他们的幸福感不仅来源于与同龄人的亲密关系,还要处理好与家人的关系。并点出本次讲座的主题,如何围绕"性、爱情、婚姻和家庭"探寻自己人生的幸福。

最后引导孩子们结合自己的成长经历谈谈幸福问题,让人吃惊的是对这些问题他们很有想法,聊到了出轨、离婚、艾滋病等诸多问题,而且很有深度。现在的孩子有很多途径接触到这些东西,如果家长和老师不及时引导,孩子们走偏的可能性比较大。只要在孩子成长的各个阶段及时正确地进行教育和引导,他们完全可以处理好自身"性、爱情、婚姻和家庭"的问题。并在成年后成为优秀的伴侣、爱人和父母!

课后看孩子们的反映,看得出大家很有收获,希望这样的讲座对孩子们一生都有帮助!

四班日记139　　　　2018年3月16日　星期五　晴

促进亲密关系的家庭作业

今天要放假回家,在课堂上与孩子们分享了加餐安排中的一些事情,四班家长对加餐这件事集体同意,但其他班需要加餐的孩子对每餐20元左右的费用有看法,决定回家问问父母再决定。从这件事中希望四班孩子可以看到父母对自己的支持与关爱,结合昨天晚上的讲座,我引导大家思考"父母为自己做了那么多,我们可以做些什么来促进与父母的关系"。然后要求四班孩子这周回家完成一个作业,采取"问候、拥抱、做家务"等自己认为合适的方式向父母表示关爱,促进与父母的亲密关系。

四班孩子的父母大多年龄与我相近,人活到四五十岁最自豪的除了房子、车子、票子等东西外,应该还是孩子有出息吧。孩子有出息尽管重要,但孩子对父母有感恩之心更有意义,因为孩子感恩带给父母的不只是自豪,更有慰藉和幸福感。这方面我有亲身体会，我家老大上中学后明显与我们关系疏远，再不会如小时候与我们那样亲密拥抱与嬉闹，后来初三时到澳大利亚读书我们达成协议，每次分别和相见必须握手拍肩拥抱。今年一月份送他出国分别时，他意外地没有与我握手，而是直接给我来了个熊抱，自诩铁石心肠的我当时差点落泪，因为我感受到了他对父母的感恩。其实疲惫的父母也需要孩子的关心，哪怕是一句关心的问候和一个真诚的拥抱，这些也是父母努力工作的动力，也许对父母而言，孩子一点点的回报也值得终生铭记。

不知道四班孩子怎么看待这个作业，无论如何，希望四班的孩子和父母用真诚、爱、感恩之心完成这个有意义的家庭作业！

四班日记140　　　　2018年3月19日　星期一　晴

同学之间情谊无价

这学期回到四班就读的李沂佳同学上课时在哭，搞不清楚状况加之又要上课决定课后再问原因。她课后并没有告诉我哭的事情，而是说想去看望一下这学期一直没有来上学的四班同学。我很好奇她为什么要这样做，她告诉我高一时在班上有几个好朋友都比较调皮，然后高二时大多退学，失去朋友的她很伤心甚至造成抑郁，最后还转学。虽然绕了一圈回到四班，但这段心路历程让她对随意退学的同学比较担心，这个好心肠的孩子决定去劝劝这学期没来上学的那个孩子，告诉他尽量来读书，实在不想读的话也要走出家门，一直待在家里肯定不是个办法。听了她的话我很感动，多么热心的孩子，对同学有多么关心才会做出这样的举动！经过与李沂佳家长的沟通，这事就这样定下来了，为了达到效果，与不想上学的那个孩子交好的王克荣也一同前去。不管实际效果怎么样，我要为李沂佳和王克荣两个孩子点赞，他们值得四班所有孩子学习，甚至值得我们这些成年人效仿！

要谈谈李沂佳这个孩子，上周参加区里的教研活动遇到她上学期的班主任，对她的德行和成绩评价很高。当然作为独生子女她也比较自由散漫，不过从这几周早操和上课出勤情况来看，她在班上算很积极主动的孩子。专业课学习虽然才起步，但愿意与老师配合，还主动要求老师周日补课，难得的懂事孩子！相信有这么多好习惯的她能在四班收获友谊、好成绩和美好回忆！

要谈谈王克荣同学，看似单薄的身材其实有长跑运动员的潜力，看似孤僻的身影其实渴望友谊和成就感，学习基础和能力其实相当不错，只要愿意学习一定能取得专业课和文化课的双丰收。有玩网游的爱好，但向我保证过：不会成天待在家里玩网游，正事还是要做的。

同学之间情谊无价，特别是高中同学很多都会成为终身挚友。四班虽然只有二十多个孩子，但从目前来看，大家的关系很融洽，在课堂和在生活中孩子们互相关心、互相帮助，建立了深厚的友谊。这份难得的情谊将伴随他们终身，并激励他们努力学习、工作和生活，从而获取闪亮人生！

四班日记141　　　　2018年3月20日　星期二　晴

抓住机会表现自己

四班专业课试行两周后出现了这样那样的问题，校领导非常重视，特别是一直关心专业课设置的年级组组长李丹瑜老师心急如焚，今天下午临时召开紧急会议商讨专业课排课问题。这次排课除了各相关领导和老师出席外，还允许学生代表发表意见。四班有四个专业方向，按照我的设想就四个孩子去就行了，但四班很多孩子听说这个消息后都涌进会场，发表自己的看法。在这样涉及自身前途和学习的问题上，四班孩子显示出非凡的协调和语言能力，说话有理有据，特别是王纳同学，落落大方、条理清楚，说出了大家的心声和想法。虽然他们关于排课的很多观点和看法我不认可，但他们这样优异的表现还是让我很欣慰，很了不起！

抓住机会发表意见是一项很重要的能力，很多人肚子里有货，但不善于表达从而丧失很多机会。在一些特定场合不卑不亢、收放自如地表现自己往往变成成功的捷径，特别是未来从事艺体工作的四班孩子，合适地展现自己、向别人推荐自己非常重要。从今天他们的表现来看，这对他们来说不是什么大问题，希望他们一辈子都有这样的意识和行动，在关键场合恰当展现自己，为自己的成功增光添彩！

四班日记 142　　　2018 年 3 月 21 日　　星期三　　晴

善意的提醒要牢记

　　潘禹辰同学前两天到重庆参加一个全国原创歌曲比赛，回来高兴地告诉我表现很不错，有希望进入下一轮比赛。首先恭喜他，相信他有这个实力走得更远，因为这半年他和同学合作已经创作了好几首原创歌曲，并在学校的各种场合表演时受到大家的好评。其次结合专业课老师对他上周作业没有完成的问题进行了提醒，要求他专心些，注意与专业课老师的配合，更全面地发展自己。昨天晚上他被两个负责的音乐专业课老师叫去谈了一节课，回来时情绪很低落，估计老师的思想政治教育工作有些实效吧。我笑话他我这个班主任还没找他的麻烦，这点小伤不算什么，要吸取教训。

　　"玉不琢不成器"，面对有才华和实力的学生，老师总是比较关注，特别是恃才傲物的孩子更会被特殊对待。但老师善意提醒一定要牢记，对自己的发展十分重要。班上类似潘禹辰的孩子还不少，老师经常追着他们做工作，不知道他们烦不烦，但他们在厚脸皮方面修炼得不错，不管改了多少还是很配合老师教育的。希望每位老师善意的提醒都在他们心目中留下深刻的影响！

四班日记 143　　　2018 年 3 月 22 日　　星期四　　晴

有了问题就解决

　　晚上我守自习，潘禹辰、李博和郭浩三个班委成员专门叫我出去开个会。我很纳闷他们搞什么幺蛾子，原来他们觉得三月份四班看似学习状态不错，但还存在很多问题，而且这些问题还愈演愈烈，对四班孩子的影响很大。他们建议下节课在班上做个调查,让所有人分析一下班里和自己存在的问题,然后设法解决。对他们的这个建议,我当然是百分之百支持,然后用一节课时间来找问题、寻解决之法。在随后的讨论分析中,四班所有孩子坦诚相待,既剖析自己在教室、宿舍的不良表现,又指出班上其他同学存在的不足之处,比如:课堂上讲话、顶撞老师、迟到、睡觉等,更绝的是他们还找到了存在这些不足的主要原因:紧迫感不强。然后我们一起想办法,针对这些具体的不足寻求解决办法。

  为四班孩子这种直面问题并积极解决的意识和行为点赞!为了明年的高考成功,为了实现自己的梦想,四班的孩子能如此全面深刻地认识自己,非常了不起!有问题不可怕,可怕的是对问题视而不见,然后习以为然,麻木不仁,得过且过,一事无成。但四班的孩子走出了这个误区,敢于正视自己的不足和问题,然后积极设法解决,这样良好的发现问题意识和解决问题的能力会让他们终身受用,助推他们实现梦想!特别要表扬潘禹辰、李博和郭浩这三个孩子,他们的组织能力、管理能力不容置疑,而今天这样及时提醒我解决班里存在问题的做法尤其让人称道。这是一种领导气质和领导素养的集中体现,在他们这个年龄阶段,能做到这一点非常难得,让我们这些成年人都不得不刮目相看,长江后浪推前浪,不得不服!希望他们能带动四班其他孩子培养这种领导气质!

四班日记144 2018年3月23日 星期五 晴

大课间时段喜开颜

  以前学校的大课间就跑步跳操,半年都这样孩子们已经习以为常。从上周开始学校的大课间发生了变化,分班开展各种趣味体育活动,跳跳绳、转呼啦圈、滚轮胎等形式多样,受到学生的欢迎。四班孩子这一周多每天都期待大课间的到来,不用再做一成不变地跑步做操,可以参加各种有趣的体育活动。看到大家开心的笑脸、绯红的脸庞、矫健的身姿,我为这样的大课间喝彩!希望四班的孩子以后每天都能这样积极地参加大课间活动,充分利用这半小时活动活动筋骨、松弛松弛神经、放松放松大脑，然后精力充沛地投入上午后几节课的学习。更重要的是，这种喜笑颜开的状态十分可贵，平时的文化课和专业课学习大家认真严肃，大课间是个很好的减压良机，希望四班孩子一直都有这样的好心情！

四班日记145　　　　2018年3月24日　星期六　晴

职业规划：四班孩子已领先

昨天引导四班孩子阅读《中学生时事政治报》时，看到一篇关于职业规划的文章，得知大家对职业规划还不太了解，我告诉孩子们从高二一开始我们四班所有人就选定了专业方向，不就是职业规划吗。其实在职业规划方面，四班所有人已经走在其他班前面了！目前班上主要有四个专业方向：音乐、美术、体育和播音，各专业人数不等，但大家都对未来有了明确定位。恭喜四班孩子，在即将成人的这个关键年段，他们结合自身兴趣、爱好和特长，确定了自己的未来职业方向。方向决定奋斗目标，目标产生前进动力，动力激励大家完成梦想！希望四班所有孩子坚定自己的选择，踏踏实实学好专业课和文化课，为自己的职业规划添砖加瓦，为多年后取得突出的职业成就奠定坚实基础！

四班日记146　　　　2018年3月25日　星期天　晴

复习不等人

本周补课有六个孩子请假，虽然理由很充分，但对他们缺席专业课学习还是忧心忡忡。这学期与去年不一样，周末补课老师还会有意识为缺课学生考虑，只复习不上新课。这学期开始高考复习，加之下学期四班孩子要外出专业训练，所以这三个多月的第一轮复习时间非常紧张。老师们已经不可能专门为了几个缺课孩子考虑，必须按照进度和复习计划上课。而且周末补课每学科达到三四节，上课内容还不少，一次缺席对后续学习影响肯定很大。给周末缺课的孩子就一个建议：及时补上！老师们会尽量利用课后时间为这些孩子补课，但大部分内容还需要自己额外去补习。同时请家长和孩子们理解老师的苦衷，复习不等人，周末能不缺课就尽量不缺课，一定要扎扎实实地做好第一轮复习，奋战这三个多月，加上明年那三个月的拼搏，力争高考时文化课不掉链子！

四班日记147　　　　2018年3月26日　星期一　晴

每天读本书

　　课堂上安排大家做作业，然后拿起原中央教科院院长袁振国的书《教育新理念》看，几个孩子在后面讲小话，我开玩笑叫他们不要打扰我看书，并告诉他们我计划这节课把这本书看完。看到他们不可思议的样子，我继续加猛药：每天我至少要看一本书！估计他们以为我在吹牛皮，我打开某APP，翻到订阅的项目"每天一本书"，每天就一块钱花二十多分钟就可以了解完一本书，觉得可以的话还可以购买电子书阅读。最后我鼓励四班的孩子要多看书、好看书、看好书，因为看书好！

　　文科生必须喜欢阅读，不管四班孩子以后从事什么工作，阅读习惯将是他们成功的加速器。阅读就是占有信息，就是扩充眼界、打开视野，充分输入才能高效输出，才能成为了不起的美术、音乐、播音和体育方面的人才！另一方面，这个时代变化太快，各类信息瞬息万变，没有阅读和输入信息的意识和能力，很容易被时代所抛弃，更不要说成为时代的弄潮儿了！四班的孩子都是有追求、有梦想的未来人才，必须养成阅读的习惯，才能为自己未来的事业腾飞插上翅膀！总体而言，这半年多来我发现四班有很多孩子已经养成阅读的好习惯，有空就拿出班级图书馆里的书来看。希望所有孩子都以书为友、坚持阅读，成为终身爱阅读的优秀人士！

四班日记 148　　　　2018 年 3 月 27 日　星期二　晴

感谢识大局的四班师生

　　上午最后一节课是政治课，没有安排复习，而是把班上亟待解决的一些问题与大家商量了一下。除了安排值日班长撰写"班级日记"、指出近期班上一些违纪违规现象，主要还是与大家商讨专业课时间安排的问题。特别感谢播音专业的 3 位同学（胡婷婷、徐颢元、夏翊洋），他们牺牲自己的时间，允许周四排课，终于把前段时间困扰四班的专业课排课问题解决了。除了周一到周四每天专业训练外，我强烈要求周五下午和周日下午加几节课，可能有同学有异议，但鉴于目前时间的紧迫和大家专业素养的现状，这样的安排十分必要。当然这个建议是很不讨喜的，因为学校要多花钱、四班孩子要多花时间，对懂事明理的孩子来说，他们会理解我这样要求的苦心！

　　还要感谢田路宁同学，"班级日记"的本子是我私人提供，需要在扉页上加些图文，她主动把这个任务揽到身上，其实在以前的班级文化建设和学校的黑板报配图中，她都功不可没！其他几个孩子如王纳、张蜀异、陆昊彤、束思雨、刘希仁等都为这些班级活动作了贡献，非常感谢他们！另外班上有孩子不会写"班级日记"，前班长郭浩和现班长潘禹辰表示可以帮助完成这个事情，他们用实际行动证明了四班是一个团结互助的班级、是一个有战斗力的和谐班级，感谢他们！最后要感谢四班所有的科任老师，为这次专业课排课大家是绞尽脑汁。尤其要感谢历史课鲁娜老师，因为目前的专业课排课占了文化课的时间，政治历史比三班每周少了一节课，造成了复习进度的不一致，非常麻烦，但鲁娜老师非常理解，并表示要做好复习工作，让四班的历史课学习不掉队，非常感谢她！

　　二十多个孩子组成的班级其实也错综复杂，要把所有的事情办妥还挺麻烦，幸好四班有这样热心负责的班委和同学，有一心扑在教育教学工作上的老师，特别是大家都识大局，站在四班整体利益角度思考问题，才有目前四班这样的大好局面！感谢所有关心帮助四班的家长和老师，有了你们的支持、帮助和鼓励，四班的明天更美好！

四班日记149　　　　2018年3月28日　星期三　晴

受刺激是好事

今天月考，陈自立考了两科后情绪很不稳定，强烈要求回家。几个老师见他不对劲，很耐心地问他怎么回事，坦诚的他告诉了老师原因。原来上周末他与三班一个孩子到云大玩，这所漂亮精致的大学强烈地震撼了他们，激发了他们到优质大学就读的雄心壮志。但一想到自己糟糕的文化课成绩，以及久不见起色的专业课训练，自己就蔫了。加之昨晚在课堂上因为一些事情被我说了几句，心里更不平衡，又或许家里面还有些事不顺心，种种不如意造成他压力很大。于是一幕很有趣的情景剧上演了：一个一米八高体重过百公斤的壮汉躲在窗帘后掩面伤心。那场面太美，不敢想象，但我很体谅他的心情，这是他这个年龄阶段的正常现象。

十七八岁的时候总感觉自己天下第一，但很多时候却又无能为力，些许的不顺就会带来强烈的情绪反应。也许成年人觉得不值一提的事情，在他们眼中就是天大的事情。陈自立其实还算好，因为他有什么愿意会说出来，比如昨晚觉得我对他不公平，直接告诉我，也便于我给他解释。最可怕的是有些孩子个性阴郁，有什么问题喜欢憋在心里，这反而容易出事，因为沟通才能消除误会、解决问题。但因为这些事情就放弃考试又不值得了，"知耻而后勇"，知道有差距其实是好事，只要想读书、想上大学，父母和老师肯定会十二分地支持。事在人为，只要有梦想，愿意去追求，美好的未来说不定就在人生的转角处等着你，加油，陈自立！加油，四班的孩子！

四班日记 150　　　　2018 年 3 月 29 日　星期四　晴

还能不能愉快地考试

　　这次月考班上有五个孩子因为各种的原因没有考试，比上学期还严重。说起来这一个月四班的孩子学习方面其实很用心，大部分孩子都想学好，甚至有些孩子还想考第一。但一到关键时候，有些孩子就掉链子了，生病也许是真的，但病得不能考试似乎又夸张了。什么叫勇气，不是说你肌肉发达、四肢强健就会有勇气，真正的勇气是敢于面对生活和学习中的一切艰难险阻，直面一切不顺心和不如意。我们经常可以看到周围弱不禁风的姑娘在挫折面前表现得坚强，而那些八尺须眉却在挫折面前丢盔弃甲、一蹶不振。学了一个月，连个月考都不敢去面对，实在无法把这种行为与勇气联系起来。说起来四班的女生表现得一直都不错，每次考试鲜有人缺考，反而是个别男生让人大跌眼镜，遇到考试问题就来了，人就脆弱了，不到考试结束病症很难痊愈。

　　在班上我经常与大家探讨什么是勇气、探讨怎么做才是真正的男人，有些孩子听进去了，所以表现得可圈可点，让人赞叹。遗憾的是还有些孩子没有明白我的用意，辜负了父母和老师的期望，沉溺在自己的小确幸中自我麻醉、得过且过，没有取得应有的成绩和训练效果。人不可能一辈子待在父母的庇护下，终究要面对生活的大风大浪，在一点风雨面前就丧失斗志和勇气，哪能实现梦想，活出精彩呢？希望四班孩子都鼓起勇气，直面学习和生活中的困难，从改变自己做起，一点一滴进步，在披荆斩棘中闯出一番属于自己的天地！

四班日记151　　　2018年3月30日　星期五　晴

三月四班总结

　　一晃三月份就过去了，四班在月考后也迎来了总结反思的时候。总的来说，这一个月四班各方面表现良好，但在细节上也存在不少需要改进的地方。具体而言，有以下几点值得称道的地方：

　　一是大部分孩子对学习有感觉了。特别是专业课学习所有孩子都很重视，就拿最担心的体育训练来说，王老师都说这五个孩子都上路了，可能效果还未达预期，但只要跟着老师的节奏训练，一定会有进步。美术专业的这十多个孩子应该说表现最佳，李老师虽带得辛苦，但心情明显不错。音乐专业的两个孩子各有所长，老师有鼓励也有批评，但至少他们在努力。播音专业的三个孩子一直都比较懂事，学习任务虽然重但都很专心。

　　二是作息规律了。虽然课堂上还是有极少数孩子打瞌睡，但大部分孩子状态不错，这与大家作息规律密不可分。特别是在跑操方面应该说坚持得最好，比上学期进步太多。一日之计在于晨，只要早上爬得起来，跑上那么几圈，人一天的状态都不一样。这个好习惯四班孩子应该说基本上养成了，希望以后能坚持。

　　三是班级荣誉感和凝聚力增强了。四班上学期取得了很多成绩，这学期班委改选，部分班委成员更得力，特别是劳动委员刘希仁工作认真负责，班级卫生打扫状况得到明显改善。有一周班级各方面操行得分还名列前茅，流动红旗都有机会得了，这是第一次，很难得。班级有什么活动大家都群策群力，共同解决，不怕吃亏，很有集体意识和大局观念。今下午放假大家归心似箭，连教室都忘了打扫，李蝶、李刘琳、徐颢元、谷启扬几个主动完成这个看似很吃亏的任务，为他们点赞！

　　当然这个月的问题也有，除了少数孩子课堂上打瞌睡外，纪律意识薄弱是个大问题，特别是上课说小话、课前准备不及时、一上课就想出去接水等。虽然经常就那几个孩子出问题，但给老师的感觉很糟糕，很容易影响教学效果。四月份事情也特别多，任务也很重，希望这几个孩子重视这些小问题，从意识上重视、在行动上改进，不仅自己会在学习上有进步，对四班整体学习氛围提升也意义非凡，期待四班在四月份有更耀眼的表现！

四班日记152　　　　2018年4月2日　星期一　晴

有些秘密就我们两个知道

　　昨天周日，因为一些事情与班里几个孩子私下一对一聊了很久。虽然聊的内容很沉重甚至很严重，但聊得结果很愉快，因为这些孩子都很明智、很懂理，不管做的事情有多么不靠谱，与我一番深谈后，都能认识到自己存在的问题，并保证以后不再同样的地方摔两次跤。我很欣慰他们有这样的态度，并在结束交流时郑重告诉他们，这是我们之间的秘密，我保证不会向别人透露半个字，包括他们的父母。这里首先要向他们的父母单方面道个歉，虽然这几个父母一辈子都不会知道自己的孩子干了些什么。其实所有人年少时都会犯糊涂，做出一些事后自己都不敢相信的事情，四班的孩子也不是天使，他们在某些特定时刻也会做出这样的糊涂事。但我对他们有信心，因为每个人内心深处都有个天使梦，都希望少犯错，成为了不起的人。成年人特别是老师绝对不能以孩子某一件错事就彻底否定他们，我们要坚信孩子都能成为天使，只要他认识到错误并愿意"吃一堑长一智"。

　　对老师特别是班主任来说，与孩子坦诚交流并不是件容易的事情，要让班上孩子说出心里话真的很难。办法就是获得孩子的信任，秘诀恐怕就是：保守秘密，遵守与孩子的约定！四班的一些孩子也许不会全给我说真话，但如果说了一些不便公开话后，我有义务为他们保密。有人说一个人成熟的标志就是憋得住话。在我而言憋话是保守与班上孩子的秘密也许是一个班主任成熟的标志吧！希望这些孩子明白我这样做的苦心，做任何事都三思而后行，坚守底线，在以后的人生道路上才会走得稳、走得远、走得顺！也希望四班孩子都能信任我这个班主任，坦诚地与我交流学习生活中遇到的问题，然后我一起设法解决。我将用实际行动证明我这个班主任值得大家信任，因为有些秘密就我们知道！

四班日记153　　　　2018年4月3日　星期二　晴

月考总结

　　月考成绩出来了，四班孩子压力也来了。总体来说，这次月考四班的成绩非常不理想，问了几个孩子，理由好似也很充分，比如专业课耽搁了文化课时间，偏科问题没有解决，复习进度太快等。但出了问题找外部原因一点作用都没有，最关键的还是内部原因，也就是大家的学习状态还没有达到应有水平！归纳起来，四班孩子在以下几方面还需要加强：

　　一是把心思放到学习上。虽然这学期开学后大部分孩子都能专心于学业，但还是有几个孩子成天莺歌燕舞、胡思乱想，心花了，成绩自然就退步了。睡觉问题也没有解决好，虽然训练很辛苦，但晚上作息不规律会影响学习。如果一心想着学习，自然会安排好每天的就寝，然后以充沛的精力投入学习。

　　二是平衡好专业课和文化课学习。周末补习每个学科的进度都很快，如果缺席了，对下一周的学习肯定有影响，这是我一再强调周末最好不到外面补课的原因。看看这次成绩退步的孩子，大多都存在这个问题，希望家长和孩子严肃对待这个问题，合理安排文化课和专业课学习时间，力争两条腿都走好。

　　三是偏科问题要及时解决。成绩靠前的孩子基本上每科都比较平均，这是一条很好的经验。有些孩子优势科目喜人，但偏科严重，一下子就把总分数拉下来了，很遗憾。现在四班每个科任老师都了解偏科孩子的情况，多与老师配合，尽量把偏科的基础知识掌握好，至少达到班级平均分。

　　当然，这次进步的孩子也不少，谷启扬和李刘琳进入前三，保斯然和陆昊彤等也进步明显，希望其他孩子以他们为榜样，每次进步一点点，一步一个脚印，效果自然会有。另外几个孩子如束思雨、刘希仁和夏翃洋等比较稳定，希望继续保持。文化课对四班孩子的意义不言而喻，希望四月份的考试能有惊喜，这需要大家持续地努力和进步！

四班日记154　　　　2018年4月4日　星期三　晴

四班的募捐独具特色

　　上月学校开展"手拉手"助学活动，我在班上忘记了说，但今天了不起的四班孩子在我不知情的情况下就把这个任务完成了，而且完成得独具特色，让人赞不绝口！午餐时间在食堂门口，四班几个孩子带着吉他和手鼓，站在自制的募捐箱边卖唱，虽然我没在现场，但我可以想象那场面的火爆。据说捐款的师生很多，包括黎中慧副校长。中午郭浩得意地向我炫耀这380多块钱，我大大地把他们表扬了一番，这的确很了不起！

　　有创意、有想法是四班孩子的最大优势，每次活动他们不仅组织得很好，还花样百出，关键是这些花样很具吸引力，会受到大家的好评和赞扬！这种创新能力是适合未来的生存能力。希望四班孩子保持这种可贵的创新精神，保持这种热心帮助他人的社会责任感，未来我们不仅希望在校园他们有这样精彩的演出，工作后更希望他们把这种精神、这种行为发扬光大，在每个领域都让人刮目相看，并收获远胜于付出的回报！

　　再次恭贺四班这次募捐旗开得胜！借这样的东风，希望四班这些最棒的孩子带给学校、班级、自己更多的惊喜和精彩！

四班日记155　　　　2018年4月6日　星期五　晴

关于集体生日会的倡议

各位家长：

　　四班班委本周六晚打算为七个孩子举行集体生日会，孩子们已安排好了流程和各项事宜。但需要各位家长的协助：一是生日蛋糕麻烦家委会订一下，与以前一样，让商家九点半送到学校门口；二是他们希望一家带个菜，吃一次百家饭，麻烦周六返校家长为孩子准备一个菜，因为时间放置比较长，建议沙拉、水果、凉菜和卤菜等即可；三是周六晚上等着欣赏精彩的四班生日会，我将及时发照片和视频。大家还有什么建议，可以提出来，预祝四班这次生日会圆满举办！

四班日记156 　　　　2018年4月8日　星期天　晴

生日会很疯狂也很温馨

昨晚十点，既定的四班集体生日会如期举行。在美食的衬托下，在几个老师的见证和孩子们的簇拥下，我很荣幸地宣布为田路宁、张蜀昊、李蝶、王克荣、王邦、刘漾赟、陆昊彤举办的生日会正式开始。主持人胡婷婷和夏翊洋自信地开始各项流程，他们祝贺七位"寿星"生日快乐后，首先感谢了这七位孩子的父母，感谢父母把他们带到人世间，才有了四班的同学缘，可惜我没有来得及录下这个片段，很有创意和充满感恩的开头！然后他们感谢了各位老师的教育和栽培，潘禹辰和郭浩用歌曲表达了生日祝福，黑灯后大家集体唱《生日快乐歌》，吹灭蜡烛后灯亮，等不及的孩子们开始围着带来的美食大快朵颐。感觉是在抢，其实在这种温馨的氛围下每个人都会胃口大开，拍了几张照片后我也加入了抢吃大军，感谢各位父母高超的烹饪技术，的确美味。分食蛋糕的环节就疯狂了，孩子们没吃多少，大部分奶油都被他们抹到别人的脸上了，难得的疯狂时光，让他们尽兴吧！快到十一点才把孩子们叫回宿舍，如果不是我催的话，估计这样的美妙时光大家都不愿结束！

每一次四班的生日会都温馨难忘，希望每个孩子都在这样的氛围里度过十七八岁这样有意义的生日！感谢各位家长的支持，你们的美食让人回味！感谢家委会三位妈妈的协助，你们为四班的每次活动费心了！感谢老师们的参与，你们的陪伴让四班孩子们心情大好！感谢四班班委和所有孩子，你们组织的每次活动都那么精彩！最后，要祝贺四班这七位孩子生日快乐，希望这样的美丽时光在你们的人生记忆中占有一席之地！上周五我的大儿子正好18岁，我写了将近三千字的一封信给他，其中有两句话送给过生日的这七位同学，与你们共勉：一是凡事皆有可能，这是我最喜欢的一句广告词，希望四班孩子对自己的未来有信心，积极主动地追逐梦想，从不看轻自己的野心、决心与耐心，用坚持把不可能变成可能；二是天下没有免费的午餐，现在的鸡汤文和励志书很多，但归纳起来就是这句话：天下没有免费的午餐。道理很简单，不劳而获永远是空想，我们必须用自己的汗水和劳作去争取美好的未来，相信四班孩子都能用现在的辛勤劳动换取未来的开挂人生！

四班日记157　　　　2018年4月9日　星期一　晴

自主管理见成效

　　今天学校通知四班成为下周一升旗仪式的展示班级，如何操办这次活动成为本周的重要事宜。班会课上询问谁来负责，班长潘禹辰主动站出来，表示和文娱委员郭浩一起组织这项活动，班上其他同学纷纷表示支持。利用班会课剩余的二十多分钟，所有孩子群策群力，开始写剧本、找资料、搞创作。有这样的活动热情，可以预见多才多艺、创意十足的四班孩子会在下周的升旗仪式上大放异彩，呈现给全校师生一次印象深刻的表演！

　　这就是自主管理的效果！高中学生即将成年，他们有想法、有主见，更有能力和实力完成任务，所以家长和老师要大胆放手，给予他们机会表现。当然，如果他们需要帮助，家长和老师也不能袖手旁观，而是要提供力所能及、恰当及时的支持，当好配角，协助他们达成目标。接手四班这半年多来，我一直坚持自主管理的理念，鼓励全班同学自主管理班级，强化自我管理在提高每个孩子自律自控能力的基础上推进班级管理工作。虽然遭受很多挫折，但效果还是有，很多孩子认识到学习、运动、生活是自己的事情，明白了自己的事情必须自己完成。从去年九月至今班级举行的各项活动，基本上不需要老师插手，四班孩子就能圆满高效地完成，而且反响还不错！希望四班孩子认识到自主管理对自己的价值，在以后的人生中践行自主管理，把外在约束和内在规范结合起来，成长为独立自主、自立自强的人！

四班日记158　　　2018年4月10日　星期二　晴

班上突发情况统计

　　二十多个人的班，每天的突发事情也不少：昨晚一个孩子在体育训练中突感不适，送到诊所后发现血压和血糖都偏低，今天由家长陪着去医院检查；昨天晚自习几个孩子不听老师招呼，在课堂上擅自讲话，老师一气之下把他们请到教室外训话；今天早上起床时一个孩子突然眼冒金星，然后休克从台阶上摔下来，中午由家长带去医院检查；上午一个孩子突然感冒请假去看医生；上午生活老师向我投诉今天早上好些男生迟到，四个孩子连被子也没有拆，发来的图片乱得不能看。今天上午前几节课就来处理这些事情，该慰问孩子的及时慰问，该陪孩子出门的及时送出门，该与生活老师协调的及时协调，该向科任老师道歉的及时道歉，这些事情是班主任的分内之事，必须完成。

　　作为班主任，班上的每件事都要过问，每个孩子的事情都是大事，每个相关人员的要求都要回复，每件事都必须解决妥当。看似繁琐的事务正折射出班主任的价值，凸显班主任的管理技巧和能力，并促使班主任专业成长。如果缺乏对学生的关爱，要做好班主任工作其实很不容易，因为这不是一项高大上的工作，也不需要多么高深的学问和技术，需要的只是爱心、细心和耐心！也许班主任最大的欣慰是看着班上孩子不断成长和进步，顺利毕业并成才，然后工作后事业有成、家庭幸福、生活甜蜜！当然，如果班上孩子工作后还记得老师、记得班主任的教诲，原谅老师、班主任的严厉和苛刻，有空来个电话、问候一下，这些老师和班主任会由衷地说：当老师还是有想头的，当班主任还是有价值的！

四班日记159　　　　2018年4月11日　星期三　晴

认错之后呢

  这两天发生了两件事，涉及四班孩子对错误的认识和改进，有必要分析下。一个孩子昨天因为被子没叠，被生活老师没收后去找生活老师要，虽然先主动承认了错误，但感觉生活老师说话不入耳，针锋相对的后果是书来更大麻烦。另有两个体育生调皮好动，在数学课上嬉闹，被老师叫到教室外批评，认错态度看似端正，但全程嬉皮笑脸、吊儿郎当，明显缺乏对课堂和老师的尊重。四班孩子有一点值得表扬，就是犯错后敢于及时认错，但事后缺乏反思和行为改进，进而带来不必要的麻烦。

  年轻人犯错误可能不是什么大不了的事，认错也很容易，但认错后的言行才是关键。学校有规章制度的约束，触犯了这些规定，光表面认错其实没有多大意义，因为行胜于言，实实在在地改进更重要！在这个问题上，四班有些孩子还没有做到位。其实也不是不想改，他们能明辨是非，知道对错，关键问题在于缺乏自制力和自律能力。客观来说，这半年多四班孩子大部分在自控自律方面有很大进步，但有几个孩子进步非常有限。今天下午陈自立申请早上六点起床跑步，我很欣赏他这种态度，但鉴于学校作息制度，我建议他六点半起床钟一响就爬起来，五分钟洗漱后就去跑步，每天多跑二十分钟，不用两个月，体重自然会下降。四班强调自主管理，就是希望所有孩子明白真正能管住自己的人非自己莫属。认错后及时总结反思，加强自我管理，及时改进，绝不在同一个地方摔两跤！

四班日记160　　　2018年4月12日　星期四　晴

作业抢着交

　　碰到美术专业课李老师，了解一下四班孩子的作业情况，她开心地说"这周大家是抢着交作业"，看来上次李老师批评作业敷衍了事后效果很明显，都知道按时完成作业及时上交作业让老师批改。希望四班孩子能保持这种好习惯，明确自己每天的任务，保质保量地完成作业，按时交作业让老师修改，专业水平自然会逐步提高！李老师和其他专业课老师一样非常负责，看到有些孩子不认真就会生气，看到孩子懂事就很欣慰。有这样的老师是孩子们的福气，不追着你、不督促你怎么会有专业课的进步呢？希望四班孩子配合专业课老师潜心学习，提升专业课水平，也要配合文化课老师的要求，搞好第一轮复习，打好基础！

四班日记161　　　2018年4月13日　星期五　晴

导演是怎样炼成的

　　为了下周一升旗仪式圆满成功，这周四班孩子全力以赴，昨晚排练了两节课，导演是夏翱洋。其实四班人才济济，班长潘禹辰、文娱委员郭浩、劳动委员刘希仁都有实力当好导演，但为了给演艺专业生夏翱洋一个锻炼机会，这个重担就落在他肩上。事实证明，夏翱洋没有辜负大家对他的期望，整个活动设计得井井有条，排练如行云流水、次次达标，受到大家的好评。

　　每个人在四班都有展现的机会，爵肆闪耀不是一两个孩子的事，只有一两个孩子闪耀绝不是爵肆的荣耀，每个孩子闪耀才是终极目标！这件事至少对大家有两点启发：一是每个人都要抓住展示自己的机会。不管是在学校还是以后工作，没有那么多伯乐专门等着来提拔你，机会来了就一定要抓住，在机会面前谦虚不是什么美德,有实力就要展示给人看。当然为了抓住机会,平时的积累非常关键,因为机遇青睐有准备的人!二是给别人机会是领导力的重要内容。四班每天的值日班长制度很锻炼孩子们的领导力,那就是调动组织内所有人的积极性,而积极性需要在工作中展现。凡事亲力亲为不见得是好领导,优秀的领导一定要善于、愿意、敢于放权,锻炼下属的同时不仅可以自我减压,更为组织提供战斗力,而且这样的领导更会受到下属真正的尊敬和支持!

四班日记162　　2018年4月14日　星期六　晴

多年父子如兄弟

　　班上有个孩子这段时间情绪很不稳定,平时明智懂事、为人标杆的孩子毕竟是孩子,在诸多因素的影响下会在某些瞬间变得不可理喻。尽管同学、朋友和老师的劝告和理解起一定作用,但从心理学的角度来分析,所有孩子的情绪问题都与原生家庭的教育方式有关。如果说母亲特有的关爱和温柔是孩子安全感的来源的话,那么父亲的理解和尊重是孩子完成社会化的引擎,指引着孩子从心理层面真正成人,勇敢面对人生的起落沉浮、阴晴圆缺!所以解决这个孩子情绪问题的关键还是在于亲子关系,特别是父子之间深层次、全方位的交谈沟通,以达到真正的理解与实质性的和解!

　　作为两个孩子的父亲,我一直很关注家庭教育特别是亲子关系对孩子成长的影响。通过日常观察和思考,我发现父母对孩子的态度、说话方式、关爱程度会影响到孩子的身心发展。这方面父母对孩子的影响有所差异。如果说母爱意味着安全和踏实的话,那么父亲的规范和刚强对孩子意味着约束和进取,二者不可偏废、缺一不可。不过看看周围,父亲投入孩子教育的时间和精力明显不如母亲,这种国外所谓的"丧偶式家教"在我国尤其常见,对很多孩子的成长带来负面影响。虽然很理解这些父亲的辛劳和忙碌,但我一直主张父亲要多参与到孩子的教育培养陪伴中来,这种投入会随着孩子的长大日益显示出其价值。另外一种情况更让人遗憾,有的父亲不仅陪孩子时间

高贵善良·坚毅独立

少，还自以为很懂自家孩子，采取了一些自以为是的方式方法对待孩子，常常引发亲子冲突，给处于成长阶段特别是青春期的孩子带来诸如困惑、愤懑、郁闷等负面情绪，这在男孩成长过程中尤其常见。

怎么解决这个问题呢，不妨借鉴著名作家汪曾祺的看法：多年父子如兄弟。男孩子长大了，与父亲有隔阂，与父母疏远是自然现象，一味控制易适得其反，还不如像哥们兄弟那样对待他，平时如同朋友那样自然地交流，效果也许更佳。对很多父亲来说，做到这一点主要是注意三个关键词：平等、尊重、理解。平等意味着孩子不是你的私有财产，而是具有独立意志和个性脾气的个体，而这样的个体意味着当父亲的必须尊重孩子的想法、做法，意味着当父亲的必须尊重孩子对你的叛逆与异议，很多时候当父亲的还必须理解孩子这样想、这样做的理由。当然也不是由着孩子胡闹，而是在孩子接纳你的基础上对他进行必要的引导，否则你再正确的建议对孩子一点用也没有，而很多时候孩子接纳你的理由无非是你尊重理解他，值得他信任，值得他与您说出心里话！

四班日记 163　　　2018 年 4 月 15 日　　星期天　　晴

又是手机惹的祸

今晚高中部开展违禁物品大检查，班上有孩子今天回家带手机后没有及时上交，手机被没收。这种事多了，把责任推到手机那儿总感觉好笑，因为网瘾才是罪魁祸首！班上有几个孩子网瘾大，这在意料之中，经过几个月的教育，特别是专业课的吸引，他们现在花在学习上特别是专业课上的时间和精力明显增加。但遗憾的是有些网瘾不是那么大的孩子，这段时间出了几次问题，私藏手机就算了，有的上课都拿出来玩，这样的学习状态哪里让人放心呢？

手机作为学习工具还是上瘾祸患其实与手机没有多大关系，使用手机的人才是关键。我历来不主张四班孩子把手机带到学校，因为对部分孩子来说，手机的诱惑远胜梦想的召唤、父母的叮嘱、老师的教育，他们会想方设法私藏手机，利用一切机会玩网游。个人很支持高中部没收私藏不上交的手机，希望家长与学校配合，解决好这个问题，为孩子的学习营造良好环境。

四班日记 164 　　　　2018 年 4 月 16 日　星期一　晴

你一定要表扬一下四班的孩子

　　今天升旗仪式后，黎校长专门把我叫到一边，为四班孩子精彩的国旗下表演点赞，并一再叮嘱我：你一定要表扬一下四班孩子！是的，四班孩子能用那么丰富多彩的形式展示心理健康教育，的确值得表扬。整场表演在主持人精彩的串词下，有情景剧，有舞蹈，有文化课学习展示，更有独唱与合唱的完美配合。短短一周时间的准备，四班孩子呈现给全校师生如此丰富的视觉大餐。难怪大家赞不绝口，难怪黎校长要把特别的表扬送给特别的四班！

　　不过在我看来，四班最精彩之处不仅是表演有趣富于教育意义，更在于整个活动从策划到编排再到演出都是四班孩子集体智慧的结晶，而不是按照老师的要求完成任务。这次演出的成功固然与指导老师有关，但首先是班委组织有功，然后是夏翊洋导演有功，更是所有孩子的配合默契。作为班主任，最让我欣慰的是任何活动来了基本上不需要我操心，孩子们会克服一切困难、利用一切资源、一起想办法去完成每次活动，从而得到他人的好评和称赞！从这个方面讲，四班孩子配得上大家的表扬，因为他们在动脑、在努力、在奋斗。希望四班孩子任何时候都保持这种积极主动的人生态度，尽全力做好每件事情，一辈子都用优异表现换取他人的仰慕和赞美！

四班日记 165　　　2018 年 4 月 17 日　星期二　晴

奔跑吧，自立！

　　昨天下午开完会回办公室，发现陈自立与另一个重量级孩子正在慢跑，感觉到地板震动的同时，更有发自内心的欣慰，因为鼓动陈自立主动跑步是这几个月我一直在做的事。记得去年开学第一次见到陈自立时，他就在为超重问题烦恼，虽然知道"管住嘴，迈开腿"的道理，但要付诸实际行动，有空就去跑步还真的很难。随着今年体育训练的加强，体重问题成为摆在他面前必须要解决的问题。前段时间陈自立训练非常认真，但为了突出效果，专业课老师建议他必须把体重降下来。估计是他现在想通了吧，所以在这个平常的日子里，终于看到了他跑步的身影。

　　不过坚持并非易事，今天跑早操时我发现陈自立没来，一问说是昨晚专业课训练过度，早上跑不动了。但好的开始是成功的一半，相信陈自立一有机会和时间就会去慢跑，在流汗喘息和痛苦不堪中体会跑步的乐趣，在与自己对话的过程中体会到跑步的玄妙！奔跑吧，自立！为你体重达标而奔跑，为你精神更振奋而奔跑，为你预定的目标和梦想而奔跑，希望有一天你由衷地对自己感叹：没想到跑步带给我这么多！

四班日记 166　　　2018 年 4 月 18 日　星期三　晴

女寝起波澜

　　四班的女生一直很懂事，特别是女寝一般都没事，所以我这个班主任也很省事，基本上没有为女生费过心！但这段时间四班的女寝不太平，为了一些小事几个同学伤了和气，但细问下去，又牵出更多这样那样的历史问题，闹得不可开交。女孩子闹矛盾与男生不一样，一般不会暴力冲突，但她们找老师评理时非要争个对错。说实话，我这种直男癌晚期患者的性格很不适合调解她们之间的矛盾。但公正地讲，四班大部分女生并非不讲理的孩子，只是在处理人际关系上有些意识上的偏差，遇到问题还不习惯从自身找原因，常常小事变大、大事难以调解。有鉴于此，对四班这些闹矛盾的女生有几点建议：

一是处理冲突时先找自身原因。这点看似容易做起来难，因为每个人都不愿意否定自己，特别是面对看不惯的人，要做到主动反省自身真的很难。但一个集体中大家难免有冲突，只去找他人的问题，无助于事情解决，只会让事态越来越糟糕。遇到事情多找找自身可能存在的问题，多说对不起，笑脸以对，体谅他人，也许就不会有那么多人际交往的烦恼。

二是做好自己的事，少评价他人。常说的祸从口出，本来没有多大个事情，你说一句，我说一句，加之很多女生小小的虚荣心和夸张的表达方式，让小事变大事，给自己带来麻烦。反观四班很多专心学业的女生，一心扑在学习上，两耳不闻窗外事，哪里有这些人际冲突的烦恼呢？

三是真诚夸奖他人是处好人际关系的铁律。每个人，特别是高中生，都渴望被认可被接纳，都希望得到师长和同龄人的表扬和赞美。但遗憾的是很多孩子还没有学会赞美他人，有的孩子甚至以贬低丑化同学为乐，这样的孩子怎么可能处好人际关系呢？多发现同学的长处，真诚赞美同学的优点，你才会得到他人的认可，收获友谊的同时拥有好心情！

总体而言，四班女生表现很不错，这段时间发生的矛盾只是小插曲，希望所有同学从中得到启示，学会如何处理人际关系。小孩子才关心对错，成年人只讲利弊。四班的孩子都快18岁成人了，希望遇事从对人对己有利的角度去思考、去行动，成为受欢迎的年轻人！

四班日记167　　　2018年4月19日　星期四　晴

高中部的纪律教育

　　高中部今天下午组织开会，又强调了一遍纪律，会场上还杀鸡儆猴，把好些迟到的学生请到台前亮相，以示惩戒。其实这些纪律哪个孩子不知道呢，大家从进入小学一年级就在接受这些纪律教育，到现在都十多年了。但遵守的同学一如既往地在遵守，不守纪律的同学即使有所收敛，不出几天又会故伎重演。拿四班的迟到情况来说，每次迟到的就那几个同学，不是接水，就是上厕所，或者这样那样的客观原因。认真学习、一心扑在学习上的孩子基本上从不迟到。那么问题到底出在哪里呢？

　　问题的根源并非纪律意识，而是理想信念是否强烈的问题。明确未来发展方向的孩子哪有时间和精力去浪费，他们会利用一切机会强大自己。四班好些孩子这段时间全身心投入专业课学习，他们用实际行动证明自己不需要其他人的纪律提醒。对未来缺乏信心的同学常常只有三分钟热情，没有达到预期结果就自暴自弃，听到上课铃就如同听到紧箍咒一样痛苦万分，哪里会按时进教室呢？我一直主张自我管理，只有自己明白该做什么才会全身心投入，把希望放到学校和他人约束上会一场空。应该说这方面四班大部分孩子都有进步，希望这几个月、这一年多所有人都坚持自我管理，自我约束，为梦想和理想而努力，为自己的未来去做应该做的事情！

四班日记168　　　2018年4月20日　星期五　晴

心病与心气

　　这几天我算得上半个心理咨询师了，为班上几个自认人际关系紧张的孩子进行了好几次心理疏导。最深感受是独生子女是一群既可爱又自大的团体，他们看似什么都懂，但又不愿意站在他人立场上去思考问题，所以很多观念让人很无语，很多行为让人很无力。万幸的是他们还是孩子，还有家长和老师可以试着理解他们、疏导他们，进而帮助他们正确看待世界，但更关键地是他们要学着正确地看待自己，学会与自己对话，并在此基础上学会正确地与他人和这个世界和谐相处！

　　这些孩子身上有两个很有意思的特点，一个是自尊心过度的心病，生怕自己得不到别人的尊重，另一个是心气很高，总感觉自己很多方面都很优秀，你凭什么不尊重理解我？这个奇怪的矛盾心态给这些即将成年的敏感孩子带来不少困惑，他们渴望友谊，但说话常常得罪朋友反而丧失友谊，他们渴望认可，但又故意不在乎他人的评价反而丧失很多好评。仔细倾听他们的心声，发现这些孩子有个共通的问题：还没有学会正确认识和评价自己！具体而言，这些孩子过分注重别人对自己的评价和认可，还缺乏自我认知的意识和能力。当然在他们这个人生阶段呈现这样的状态也不奇怪，平衡外部评价和自我评价本身就不容易，很多成年人都难以做到，更何况这些孩子呢？真诚希望这些孩子从小我中摆脱出来，学会移情，学会站在他人角度思考问题、解决问题，找到志同道合的朋友，拥有这个年龄阶段真挚的友谊，避免目前这些莫名其妙的麻烦和烦恼，满怀激情地学习与生活！

四班日记169　　　　2018年4月23日　星期一　晴

青苹果无毒亦伤人

　　从去年进入高二开始，学校多次在公开场合要求男女生同学正常交往，希望所有同学专心学习。但少数同学固执己见，无视学校的忠告，一心去追求所谓的真爱，甚至有同学信誓旦旦地向老师保证自己会处理好情感和学习的关系。事实证明他们的保证全部落空，四班的部分同学为此付出了惨重代价：有孩子因不雅行为退学；有孩子学习成绩大幅下滑；有孩子陷入情感旋涡无力自拔等。十七八岁的孩子，有这样的情感萌芽很正常，但把本来用于学业的大好时光用于这些事情，毕竟是得不偿失！青苹果可能很美好，但也常常把一些孩子伤得体无完肤，带来诸多困扰。特别是本学期开学以来，好些孩子因为男女生同学交往问题而苦恼，一些不得体的言行还影响到其他同学，引起老师和家长的担忧。玫瑰色的美好被黑色梦魇所取代，何苦呢？

万幸地是有些孩子已经认识到这个问题的严重性，并看到学习、升学对自身的价值，他们迫切希望从一些关系中走出来，全身心投入学习，在接下来的一年多为梦想而拼搏。家长自然是欣慰的，老师自然是赞成的。但摆脱有些情感羁绊并非易事，所以很多时候我这个班主任还不得不担当情感咨询师的角色，帮助部分迷失的孩子回归正轨。不过说实话我很乐意做这件事，只要孩子们打算专心学习了，能帮到他们就是功德无量的事！同时很感谢家长的理解和支持，虽然也为这些事情而苦恼，也为孩子受到的委屈而难过，但大家都在齐心协力为孩子排忧解难，因为大家目标一致：为四班孩子来年升入理想大学扫清障碍！

四班日记170　　　　2018年4月24日　星期二　　晴

家访有感

坦率地说，我不太习惯家访，主要是嫌麻烦，家长麻烦我也麻烦，费时费力也不讨好。但今天开了先河，为了事情去进行家访。经过两三个小时的谈心和努力，应该说很成功，达到了预期效果。对这次难得的经历，有以下几点感受：

一是相信真诚的力量。这个世界最难的事情之一也许就是改变他人的想法，但作为老师看到才华横溢的孩子可能步入歧途，怎么可能熟视无睹呢？面对这种矛盾局面，也许真诚是最好的说服武器。站在这些孩子前途的角度，有理有据地摆事实、讲道理，家长和学生其实都能听进去！

二是引导年轻人认识理想与现实的关系。每个人青春年少时都有很多宏伟理想，不管虚无缥缈还是立足实际其实都可理解，谁年轻时没有这些疯狂的念头呢。只要年轻人想奋斗、想拼搏，家长和老师肯定要支持，不过也要引导年轻人分清以下三个问题：我想干什么？我能干什么？我应该干什么？

鼓励年轻人立足实际去追求梦想！

三是家校合作是做好学生工作的关键。很多时候，孩子、家长和老师对同一个问题的认识并不一致，但相对而言，家长和老师从孩子长远发展角度考虑问题更容易达成一致。所以班主任做好学生工作的前提是先做好家长工作，这样会更容易与孩子交流，达到预期目标。

希望四班的孩子守好本分，少让家长和老师操心，毕竟：家访对大家来说都不容易！

四班日记171　　　　2018年4月25日　星期三　晴

学着理解父亲

看到一句话：男人成熟的标志就是开始理解自己的父亲，结合到自己的经历，以及四班很多男生与父亲的关系，发现这句话很有道理！男孩子小时候应该都很崇拜自己的父亲，因为在他们幼小的心灵中父亲常常是无所不能的超人。但一进入青春期，十三四岁的男孩子开始与父亲作对，急于证明自己长大的念头让他们对父亲不以为然，因为进入中年的父亲为生活所累，似乎没有那么了不起了！这种父子之间紧张的关系会延续很多年，直到男孩真正成为男人，明白父亲其实也不容易，明白了父亲为自己默默做了那么多事情，明白了父亲曾经那些不可理喻才真正称得上成熟！

上述道理四班有几个男生能真正明白呢？我不敢保证，但希望几年后四班所有男生都能明白这个道理，特别是那些不靠谱的男生。成年人的世界里没有容易两个字，四班孩子的父亲应该都有自己的不容易，试着去理解父亲，有空多与父亲交流沟通，而不是一味惧怕或者反抗。让和谐的父子关系帮助四班男生健康自信地成长，也许是四班所有老师和家长的期盼！

四班日记172　　　　2018年4月26日　　星期四　　晴

期中考试一览

　　这次期中考试四班孩子都很重视，特别是上次月考失利的同学都希望通过这次考试一雪前耻，所以这几周大家学习状态很不错，每次考试前都在认真复习。虽然没有监考四班，但看到其他班存在作弊现象并有学生被处分，四班没人在这个问题上出事，还是很欣慰！说起来这次考试的准备时间很短，因为有的学科前段时间急着赶进度把新课上完，以便剩下两个月开展高考第一轮复习，有的学科按部就班地在开展高考复习，没有那么多心思花在备考上。但从四班孩子的反映来看，这次考试效果比上次好些，估计与前段时间大家的认真努力有关吧！

　　从这学期开始，每次考试都至关重要，特别是从下月开始，政治、历史和地理合成文综，完全按照高考要求来考试。四班大部分孩子下半年要外出培训，现在不多模拟下高考，还真没有时间了。所以希望每次考试大家都认真对待，文化课绝对不能轻视，按照我以往带艺体班的经验，很多孩子都是在文化课上栽了跟头，希望四班孩子不要重蹈覆辙。如同这次期中考试一样严肃认真，明年高考我们才可能取得耀眼的成绩！

四班日记173　　　　2018年4月27日　　星期五　　晴

关于高三艺体培训的建议

　　学校关于四班孩子高三艺体培训的政策还没有出台，大家都很着急。很理解各位家长和孩子的心情，因为这关系着孩子们的艺体考试成绩，来不得半点马虎。相对而言，播音专业、体育专业和音乐专业的孩子都敲定了下半年的培训事宜，现在最操心的就是人数最多的美术专业。很理解李颖老师的心情，这次她首次带班，当然希望所有的孩子能考出好成绩，她推荐培训学校时选择了昆明最知名的学校。

　　鉴于学校政策还不明朗，我不敢妄言，但结合以往经验，我很理解和支持李老师的建议。既然走上了艺考这条路，肯定烧钱，但从孩子一辈子的发展来看，这个钱烧得值！但也不能一概而论，大家实际情况不一，所以我建议李老师也推荐了性价比较高的学校。现在选择权在各位家长和孩子们手中，麻烦大家根据实际情况去选择。听李老师说，艺考昆明最知名的学校有一些优惠政策，但需要抱团参加，具体情况我也不了解，估计就是好几个孩子一起报名的话，可以减些学费，请大家自己去咨询。说实话，现在艺术培训的市场水也很深，我不希望四班的专业老师受到牵扯，专业老师可以力所能及地给大家提建议，指导大家找到适合自己的培训学校，但绝不过多涉及这方面的事情，请大家理解！

　　明天要放假，利用五一这三天，希望四班的孩子与家长一起，多到艺术培训学校去咨询，结合孩子实际挑选适合自己的培训机构。如果有什么需要，可以与专业老师联系，他们一定会提供必要的帮助，因为他们与你们一样，希望孩子来年在艺考上取得优异成绩！

四班日记174　　　　2018年4月28日　星期六　晴

社会实践活动乐趣多

　　兴许是听到什么风声，昨晚就有孩子在问我今天是不是要外出活动，我自然是避而不谈，因为知道有几个孩子是人来疯，知道后根本没心思上晚自习。社会实践活动是高中生必须完成的学习内容，还要记入档案，不敢马虎。为开展这次活动，高中部和学校精心准备，各方严阵以待，深怕外出有什么意外。

　　早上九点高中部全体师生出发，十点多到滇池南沙滩公园开始活动，虽然一会儿大雨如注，一会儿艳阳高悬，但所有人热情高涨，活动开展得如火如荼。四班女生分成两组进行服装设计，田路宁和徐颢元这两个学模特的还是比较专业的，耐心配合着其他女生。男生的项目是沙雕，他们动作快，沙雕很快完成，于是跑到一旁挖陷阱，故意坑老师和同学，逗得所有人哈哈大笑。看到王克荣一个人在美化沙雕，长时间细心地刻画，我很欣慰，专门过去合影，这是一种了不起的品质和习惯，这种专注与画画异曲同工，相信他会在专业上取得过人成绩。集体展示时间到，服装走秀中所有人乐开了花，大胆的想象和夸张的动作显示了高中部所有孩子的智慧和创新，都很了不起！午餐时大家估计都饿了，特别是四班男生这一组，基本上是在抢，一会儿就风卷残云地吃光了，添了一次饭菜后还是不够，估计他们都不好意思去添饭菜了，我去帮助他们又添了饭菜，应该说这次午餐四班男生是勇夺第一！

    本次社会实践活动不仅乐趣多，四班所有孩子还从中受到教育。因为服装设计指导老师有事不能参加，她交代刘希仁、李博和夏翊洋准备材料和安排相关事宜，他们三个顺利完成任务，四班其他男生帮着拿材料，表面看起来他们累些，但这些过程中他们的收获肯定多。服装设计和沙雕制作大家的团结一致让人赞叹，四班孩子做这些事情从不需要我费心，为他们感到骄傲！要感谢所有家长对本次活动的支持，特别感谢郭浩父亲，专程赶来看望大家，并带来几箱矿泉水。正是有了家长朋友的支持，四班每次活动都能圆满成功，谢谢大家！活动时间虽然只有五六个小时，但美好的回忆终生难忘，这样的好时光将在四班师生心中留下深刻印象，期待下次类似活动的开展！

四班日记175　　　　2018年5月2日　星期三　晴

四班期中考试总结

    期中考试成绩五一放假我就发到家长群了，目的是希望所有家长和孩子都能了解本次考试情况，尤其希望家长根据孩子实际去分析总结，帮助孩子在下次考试中更上一层楼。这次只有考试前十名能看到名字，是为了避免成绩不理想的同学尴尬，希望大家理解，更希望大家明白要想在前十名中露脸，你就不得不努力！刘漾赟妈妈急切地想知道孩子的分数，考十二名的他算是这几次考试中成绩靠前的一次，希望下次他能在前十的榜单上露脸！

总体来说，这次考试四班比上次月考进步很多，四百分以上的近十个人，第一名将近五百分，很是了得！束思雨、李刘琳和保斯然发挥稳定，成绩领先。李博兑现诺言，在四月份专心学习后，考试进入前三算是理所当然。谢军、张蜀巽、夏翊洋和刘希仁成绩与上次持平，但实际上他们都有很大上升空间。潘禹辰最大的特点就是考试坐过山车，这次进入前十也很正常。其他同学或多或少都有进步，但350分的基础线还是有七八个同学没达到，很是遗憾，希望下次他们能达标。上次考得不错的两个男生退步较明显，但他们基础扎实、反应也快，只要把心思放到学习上，下次稳进前几名。

探讨本次考试进步的原因，最主要的还是四月份大家把心思放到了学习。本学期专业课所有孩子都比较用心，用时也多，但从艺体备考的规律来看，这几个月四班的重心还是应该在文化课上。第一轮复习夯实基础，明年那三个月才能奋起直追，顺利完成高考复习。学习不是什么大不了的事，四月份孩子们的努力没有白费，也证明了"一分耕耘一分收获"。希望五六七月所有人保持这种积极主动的学习状态，做好时间管理，扎实开展好各科复习，用每次月考亮丽的成绩证明自己，为自己的青春年华、为自己的奋斗岁月留下印迹！

四班日记176　　　　2018年5月3日　星期四　晴

懂事的孩子有时也让人伤脑筋

这次五一放假，很多美术考试的孩子都与父母安排好了明年艺考培训的事情，没有确定的孩子也基本上做到了心中有数。在与很多父母的交流中，发现了一种有趣的现象，有的孩子觉得艺考花费过高，总感觉对不起父母的辛劳，打算找个便宜点的培训学校算了。一方面要表扬这部分懂事的孩子，能明白父母辛苦并力所能及地节约，在这个时代的同龄人中算是表现优秀了。但另一方面也建议这个孩子从长计较，人生最关键的几步其实不多，高考算是大部分中国孩子人生关键的一步吧，备考多花一两万具有明显的放大效应，它可能在未来带给你上百倍的收益，所以该花的一定要花。事实上所有的父母都看到了这一点,他们不管实际情况如何,都打算在艺考培训中给予孩子最好的资源,相信这种做法会在明年的艺考中成果显著!

对四班所有孩子来说,体谅父母挣钱不易还不如专心于专业课的提升。教育投资是所有投资中最划算的一项,它不仅仅是帮助孩子成才,以后大学毕业收入高那么简单的事情,而是开阔孩子眼界、激发孩子潜能,最终帮助孩子培养适应未来社会生存力的最好方式。懂事的孩子,请你把所有心思花到文化课和专业课上,提高效率,然后来年用高分来证明父母的花费值得,证明自己没有辜负父母的重托、没有辜负自己的努力!

四班日记177　　　　2018年5月4日　　星期五　　晴

四班是活动中最闪亮的星

昨晚高中部的活动六点多开始,将近十一点才结束,四五个小时的活动异彩纷呈、热闹非凡,所有孩子如同过节一样开心!前半部分的三人制篮球赛其他班就一支球队,四班兵强马壮,组队两个,而且战斗力都很强。陆昊彤、郭浩、刘漾赟和李博他们这一队就不说了,连战连胜,主要是去搞表演的,如同NBA球星那样赢得阵阵掌声和喝彩!夏翊洋、潘禹辰、刘希仁和保斯然这一队虽然没有前一队配合得久,但他们敢打敢拼,一直在玩命地奔跑和努力,精神可嘉!所有的女生和少数没有组队的男生都在为他们加油,不管输赢,为四班荣誉而战的孩子都获得了大家的掌声和尊重!在随后的大合唱比赛中,四班孩子难得地全部穿校服上场,精气神十足,虽然没有进入前两名,但状态不错。指挥谷启扬、领唱潘禹辰引领大家圆满完成比赛,收获无数喝彩!

每次学校有什么活动四班孩子都是全力以赴,并且创意无穷,收获赞美和掌声!我虽然很少插手他们的活动准备,但很支持他们参加这些活动。作为艺体班,通过活动展现每个孩子的实力和特长算是一举多得,体育、播音、音乐和美术这些专业必须通过活动来凸显其价值和特色。更重要的是,通过这些活动体验,四班孩子还有很多意外收获。就拿昨晚上的三人制篮球赛来说吧，郭浩在比赛中受到恶意侵犯，他当时脾气就上来了，虽然没有暴发但情绪动作不对劲。比赛结束后我询问情况，他主动说已经找对方谈了，并就当时自己过激的行为道歉！这种对自己言行的及时反省、主动找他人解决问题的态度非常难得，估计很多成年人都难以做到，但郭浩做得很漂亮，为他点赞！从目前情况看，因为复习迎考四班以后参加的活动不会太多，希望四班所有孩子珍惜每次难得的活动机会，在大放异彩、独树一帜的同时，用心体验，悉心感悟，从而收获良多！

四班日记178　　　　2018年5月5日　星期六　晴

会考过关誓师大会实录

　　学校一直很重视会考，因为这不仅涉及学生的高中毕业问题，还对高考有直接影响，按照云南的高考政策，会考过了每科可以加2分，全部过关就是22分，对高考来说，这个分数无疑意义非凡。虽然以往几次会考效果不错，但学校从来没有松懈，为了七月份会考取得优异成绩，昨天下午高中部全体师生举行了会考过关誓师大会。活动中本次会考科目老师分析了本学科会考复习存在的问题，并提出翔实的解决策略，高中部三个优秀学生代表介绍了各自的学习方法，所有的目的都指向会考通过率。在宣誓环节，全体老师和学生用铿锵有力的声音表达会考必过的决心，很是鼓舞人心，希望四班孩子借本次誓师大会的东风，在接下来的两个月全力以赴，顺利通过会考！

　　但通过与数学、英语老师的沟通，发现目前形势严峻。数学英语历来是云南高中学生会考通过率较低的学科，从四班平时考试来看情况也不乐观。老师们再有信心和办法，也无法代替孩子们的学习，所以关键还是四班孩子的信心和决心，以及接下来两个月的努力程度。从周末补课缺席的情况看，问题很严重，希望家长和老师密切配合，鼓励孩子们把全部心思放到复习上，尽量不缺课，以顺利通过会考，为高中毕业画上圆满句号！

四班日记179　　　2018年5月6日　星期天　晴

话剧表演出奇招

  今晚最后两节高中部举行了话剧表演彩排，前几周所有孩子积极排练终于有了展示的机会。六个班各有特色、异彩纷呈，特别是四班的表演得到了全场最多的掌声和欢呼声！原因何在？除了大家都用心外，刘希仁扮演的日本军官说日语成为全场热点，算是奇招吧！说实话我对四班孩子一直比较放心，平时排练时也没去细看过，今天也是第一次全场观看他们的演出，确实精彩。希望下次正式表演时有家长来参加，亲眼见证孩子们的杰作！

  四班孩子总是带给大家惊喜，说明他们在创新意识方面胜人一筹，这是一种非常可贵的能力，特别是孩子们未来要面对急剧变化的环境，不走寻常路也许更容易达到目标。另一方面，四班孩子为了达成目标，在合作意识和能力方面也表现良好。通过活动凸显出的这些可贵品质和能力证明四班孩子独树一帜，未来必将大有作为，希望四班孩子以后带给我们更多惊喜，带给社会更多精彩！

四班日记180　　　2018年5月7日　星期一　晴

打架与泪水

  班委一个孩子安排工作时，由于其他人噪音太大心情不好，另一个男生为了给他减压故意在他耳边大吼一声，没想到正在气头上的他反手就是一拳，两个人差点就在教室里上演全武行。其他同学马上把他们拉开，我把他们叫出来询问情况，说起来没什么大问题，怎么搞出这么大的事情。说着说着两个人的眼泪就出来了，都感到委屈和郁闷，估计他们自己都没搞明白开个玩笑竟会导致如此后果。看到两个一米八几的大个子莫名其妙地流眼泪，我笑话了他们一把，同时也表扬了他们对友谊的看重！最后他们握手言和，保证以后和平相处。

打架对这个年龄阶段的男生来说是正常现象，流泪说明他们互相看重和对方的友谊。坏事中蕴藏着好事，不用夸大其词，把这些孩子想得太复杂。男生的冲突和友谊就这么简单直接，来得快去得也快，更何况四班的其他孩子都公平公正，没有拉偏架的行为。希望这样的事情对所有男生都是一个警示，有话好好说，遇到问题及时解决，打架也不影响友谊。也许多年后四班孩子聚首，这些独特的经历反而是别致的回忆，给他们的青春涂抹上一层趣色！

四班日记181　　　　2018年5月8日　星期二　晴

主持公道也要讲方法

三个体考生下楼，看到四年级一个男生在欺负本班女生，颇有正义感的他们指责那个小男生时，没想到遇到硬汉了，这个小男生根本不怕他们，直接开骂。自以为占领道德高地的他们抓着小男生的后颈窝开始教训，然后打算走人，但别人不服又在楼上怒骂。几个体考生追着小男生来到四年级教室，当着科任老师的面还想去收拾人，问题就复杂了。四年级的这个班主任很优秀也很讲道理，把我叫去后主动说本班孩子有问题，同时指出高中生最好不对小学生动手，因为一不小心就会出大事。我自然非常抱歉，主动向这位班主任致歉，无论如何，高中生跑到小学生教室闹事，不光彩！

主持公道也要讲方法，事后我与三个体考生聊了会儿，表扬他们正义感的同时也指出他们言行不妥。常言道老人和小孩惹不起，你再有理，动手就输了。小孩子后面站着家长，何必去惹麻烦呢？有事情在学校找老师，在社会就报警，好心也可能办坏事，一定要三思而后行。冲动是魔鬼，别人骂了你为什么非得骂回去打回去呢？希望四班所有孩子都从这件事情中受到启发，正确地做事，做正确的事，特别是主持公道时要注意保护自己，千万不要好心办坏事！

四班日记 182　　　　2018 年 5 月 9 日　星期三　晴

都想坐前面，咋办

　　按照自主管理的原则，班上座位安排也是大家协商，班委在这件事上主要是听从所有人的意见，我主要根据平时的纪律情况微调。所以现在的格局是前两排主要坐着视力不好的孩子，后面几排虽然远点，但对视力合格的孩子来说问题不大。这个结果不可能让所有人满意，但大部分孩子还是能理解的，感谢所有四班懂事明理的孩子！这周有孩子申请坐前面，想认真学习本来是好事，但如何调整座位的确很伤脑筋。我建议他自己去协调，然后班委想办法，看来效果不佳，然后建议他坐最前面靠墙的地方，但他觉得黑板反光，但更主要的原因在于觉得那个位置太特殊，心理上不适应而不想去坐。

　　对座位问题，我这个班主任主要是协调，而不是强行安排，所以班委才是关键。这是一件很考验班委智慧和能力的事情，希望所有人顾全大局，从有利于学习和团结的角度出发思考问题，圆满解决这个问题！

四班日记 183　　　　2018 年 5 月 10 日　星期四　晴

恭喜四班取得篮球赛冠军

　　昨晚六点半开始的三人制篮球赛一直持续到将近八点，比赛比想象得激烈，特别是高一的球队很是生猛，配合默契、体力充沛、动作敏捷，连续战胜高二几个队，最终与四班孩子争夺冠军。决赛并不轻松，两个队的分数交替上升，打得难分难解。可能高一孩子的动作不太规范，犯规次数多，四班的很多孩子看不下去，到我这里抱怨。我告诉大家球场是裁判说了算，一定要相信和尊重裁判，当然我也告诫四班球员要避免受伤，健康比冠军更重要。

四班一个球员没控制好脾气，与裁判起争执被罚下场，幸好其他几个发挥稳定，最终还是锁定胜局，为四班赢得冠军！

　　恭喜参赛球员，你们为四班争光了！恭喜四班所有孩子，你们的加油呐喊为取得这个冠军立下了功劳！感谢所有为四班加油的同学，你们坚持了"友谊第一比赛第二！"的号召。我历来支持四班的每一次体育活动，通过这些活动不仅有助于全班同学强身健体，更可以在活动中有其他收获。就拿球场上被多次犯规这件事来说，抱怨裁判完全没有必要，反而影响自身发挥，体育专业孩子更应该明白这个道理，希望下次再无与裁判争执的现象。班上有孩子对高一球员有意见，打算下场后找其理论，我还没去疏导，郭浩就在班上给大家做了工作，平息了大家心中的不满，安抚了大家的情绪。这些事情有助于培养四班孩子的应变能力。对他们的学校生活有帮助，也对他们以后工作有帮助。所以，比取得冠军更让人欣慰的是四班孩子在比赛前后的优良表现，这些收获才是他们最大的财富！

四班日记184　　　　2018年5月11日　星期五　晴

为何要看《厉害了，我的国》

　　我平时很少布置周末作业，主要是知道孩子们周末安排紧凑，强人所难地布置大量作业可能效果并不显著。这周要求大家看《厉害了，我的国》并非心血来潮，而是出于以下三点考虑：一是《厉害了，我的国》算是这些年中国纪录片的经典之作，质量有保证；二是四班孩子通过《厉害了，我的国》可以了解中国近十年取得的巨大成就，增强民族自豪感和荣誉感；三是希望四班孩子明白自己肩负的责任，为"我的国更厉害"努力奋斗，将自己的梦想与国家发展社会进步结合起来，实现小我梦想的同时共筑中国梦！

　　虽然是政治教师，但我很少空洞地给学生讲爱国，而是要求学生从爱自己开始，尊敬关爱父母长辈，与邻居同学朋友和睦相处，力所能及能帮助周围的人，也许这才是真正的爱国吧！爱国主义和社会责任感这些东西并不玄乎，而是与所有人的日常言行紧密结合在一起的。全校升国旗时对四班孩子要求非常严格,必须肃立;要求四班孩子有目标有梦想,这些正能量的梦想和目标如水滴一样必然汇到整个社会发展进步的洪流中;鼓励四班孩子养成学习运动的好习惯,成为未来的强者,因为少年强则中国强;等等。人需要梦想和追求,个人的梦想可能渺小,但正是这些渺小朴实的梦想推动了四十年中国的迅猛发展!真诚希望四班孩子鼓起希望的风帆,在这个大时代乘风破浪,展示自我风采,在实现小目标的同时让我们的国更强大!

四班日记185　　　　2018年5月14日　星期一　晴

向四班所有孩子的母亲致敬

昨天是母亲节,向四班所有孩子的妈妈致敬:你们都是非常优秀称职的母亲!四班孩子的军功章有一半属于你们!作为班主任,我要感谢各位家长特别是各位妈妈对四班工作的理解、支持和帮助!在家校联系中,与各位妈妈交流较多,发现大家不仅精明能干,而且贤淑明理、关爱孩子,为四班孩子的进步殚精竭虑、费尽心血,在这个特别的节日里,你们这样优秀的母亲值得大家给你们点赞!

母亲在一个家庭里的地位很重要,这是我近些年观察很多家庭得出的结论。人们常说"幸福的家庭都是相似的,而不幸的家庭各有各的不幸",其实仔细分析,就会发现所有幸福家庭都有一个共同特点:女主人也就是母亲作为一家人的精神支柱,勤俭持家、相夫教子、与人为善、贤淑明理。在一个家庭里,男主人不靠谱还没什么,如果女主人不靠谱,那就麻烦了,因为母亲对孩子教育成长的地位不可替代,很难想象一个不靠谱的母亲会教育出优秀孩子。正是从这个角度出发,我对四班女生要求相对苛刻,在言谈举止上相对严格,倒不是说要三从四德,而是希望她们养成善良、勤劳、贤淑等品质,为未来成为优秀的母亲奠定基础。从目前情况看,四班所有女生赢得了大家的认可,她们表现出的高贵善良、懂事明理获得了大家的好评,相信四班女生有各位妈妈的榜样示范,一定会在未来成为家庭中了不起的女主人!

四班日记 186　　　　2018 年 5 月 15 日　星期二　晴

话剧表演是更高层次的学习

　　周末举行的话剧表演四班表现堪称完美，整个表演过程流畅，所有孩子配合默契，不仅表现出"亮剑"的形，更有"亮剑"的魂，收获全校师生无数掌声！最后那个场景我也是第一次见到，在全班每个人的朗诵中突出了军魂的内核，画龙点睛、完美收场。表演结束后好些老师在我面前为四班孩子点赞，托他们的福，我也脸上有光，风光了一把。

　　话剧表演是更高层次的学习，通过这次活动，四班孩子至少有以下几方面收获：一是全班同学集体过了把演员瘾，每个人都有表演的欲望，但机会并不多，这次通过排练、彩排、表演，四班孩子算是过足了演员瘾；二是学会了为实现目标团结协作，任何组织都是为实现目标而建立，而组织中个人的协作意识和能力对目标的实现至关重要，为了这次表演成功，导演夏翊洋尽心尽力，郭浩、刘希仁主动买道具，其他同学全力配合、一切行动听指挥，整个过程四班孩子体现出高度的团结协作意识和能力，对他们现在融入集体、未来融入工作大有裨益；三是背台词有助于学习能力的提升，本次表演的台词不少，但大家背得非常认真，候场前夕很多孩子还在埋头苦记，这股劲头用到文化课和专业课学习上，还用担心成绩吗？

　　每次活动都是四班孩子的展示机会，也是学习提高的机会，只要用心，任何活动都是学习，希望通过这次话剧表演孩子们能学到更多！最后要感谢租借服装的夏翊洋妈妈，以及前来欣赏孩子们表演的王纳父母和刘希仁父母，还有在群里时时关注孩子们表演的所有家长朋友，有了你们的支持，孩子们表演会更卖力，学习劲头会更足！

四班日记 187　　　　2018 年 5 月 16 日　星期三　晴

越忙越要注重心理调适

　　随着话剧表演的结束，这学期四班的课外活动基本上没有了，所有人都要全身心投入到学习中去，接下来的数学英语会考、专业课培训和高考复习都是硬仗，孩子们的学习压力会越来越大。这周班会课学校安排的主题正好是"调节学习压力"，在班上做调查，很多孩子都明显感觉到了巨大的学习压力。这本来是好事，但让人忧心的是，有的孩子自我加压过多，出现了一些问题，比如有的男生动辄发火、脾气暴躁，甚至有暴力倾向，有的女生情绪失控，身心失调，严重影响学习效率。出问题的大多是成绩优秀、懂事又有追求的孩子，正是因为他们对学习很上心，才会苛求自己，产生无法承受的压力。这才高二，高三会更紧张，如果不解决这个问题，那接下来的高考复习肯定受影响，所以这是四班目前必须要解决的问题！

　　成年人的生活里没有容易两个字，其实现在的孩子也不容易，特别是备战高考的孩子更是如此。但是越忙越要调适我们的心理，监控自身不良心理问题并及时解决。个人建议大家通过写日记、运动、与朋友聊天等方式调整心态、疏解情绪。从目前情况看，班上很多孩子养成了写日记的好习惯，通过分析压力产生的原因、应对策略来减轻压力。晨跑和课间操班上很多孩子都自觉跑步做操，出出汗是好事，下午我有空会陪一些男生打篮球，希望对他们有帮助。同时希望大家都安排好作息时间，早睡早起，睡得好才能心情好！当然，希望所有孩子都探索适合自己的减压方式，但注意一定不要通过手游、抽烟酗酒等不良方式减压，因为那是饮鸩止渴。高考是孩子们人生第一大考，在备考过程中不仅考验我们的学习能力，更要考验我们的心理素质。一年零一个月的备考时间很快就会过去，希望四班孩子既高度重视高考，又心态平和去应对，最大限度激发潜能，以最佳状态顺利通过人生第一大考！

四班日记 188　　　　2018 年 5 月 17 日　星期四　晴

我想出去舒缓下情绪

　　晚自习时李博打电话给我，说自己打算请假在校园里转转，舒缓下情绪。问他需要同学陪吗，他说不需要，需要与我聊聊吗，也不需要，听起来状态还不是很糟糕。依据我对李博的了解，他应该是有事情一时解决不了，情绪有些波动，出去转下很有必要。于是同意了，并告诉他需要我帮助的话随时联系。

　　每个人都可能产生负面情绪，更何况处于"少年不知愁滋味，独上高楼强说愁"的四班这些孩子，类似李博这种情况，正视自己的情绪状态并设法解决，是值得鼓励的行为。不同人有不同的情绪宣泄的方式，在条件许可的情况下，尽量让孩子们自己调整。这学期开学后四班孩子压力大，学校本周开展了集体心理干预，就是帮助孩子们正确看待学业压力和生活压力。整体来看，四班的很多孩子都很重视这个问题，并有所进步。就拿今天下午与班上几个孩子打球来说，其他同学抢球时，不小心把球砸在保斯然腹部，从他痛苦的表情可以看出很难受。但他很快舒缓了情绪，又开始与大家一起愉快玩球。与上周发生类似情况他的表现来看，保斯然值得表扬，因为他逐渐学会了平和处理球场上的冲突。年轻人有些脾气甚至火气很正常，但学会控制自身负面情绪是必修课。希望所有孩子都能像李博和保斯然那样，发现自身情绪出问题后，及时设法缓解，然后把精力和时间投入到正事中，为梦想而打拼！

四班日记 189　　　　2018 年 5 月 18 日　星期五　晴

周末请假为哪般

　　每到周五都会接到家长来电，大多是给孩子们请假。有去看医生的，也有补课的，理由都很充分，我很理解。但想到周末全班就一半的孩子补课，

高贵善良·坚毅独立

而老师为保证复习进度又不会等他们，我又很忧心。学习具有连续性，耽搁一节课必然影响后续学习，这个道理想来大家都懂。很多孩子也是不得已才请假的，但也不排除个别孩子为了回家散心放松而请假。现在会考压力、专业课学习压力、第一轮高考复习压力这么大，如果还这样掉以轻心、不以为然，真不敢想象明年的高考会是什么样子！

其实四班孩子都想考上理想大学，也在为之而努力。但备考过程中的压力、焦虑、劳累是考验，并非所有孩子都能应付，思想抛锚成为一些孩子的常态。首先要表扬周末坚持到校上课的孩子，他们不仅仅是在学习，更是在接受考验中磨砺意志。其次建议部分孩子合理安排时间，尽量周末不缺课，全身心投入复习和专业课学习中。最后希望家长与思想抛锚的孩子多沟通，鼓励他们为梦想和未来而拼搏，学会应对学习生活中的压力，直面目前紧张的学习，调整好心态，自愿坐在教室里，与其他同学一道为梦想而奋斗！

四班日记190　　　2018年5月19日　星期六　晴

调解是个技术活

今早七点多我在操场锻炼身体，班上有女生来找我，说女生宿舍出了点问题，生活老师要我去一趟。到了才知道三个孩子昨晚上发生冲突，竟然一晚上都没有睡好，吵了好几个小时。本来她们三个没有请假坚持上课值得表扬，但一夜争吵留下坏心情和黑眼圈，估计今天也没有什么精力上课。睡眠不佳和恶劣情绪让她们语无伦次，向我陈述事情时也是思路不清、前后缠绕。好不容易搞清楚了事情的来龙去脉，才发现孩子们的世界也比较复杂，如果张爱玲知道的话估计马上会构思出一部小说。为了解决这些她们看来天大的事，我先个别公关，然后一起聊，最后又个别做工作，好不容易在十一点前把问题大致解决了，所费精力和所花心思估计与参加一场大的谈判差不多了！

调解孩子们之间的矛盾是个技术活，班主任特别要注意以下三点：一是要公平公正，虽然绝对的公平难以实现，但班主任要站在这样的立场上去分析孩子们的冲突和矛盾，绝对不能因为某个孩子成绩好或者表现好就偏袒，那只会激化矛盾。二是要讲究策略，孩子们的很多矛盾看似简单，但大多是长期积累的结果，夸张点说每次矛盾都有深刻的历史背景，如果把所有事情纠缠在一起，基本上问题就无法解决了，因为每个人都有理，也都那么不讲道理。怎么办呢？班主任最好本着解决问题的态度，就事论事，厘清事情的轻重缓急、是非曲直，然后简化为三四步去解决。三是要体现教育性，班主任引导孩子们解决问题的过程就是更新孩子观念、帮助孩子成长的过程，所以在调解过程中要引导孩子们正确认识人际冲突的原因和解决策略，帮助孩子们认识到自身存在的思维偏差和行为失当，先从改进自身言行入手改进人际关系，提高人际交往能力。

孩子们有冲突和矛盾很正常，关键是引导他们正确处理这些事情，培养人际交往技巧特别是人际冲突解决能力。希望四班孩子从这些矛盾解决中得到收获，把心思聚焦到学习上，学会换位思考，协调好人际关系，让良好的同学关系、师生关系成为各自奋斗的推进剂！

四班日记 191　　　　2018 年 5 月 20 日　星期天　晴

父母如何对待孩子间的冲突

小孩子之间争争吵吵、打打闹闹本来很正常，但家长一插手问题反而变复杂。我一般做法是孩子们能解决的事情就让他们自己解决，因为这是培养他们人际交往能力的契机，解决后再根据孩子们的意见决定是否让家长知晓，当然情况紧急时肯定要第一时间通知家长。为什么孩子们冲突之初家长不宜介入呢，道理很简单，事情才发生孩子们情绪激动，陈述事情时难以客观公正，他们对自身问题一般会轻描淡写，而对别人的问题则夸大其词。哪个家长不心疼自己的孩子呢，但不明真相让他们容易产生自己孩子受委屈、受欺负的假象，有修养的家长还好，相反地很容易雷霆大怒，采取不恰当的方式方法解决孩子们的小冲突，反而激化事端、酿成大错！以前带孩子在游乐场玩我曾经遇到几起这样的事情，小孩子之间的冲突演变成大人之间的群殴，让人耻笑。于法于理，大人当着孩子的面打架，性质都极端恶劣，这样教育出来的孩子很容易形成反社会人格倾向，难以处理好人际关系，可能一辈子都难以体会到幸福感。

很幸运四班家长不存在上述问题，所以每次孩子们有冲突都能和平解决、皆大欢喜，很感谢大家的通情达理。作为班主任同时也是一个父亲，我也遇到过自家孩子与其他孩子发生冲突的情况，有以下几点想法，与大家分享：首先以平常心对待孩子们之间的冲突，因为儿童在社会化过程中不可避免会与他人产生矛盾和冲突，不必大惊小怪；其次教育自家孩子正确解决冲突，解决问题比情绪宣泄更重要，家长引导孩子认识和解决人际冲突的过程就是孩子社会化的过程；最后鼓励孩子与其他孩子交往和玩耍，如果因为孩子与其他孩子有矛盾就隔离孩子，那是得不偿失，孩子之间的正常交往对他们成长意义重大，性格开朗、外向乐观、善良包容的孩子看似在人际交往中会吃亏，但事实会证明这样的吃亏是福气，孩子们在同龄人交往中的收获远远大于他们可能受到的伤害。总体而言，四班孩子目前的关系总体融洽，矛盾和冲突完全在可控范围内，相信孩子们会处理好他们之间的关系，无须父母操心！

四班日记192　　　　2018年5月21日　星期一　晴

如何文明上网

今天班会主题是文明上网，结合班上孩子普遍的游戏瘾，这个主题倒是有价值。说到网游，班上很多孩子都是我的老师，他们对游戏的了解和熟悉程度远胜于我，帮助我理解了很多关于网游的知识，特别是很多人都喜欢上网玩游戏的原因。学校提供的PPT介绍了很多网游有害的事例，还鼓励大家远离网游、文明上网。但对于如何戒掉网瘾则办法不多，而这正是很多孩子关心的问题。就四班来说，大部分孩子都喜欢上网玩游戏，而且有瘾的也还有几个。他们现在面对的最大问题是私藏手机，明知道这样不好，但他们无能为力。这一个多月，有几个孩子经常睡眼蒙眬、四肢疲软、面容憔悴，虽然不能强迫他们交出手机，但我也常找他们聊天指出问题的严重性。目前看来，有两个孩子战胜了自己，没有手机的打扰，他们的精神状态好多了。但还是有几个孩子千方百计玩手机，达到了如饥似渴、无所顾忌的地步，很是让人痛心。先不说成绩怎么样，就拿他们高度数的眼镜、单薄的身体、疲倦的面孔来说，这完全可以看出手机对他们的负面影响。

　　如何解决这个问题呢，个人觉得可从这几方面入手：一是加强理想信念教育，鼓励这部分网瘾孩子明确梦想，并为梦想去奋斗；二是转移注意力，四班孩子对专业课的兴趣越来越浓，特别是离不开手机的几个孩子现在也开始认真专业课训练了，这是个好机会，家长和老师应鼓励他们把精力花到专业课上；三是鼓励他们尽量远离手机，回家家长需多与孩子沟通，老师多与他们交流，引导他们战胜自己，上交手机或者不带手机到校。这几点需要家校密切配合，实现难度较大，但事在人为，接下来的一年多希望四班孩子都放下手机、捧起书本，全身心备考，向理想大学进军！

四班日记193　　　　2018年5月22日　星期二　晴

睡眠好就是不一样

　　前几周一直与四班孩子探讨手机、睡眠与学习的问题，建议私藏手机的同学加强自我约束，按照学校作息时间行事，以便白天保持良好状态。这周发现有孩子听进去了，上课不再趴着，眼睛不再闭着，神色不再颓废，在认认真真学习了。很了不起的转变！这都是他们自我管理、自我教育的结果，老师和家长说得再多，如果孩子没有入脑入心，全都是白搭。现在他们想明白了，亡羊补牢也不晚！这学期还有一个半月时间，第一轮复习如火如荼，如果能咬牙坚持到底，就算大致完成了下一学期的复习任务，为下半年全身心投入到专业课培训奠定坚实基础，善哉善哉！

　　健身需要好的睡眠，学习也需要好的睡眠，这是我从教二十多年从成绩优异学生身上总结出的经验。四班有几个孩子从反面也证明了这一点，有的是压力大睡眠不好，但更多是为手机所害。打破成绩下滑和偷玩手机之间恶性循环的唯一方法是放下手机，这样做不一定成绩马上就优异但至少精神状态会好起来，有年轻人应该有的朝气和活力。四班这些转变的孩子开了个好头，希望对另外几个网瘾大的孩子能有所启发，尝试着放下手机，开始正常的学校生活，以崭新的姿态迎接高三的到来！

四班日记194　　　　2018年5月23日　星期三　晴

四班出书有眉目了

　　黎校长前两天问起四班日记的情况，指示我理出一个出版计划，力争本学期放假也就是七月中旬将书出版。至于费用，黎校长让我放心，学校会设法解决。非常感谢黎校长和学校对四班工作的支持！

　　说实话，当时决定写《四班日记》并没有想到出版，就是单纯地想把四班孩子的学校生活记录下来，见证大家的进步和成长。可能在有的人看来，每天记录四班这些调皮孩子的日常很麻烦，甚至没多大价值。但通过每天的观察和书写，我真切地感受到了四班孩子的可爱、优秀与蜕变。或许这些可喜的变化很细微、很平凡，但站在家长和老师角度，这些变化如此难得和了不起。其实四班很多孩子并不完美，总是捅出这样那样的娄子，但一点一滴地总在向好的、善的、美的方向转变，这难道还不够吗？

　　六月份要出书，其实压力很大：收集资料、联系出版社、请人作序、编辑文稿等。但事在人为，出版计划已经罗列出来，只要大家配合，其实没什么大不了的事。第一步也是最关键的一步就是收集资料，我有十多万字的资料倒好办，副班主任刘老师负责收集班级图片也不难，歌曲录制学校愿意负责应该也没什么，最重要的是每个孩子和家长需要上交的资料。所以希望四班每个孩子与家长商量一下，力争每个家庭准备五千到一万的文字材料，有图片更好，一定要把孩子的风采充分展现出来！去年很多家长给孩子写过信，这个月关于孩子的成年礼很多家长也准备了给孩子的信，包括大家对孩子变化的感受、对四班的印象都是很好的素材，拜托大家多费心，力所能及地多准备些资料。希望到了七月中旬，凝聚着大家心血和汗水的《爵肆赞歌》（暂定书名）能摆在我们手上，述说四班的骄傲！相信这是四班孩子最好的高二学习生活总结，更是他们高三奋进的加速器！

四班日记 195　　　　2018 年 5 月 24 日　　星期四　晴

月考作弊为哪般

　　这次月考四班孩子其实很有压力，除了这个月提前月考感觉时间不够用外，政治、历史和地理首次合成文综让大家有些惶恐。无论压力多大，考试前的动员会上我还是鼓励大家尽力去考、轻装上阵，力争考出自己的真实水平，绝对不能作弊。遗憾的是数学考试中有孩子拿出手机，打算查阅题目时被老师发现后没收手机，等待他的还有学校处分，得不偿失！事后我问这个孩子为什么要作弊，他说自己数学很不错，很想考高点为数学老师争面子，因为张老师教学太认真，对大家太好了！真让我哭笑不得，为了老师的面子去作弊，这是什么逻辑？从这个孩子的处境来分析，估计他也没有撒谎，但结局却是赔了夫人又折兵，让人唏嘘！

　　无论什么理由，作弊都是不可原谅的，这个道理大家都懂。从历次月考情况看，四班还是有少数孩子存在作弊行为，但一次不正常的高分总会在下一次的分数面前显出原形，连我都替他们感到尴尬。想考高分是好事，但平时不努力把希望放在作弊上说不过去。英语中的作弊与"欺骗"是同一个词，这很有道理，作弊表面上是欺骗家长和老师，其实最终会欺骗自己的前途和命运，四班坚决反对这样的行为！要为老师争面子，最好的办法就是认真学习，积极与老师配合，及时完成作业。希望四班孩子引以为戒，本着对家长老师争光、为自己负责的态度对待每一次考试，杜绝作弊！

高贵善良·坚毅独立

四班日记 196　　　2018 年 5 月 25 日　星期五　晴

教室收拾干净了

　　今天下午第二节课后放假，我晚了半小时到教室检查，发现大家已打扫好卫生，达到了学校对放假教室卫生的要求。记得最初学校要求班级每次放假打扫卫生时，很多孩子都不理解，归心似箭的他们哪里有心思在这个节骨眼上扫地呢？导致假期结束当晚，大家基本上就在脏乱差中度过，让人难受。经过一次次的提醒，特别是劳动委员刘希仁的努力，情况逐渐得以好转，这学期以来大家习惯了收拾好教室才离校，周日自然也能在清洁舒适的环境中开始一周的学习了！

　　教育不能急于求成，转变也很难一蹴而就，四班孩子正是在一点一滴中发生着可喜的变化。虽然很多变化很普通，但只要向好的方面转变都是值得祝贺的事情。转变坏习惯肯定有难度，但我们要相信坚持和努力的力量。这次是离校前打扫好卫生，下次可能就是作业保质保量完成，再下次可能就是全身心上课。给四班孩子一些时间，给四班孩子一些机会，聪慧的他们不会让家长和老师失望，说不定哪个时候又会带给我们惊喜，让大家惊叹他们的灵性、优秀和蜕变！

四班日记 197　　　2018 年 5 月 28 日　星期一　晴

花香蝶自来

　　周末参加培训，看到一则呈贡区前五年教育发展的视频，天娇学校出现了十多个镜头，其中就有四班孩子在潘禹辰带领下课间操跑步的镜头。全校那么多班跑步，为什么摄影师就特别关注到了四班孩子呢？最可能的原因是四班整齐划一、精神抖擞的英姿引起了他人注意，这大概就是古人所云"花香蝶自来"吧！所以四班孩子要想获得认可、得到尊重，就必须尽力让自己优秀起来，因为懒散颓废却希望别人垂青从来都是痴心妄想。

从这段时间四班的表现来看，部分孩子还没有做到这一点：有人早上千方百计赖床、躲避早操；有人总是拖一两分钟才进教室，迟到得让人莫名其妙；有人打扫卫生故意迟到，逃避责任；有人作业敷衍了事，学习吊儿郎当；等等。要得到全校师生的认可和好评，必须所有四班孩子都奋力拼搏，如果有人掉链子、钻空子，不仅个人形象受损，四班声誉也会受损。这学期还有两个月不到，虽然天气热起来了，但该认真的时候大家一定要认真，该学习的时候一定要全力以赴，这样才会受到更多"蝶"的青睐，每个人也才会真正进步和成长！

四班日记198 2018年5月29日 星期二 晴

月考成绩压力山大

今天把月考成绩统计出来后，发现情况很不乐观。期中考试400分以上的八人，这次只有四人，期中考试300分以下的就两人，这次八人。这与第一次实行文科综合有些关系，两个半小时做完300分的题，的确有难度，大多数孩子最后几道历史大题都没时间做，导致四班传统的优势科目历史没有考出应有水平。前几名孩子基本稳定，神奇的是夏翊洋考了第一名，按说这个月他排练耽搁的时间较多，取得这样的成绩很了不起！整个五月份学校活动多，对孩子们的学习有一定冲击可以理解，但整体成绩让人不满意。接下来的时间紧，为保证高效利用这有限的时间，完成所有学科的第一轮复习，有如下建议：

一是周末补课尽量不缺席。发现有孩子数学才考十几分，不到班上数学第一名的零头，这种情况下哪需要跑到校外去补课，完全是多此一举。希望四班所有孩子与家长协调好周末补课，力争每周都到校补课，跟上全班复习进度，与大家步调一致，才会走得更远！

二是掌握高考复习规律。第一轮复习的关键是夯实基础，牢记和理解概念原理等基础知识，并通过做题加以巩固，为第二三轮复习奠定基础。我们几个文化课老师已就这个问题达成一致，希望利用本学期剩下的一个半月时间把第一轮复习完，四班孩子一定要配合！

三是把心思多放点到文化课上。专业课和文化课都很重要，但从目前四班实际情况看，这一个多月应把心思多放些在文化课上，第一轮复习如果基础不牢，后患很多，毕竟明年就三个月时间用于文化课复习了。所以大家要有系统思维，每个时间段的学习要有侧重点，才算统筹兼顾，才能心想事成！

四班日记199　　　　2018年5月30日　星期三　晴

多扫地的孩子不吃亏

今天早读前到教室，发现又是两个女生在扫地，我很奇怪：怎么每次早上来都只看到女生扫地呢？有孩子抱怨班上有些人该打扫清洁时很晚才到教室，清洁委员刘希仁也证实了这个说法，说班上有几个男生每次扫地都来得晚。当然有的男生也做得好，陆昊彤在一边就说他们组的男生每次扫地都来了。

针对这件事，我要好好表扬一下四班的女生！从去年八月任班主任以来，四班女生在学习、生活、起床、跑操、就寝等方方面面都表现优异，基本上没有给四班和我惹过麻烦，特别感谢四班这些懂事的女孩子！其次要感谢她们的父母，能教育出这样乖巧懂事的孩子是你们的本事，更是你们的福气！就扫地这件事而言，估计很多女生也不舒服，清洁卫生本来就是大家的事，为什么每次都要她们多出力呢？但反过来想，对四班这些女孩子来说，多扫地也不吃亏。在这一过程中，你们坚持目标定向，按时完成任务，为小团队赢得了尊重，保证了全班环境洁净。更重要的是，你们会逐渐养成做事、会做事、把事做好的思维和能力。成功的道路并不拥挤，因为懒人太多，不怕吃亏多做事的你们会走得更自在。在你们以后的生活和工作中，这种意识和习惯会帮助你们收获更多尊重和好运！多年后，希望你们发自内心地说：多做事不吃亏！

四班日记200　　　　2018年5月31日　星期四　晴

马大哈还是偷奸耍滑

　　针对部分男生扫地不积极的情况，今天在班上作了一节课的思想教育。首先作了分类，因为男生很多相对粗心，忘记扫地，这叫马大哈，虽然不可取但同学之间可以原谅。另一种人属于偷奸耍滑，总是找机会逃避自己该尽的义务，这种人不可原谅，就我个人来说很不喜欢这种人，因为扫地一组就四五个人，小团体都这样做，在大集体里那还了得。根据我对四班孩子的观察，出问题的男生都是马大哈，不存在偷奸耍滑之辈。批评了这些马大哈孩子，因为他们的疏忽和粗心给组内其他孩子带来麻烦。更重要的是，这种坏习惯如果不改的话，以后在工作中会吃大亏，因为没有哪个领导和团队成员会喜欢这种马大哈！同时督促劳动委员和组内同学相互提醒，力争每次清洁扫除时组内成员齐上阵，多快好省地完成任务，既节约时间，又增进了同学之间的团结和友谊，皆大欢喜。

四班日记201　　　　2018年6月1日　星期五　晴

人品乃择友第一标准

　　这周在读林语堂先生撰写的《苏东坡传》，印象最深的还不是一代人杰苏东坡，而是王安石变法失败的原因。关于这个问题四班孩子在历史课上已知晓很多，但我发现还有一个很可悲的原因：变法时王安石的助手和朋友大多人品低劣。王安石变法全无私心，一心为国富民强，但协助他的人却利欲熏心，导致政策走样，最终变法失败。这件事对我们的启发在于：择友的第一标准在于人品！关于人品这个问题我在班上也多次谈到，即鼓励四班所有孩子加强自我修养，提高个人道德素养，同时学会识人，结识那些善良高贵、

高贵善良·坚毅独立

自律感恩的人，少与人品有问题的人接触。

举个简单的例子吧，四班有个孩子以前吸烟，现在正努力戒烟，而且效果明显。但他很苦恼—离开学校，遇到以前那些朋友，很容易就复吸了。这样的朋友叫什么朋友呢？自己有问题还拉着其他人下水，算是人品有问题。建议四班孩子远离损友、结识益友，让朋友成为学业进步、事业有成、生活愉快的助手而非绊脚石！

四班日记202　　　　2018年6月2日　星期六　晴

补课人多效果好

这周补课也有孩子请假，但人数很少，所以教室里再不是稀稀拉拉几个人啦。与老师交流后发现，补课人多，孩子们的心也容易静下来，可以很快进入学习状态。关于这个问题，我与很多孩子及家长多次沟通．这学期学习任务紧，已经没有那么多时间浪费，周末上课老师不得不赶着复习，缺两天课对以后的学习影响较大。从这周情况看，很多孩子估计明白了这个道理，尽量周末到校上课。这是个好兆头，剩下的一个半月，真心希望所有孩子周末都能安安心心坐在教室，认认真真完成学习任务！

四班日记203　　　　2018年6月3日　星期天　晴

纪律好了什么都好办

晚上三节自习，第一节在四班感觉很不错，因为任务布置后，所有孩子都在埋头看书和做题，基本上是鸦雀无声。后两节在另一个班感觉不太好，有叽叽喳喳说小话的。

通过对比，可以看出四班这段时间纪律大有改观，值得表扬！就一个班级而言，只要所有人遵守纪律，严格按照老师要求去学习，一般来说效果都可以得到保证。刚接手四班那两个月，纪律真是个大问题，种种不良表现让人头痛，经过整顿和教育，纪律逐步好转。特别是专业课开设后，孩子们找到了目标，更是自觉自发地遵守纪律。虽然现在还有极个别孩子自我约束能力弱一点，但四班目前总体情况不错，希望保持！

四班日记204　　　　2018年6月4日　星期一　晴

好习惯从何而来

　　今天班会课的主题是习惯，三班田老师提供的PPT也很给力，内容丰富、思想深刻、方法实用，不仅帮助孩子们明白好习惯培养的价值，还提出学生养成良好学习习惯的具体方法。按照这些方法和习惯去学习，估计每个孩子都可以考上理想的大学。但问题也来了，很多孩子明知道这些方法和习惯管用却难以养成，原因何在？习惯培养不是一句话那么简单，也不仅仅是方法技巧的问题，主要还是毅力和坚持的问题。

　　就拿今早上跑操来说吧，有两个男生没有来，也许理由很充分，但由于没有养成晨跑习惯才是关键。一方面，赖床的习惯引诱他们赖床，另一方面，跑操音乐、生活老师的催促又在催生他们的负罪感，哪里睡得安稳呢。如果有晨跑习惯，一大早就翻身而起，在跑道上大汗淋漓，然后精神抖擞地准备用餐和上课，哪会有这些烦恼呢。现在班上大部分孩子都养成了早起的习惯，希望剩下的几个起床困难户能"近朱者赤"，做到早起。其他习惯也是一样，只要一个人特别是年轻人有追求、有梦想，处在一个积极向上的集体中，找到了奋斗的乐趣和感兴趣的专业，养成好习惯并不难。从这个角度来讲，好习惯来自于一个人的内心，只要打算让自己的生命之河更宽更深，你会主动养成很多好习惯！

四班日记205　　　　2018年6月5日　星期二　晴

起床和晨跑都重要

上午体育老师找到我，说四班早操仅三个男生到操场，到班上了解情况，发现没到的男生总是有这样那样看似充分的理由，想到昨天班会课谈到的习惯问题，很是无语。总不能我每天早上催他们起来跑步吧，常言说得好：你不能叫醒一个装睡的人，对不想跑操的孩子来说，他人的提醒甚至呵斥其实没有多大用，因为理由总是很好找。不过这些没有参加晨跑的孩子都按时起床了，这也不错。现在晚上四节课，回到宿舍就快到十一点了，如果再晃悠晃悠，很多孩子都十二点才会入眠，早上六点半又要起床，估计大多数孩子都睡眠不足，所以早上能按时起床也算了不起。如果能趁热打铁，坚持晨跑，估计早餐胃口大开，上午精神状态也好。所以建议四班的所有孩子：晚自习结束尽快洗漱和入睡，早上按时起床，然后精神饱满地迎接一整天的高强度学习！

四班日记206　　　　2018年6月日　星期三　晴

自己去解决

昨晚第四节课班上几个男生在课堂上下棋，被老师没收后还在嘀嘀咕咕，估计对老师说了不太好听的话。今天询问情况时，有个不懂事的孩子说自己不是对老师说的，还想让我来评评理。我只告诉他一点，说的内容并不重要，但在那种场合下该不该说才是关键。提供两种选择：一种是他自己去找老师解决，第二种是我插手解决。这孩子还算看得清形势，选择自己去解决。事后与该老师说起这个事，这孩子开始道歉还不情不愿，但后来通过与老师长时间的沟通，总算明白了问题出在哪里，最终与老师达成和解，双方皆大欢喜！

　　让班上孩子自己去解决他们造成的问题，是我历来主张的班级管理原则。对高中生来说，是非曲直他们心中完全明白，很多时候仅仅因为气不顺、心不服故意与师长作对。事后他们因为面子思想也会嘴硬，但做通思想工作后，让他们自己找师长解决问题，完全是小事一桩，大多都可以圆满解决！解决问题的过程其实也是孩子们学习成长的过程，有必要给他们这样的机会。当然，班主任也应尽可能提供一些建议，帮助孩子成功解决问题。同时，老师和家长要心胸开阔，试着理解和体谅孩子，坚信他们本质是好的，一时糊涂不代表一世糊涂，引导他们正确认识自身言行，帮助他们在荆棘遍布的乱石岗上找到人生的康庄大道！

四班日记207　　　　2018年6月7日　星期四　晴

高考倒计时365天开始

　　大家都关注的2018年高考今天开始了，而对四班孩子来说，这是明年高考倒计时一年的开始！两年前刚刚进入高中时，很多孩子也许还觉得三年好漫长，但不知不觉间多半时间就过去了，留给大家冲刺的时间就这365天。那么，如果度过这宝贵的一年时间、充分利用好这8760小时呢？四班所有孩子和家长有必要好好思考下这个问题，我和所有科任老师也有必要思考一下这个问题，至少要注意这几点：

　　首先要高度重视。一年就365天有效利用的学习时间不过4000小时。但要做的事情太多，专业课培训和考试、文化课备考、运动锻炼等，哪一样都很重要。所以四班孩子要高度重视时间管理，用好每一分钟，全身心投入到备考中去。

　　其次要增强信心。任务重、压力大是事实，但事在人为，只要四班孩子保持目前良好的学习状态，文化课和专业课都不是什么大不了的事。关键是信心，目前大部分孩子由于专业课入门了，信心比较足，但也有一些孩子过分自我加压，造成信心不足，一定要警惕。

高贵善良·坚毅独立

最后要提高实效。学习不仅仅是时间问题，更需要效率。从这几次考试情况看，进步明显、状态稳定的孩子大概占全班一半，还有十个左右的孩子比较茫然，想学但效率不高。各科任老师就这个问题已多次与孩子们探讨，一定要相信老师的教导，严格按照老师的要求备考，并结合自身实际找到最适合的方法，提升效率！

四班孩子们，离明年高考就365天了，家长与你们同在，老师与你们同行，幸运与你们相伴，加油！

四班日记208　　2018年6月8日　星期五　晴

一只鸡爪差点引发血案

两天前班上发生的冲突由鸡爪引起，让人啼笑皆非。下课后惦记着鸡爪的女生在教室洗手，不慎将水摔到男生脸上。近段时间心情不佳、正需要发泄的男生马上爆发，还算知道不能出手打人，情急之下把女生桌上的书扔到地上，然后跑到厕所生闷气。得知情况后我赶到教室，发现很多同学正在安慰哭泣的女生，问清情况后，又到厕所把男生叫出来，躲在那里总不是个事儿吧！平时看他们嘻嘻哈哈，关系挺好的，怎么一下子就搞出这么大的事呢？把男生叫到一边了解情况，估计他也不好意思，找了个心情不好的借口，以前在其他男生面前爆发我觉得还没什么，但今天这个情况过了。很严厉地指出他存在的问题，特别是情绪控制，应该说在这方面他进步很大，但突然来这一出还真让大家诧异。他保证以后尽量避免类似情况发生，并答应马上去找女生道歉，我相信他！找女生谈的时候她更委屈，一点小事搞出这么大的动静，可能连她都感到莫名其妙。虽然她受了委屈，但我还是提醒她不要带东西到教室吃，不仅违反学校纪律，还容易引起一些乱七八糟的事情，她保证不再犯类似错误，我也相信她！

四班第一次出现男生和女生的冲突，不要追究谁对谁错，关键是让他们反省自身对人处事的言行，以后才不会因一只鸡爪引发冲突。当然，孩子们出了问题后积极面对，并主动要求自己去解决，也算一种进步！希望四班所有孩子引以为戒,将同学之间的冲突消灭在萌芽状态,开心地度过紧张繁忙的备考时光!

四班日记209　　　　2018年6月11日　星期一　晴

父母的肺腑之言让人感动

　　按照约定,很多家长把书籍出版的资料发过来了。有的是随笔,记录孩子日常学习和生活,大部分是书信,结合孩子马上成人所有父母都提出了殷切希望。仔细阅读四班父母的这些文章和书信,我很感动。作为他们的同龄人,步入中年,孩子几乎成为我们生活的中心,更是生命的重心,孩子的成长成才与我们的幸福指数密切相关!四班父母回顾了过去将近二十年与孩子相处的幸福时光,也结合自身经历给即将成年的孩子提出了诸多宝贵建议,帮助四班孩子成才成人。感谢四班所有用心教育孩子的父母!

　　父母是带着爱心与感动来写的,我是带着感谢与感动来读的,但光我们感动还不够,最主要的还是四班孩子要感动,并把这种感动化为学习的动力,全身心投入到日常繁重的学习中。总体来说,女生做得比较到位,她们能体谅父母的辛苦,把心思放到学习上,男生有几个也还行,但有些男生还是存在懈怠思想,学习动力不足,让人遗憾。男孩子一般成熟和懂事较晚,但四班孩子都快十八岁了,也该明白父母的苦心和期待了。希望通过这样的书信交流,能对班上的男生有所触动,担负起十八岁孩子的责任,做正确的事,正确地做事,逐渐成为师长特别是自己心目中的成年人!

四班日记210　　　　2018年6月12日　星期二　晴

四班孩子的文采让人惊喜

　　陆续收到四班孩子的一些文章，主要涉及成长感悟、生活随想，文笔优美、内容积极、思想深刻，显示出的文采超出预期，让人惊喜。去年接手四班时，就听语文老师说过四班孩子语文学得好，但没有想到四班孩子的文笔功夫如此了得！

　　将文章与四班孩子的日常表现相比较，又不难发现有些许错位，道理其实大家都懂，但往往落不到实处，这就是人们常说的"知易行难"吧。明白道理是好事，但这是第一步，接下来最关键的就是落实。要做到言行一致，对现在的孩子来说，自律应该是最难解决的问题。篮球场肯定比教室有乐趣，手机肯定比作业有意思，被窝肯定比书桌更温暖，要战胜种种诱惑、安心学习并非易事。最核心的就是自我管理和自我控制，四班成绩优异的孩子在这些方面都做得好，而问题较多的孩子基本上在这些方面栽了跟头。但师长的外在约束必须通过孩子们的内在自觉才能起作用，希望四班的孩子不仅身体成年，更要精神成年，提高自制力，变文章中的自己为现实中的自己！用优异表现带给师长惊喜，用惊艳表现赢得他人尊重和社会认可！

四班日记211　　　　2018年6月13日　星期三　晴

这个假放得草率

　　中午学校突然通知下午放假，原来昆明南博会明天开幕，为保证交通畅通全市统一放假。当然教育局的通知说得有道理，鼓励所有家长带着学生到场祝贺这次昆明难得的盛会。但问题在于，按照惯例南博会第一天的开幕式并不会对外开放，所谓带学生为南博会壮声势很难成为现实，至于要求学生写日记就更谈不上了。更糟糕的是，明天周四晚上收假，后天上一天学又要放端午节的三天假。一来二去，大家都麻烦。虽然很理解昆明市为成功举办南博会的热心与苦心，但为此要求全市学生放假未免小题大做。

虽然如此，作为学生家长还必须得配合昆明市和学校的放假事宜。特别是中间只上一天学，有的孩子可能觉得跑来跑去麻烦，家长有必要做好孩子的思想工作，鼓励孩子按时到校正常上课。当社会大环境不如意时，家长须尽力营造一个适合孩子健康成长的小环境。这次放假如此，其他情况其实也一样，比如电视、网游等。其他人可以对你的孩子草率，你却永远不能对自家孩子草率！

四班日记212　　　　2018年6月15日　星期五　晴

"粽"情四班

下午上两节课就放假，高中部按照学校要求举办"包粽子，庆端午"活动。很感谢家委会的几位妈妈，为四班孩子准备了粽叶和糯米以及白线。开始还担心孩子们对这项活动没兴趣，事实证明我多虑了，十多个孩子围在一起，先是热烈地探讨粽子应该怎么包，然后每个人试着去做。包出的粽子像模像样。德育处的几位老师也被吸引过来，为大家拍照，留存了大家的快乐时光。这样的欢乐时刻怎么能没有音乐伴奏呢？请潘禹辰教我击鼓，没想到看似简单的击鼓门道也不少。幸好潘禹辰是名师，我也不太笨，一会儿工夫就领会了击鼓的基本乐理，并用鼓声为四班孩子助兴！

四班的每一次活动大家都是全力以赴投入，有了家长的配合，有了孩子们的热情，每次活动都让人流连忘返、印象深刻。也许现在孩子们觉得这些活动普通，但多年后回忆他们的高中时光，这些活动就如同项链上的珍珠，串起大家美丽的青春岁月，在时间长河中为孩子们闪光。在这个粽叶飘香的好日子里，希望所有孩子体会到粽子传递出的情分，然后更加钟情四班！

四班日记213　　　2018年6月19日　星期二　晴

远离"垃圾人"

　　端午节三天假期本来很愉快，但云南艺术学院发生的不好的事却带来阴霾，倒不是因为云艺离我家近感觉有什么危险，而是因为一点小事就要人命实在让人背心发凉。今天与四班孩子专门分享了这件事的感受，告诫他们一个简单的为人处世之道：珍惜生命，远离"垃圾人"！

　　所谓的"垃圾人"也许本质上不是坏人，但他们无法消化心中的恶劣情绪，他人一丁点举动就可能点燃他们压抑很久的暴戾与残忍，然后做出违法乱纪的事情，甚至夺人性命。今天专门就这个问题与四班孩子做分享，建议大家合理宣泄情绪，做个心态阳光的人。更重要的是，引导四班孩子思考如何面对可能遇到的那些垃圾人。年轻人火气都比较大，而且嫉恶如仇，眼睛里揉不进一点沙子，而且往往正义感爆棚，总觉得自己代表着正义和公理。但面对垃圾人，这样想其实很危险，因为他们根本不想讲什么理，他们只想发泄，破坏才是他们的目的。光脚的不怕穿鞋的，被绝望、仇恨、愤懑等负面情绪充斥的灵魂会视他人为草芥、视生命为儿戏。我们可贵的生命哪里有必要浪费到与垃圾人对峙上？四班有少部分孩子在情绪调控方面存在问题，经过持续地交流与引导，现在进步很大。唯一担心的是那几个认死理的孩子，总觉得自己对别人错，容易走极端，希望他们以后不要与垃圾人去争输赢，为了个人安危，切记：远离垃圾人！

四班日记214　　　2018年6月20日　星期三　晴

月考进行时

　　这两天月考，四班孩子准备充分，相信本次考试会有好结具，在本学期最后一次月考中会成绩优异。记得上周通知月考时，还有人抱怨为什么不等到月底，这么早就考试。很理解这种心情，因为大家都想复习时间长点，争取考好点。但马上期末，学校工作繁杂，安排起来很复杂，提前月考也是迫不得已。换个角度思考，把月考当成检验前段时间学习情况的手段，轻装上阵、心态平和，考出真实成绩，为后续复习做诊断，心情会好得多。

如果我们不能改变这个世界，那么就改变看待世界的方式！我们都希望"心想事成"，但"人生不如意十之八九"，一味抱怨只会让心态失衡、情绪恶劣，最终于事无补。倒不如放松心态，平和面对不如意甚至挫折失败。成熟就是明白了生活的真相后还热爱生活，四班孩子大多快十八岁了，在成人过程中，转换思维、培养正确看待世界的方式十分必要。这个世界并不完美，但我们看待世界的方式正确了，就可以帮助我们与这个世界和谐相处！希望所有孩子明白这个道理，尽力做到这一点，从而享受幸福人生！

四班日记 215　　　　2018 年 6 月 21 日　星期四　晴

班费用得值

今天家委会的谷启扬妈妈把四班班费使用明细发到群里，让大家审核。关于班费问题，我这个班主任做了甩手掌柜，以前让班长收钱管理开支，发现给班长带来很多麻烦，后来让家委会几位妈妈协调管理，效果挺好。很感谢家委会的几位妈妈，为四班的后勤保驾护航，做了很多幕后工作！四班所有家长都很支持家委会的工作，就拿这次缴费情况看，及时快捷，感谢大家的配合和支持！

仔细分析了班费开支明细，发现四班开展的活动不少，有的活动还很烧钱。但从活动效果看，这些钱还是花得值，比如说升旗仪式上的表演和话剧表演的服装租赁，利于孩子们的表演效果，给孩子们留下了美好回忆！鉴于下半年很多孩子要外出培训，以后班费使用应该不多，希望每一笔班费都花得值得！

四班日记 216　　　2018年6月22日　星期五　晴

从C罗的自律谈起

这段时间俄罗斯世界杯正如火如荼地举行，每场比赛都让人回味无穷，特别是球星更是大家津津乐道的话题。对我这种伪球迷来说，更多的是看到这些话题背后的东西，比如C罗的自律。这次世界杯很多球星发挥失常，但C罗却受到各大国际媒体和观众的高度评价，因为他保持着良好的竞技状态。为什么他能做到这一点呢？这与C罗在训练、作息和饮食方面的自律控制密不可分。这告诉人们一个简单道理：自律是学习生活工作取得成功必不可少的因素！

对四班孩子来说，培养自律意识和能力十分重要！从目前情况看，班上那些文化课优异、专业课进步神速的孩子基本上都很自律，每天按时作息、上课积极与老师配合、作业认真完成。而那些行为懒散、无故迟到旷课、作业缺斤少两、对老师的提醒置若罔闻的孩子在学习上总是存在这样那样的问题。这样鲜明的对比说明孩子们的智商其实差别不大，是自律造成了四班孩子目前的进步不一。四班自主管理最核心的一点就是培养孩子们的自律能力，从目前看有的孩子变化较大，但有的孩子没有多少进步。分析那些自律能力相对薄弱的孩子，最大的问题就是控制不住手机使用，一有机会就偷偷玩手机，成绩自然难以提升。学校采取各种措施制止手机滥用，四班老师和班委也是随时提醒，但个别孩子如同着魔，摆脱不了手机的诱惑，让人痛心！下午有空我就会陪四班孩子打篮球，主要目的就是把大家的注意力转到身体锻炼上，避免偷玩手机，希望对四班孩子有帮助！更希望四班孩子越来越自律，以后在专业和人生道路上走得更稳、更远、更顺！

四班日记 217　　　　2018 年 6 月 23 日　星期六　晴

孩子们对四班有感情

　　孩子们写的散文、随笔和诗歌等陆续交到我这里，读完这些感情真挚、文笔优美的作品，我深为感动。看得出来，孩子们对四班这个集体很有感情，高一时可能存在这样那样的问题，但自从升入高二成为艺体班后，四班呈现出良好发展势头。孩子们明确了发展方向，在文化课和专业课上都全力以赴，力争取得优异成绩。人际关系上也大有改观，同学情谊越来越深厚，在并肩奋斗的日子里，大家互相帮助、共同进步，洒下一路欢笑。总体而言，孩子们对四班很满意，整个班级氛围融洽、师生关系和谐，大家在共同为明年的高考努力着。当然很多孩子也看到了四班存在的问题，客观地指出了一些有待改进之处，警示大家约束言行，力争用更佳表现为四班增光添彩！

　　根据我的了解，四班发展到现在很不容易。从高二初期的混乱到现在的井然有序，凝聚着很多人的努力。首先是孩子们的努力，再调皮的孩子都有力争上游的雄心，都具备强烈的集体荣誉感，都希望为班级发展出力，应该说四班所有孩子在高二都很努力上进；其次是学校的支持，为了艺体班的发展，学校从政策、资金、师资等方方面面给予照顾，为四班发展保驾护航；再次是家长的协助和支持，特别是在各项活动中出了大力；最后是科任老师的辛勤劳作，虽然有老师受了一些委屈，也有一些情绪，但大家对工作兢兢业业、任劳任怨，尽其所能教育培养四班孩子。这些因素中最重要的当然还是孩子们的努力，他们才是发展的根本，其他因素离开了他们的努力和进取都是白搭。所以说，四班孩子值得为自己骄傲，他们对四班的感情是对自己一年来努力的认可，希望这份真挚的感情能激励孩子们奋勇前行，用更亮丽的表现为四班增添光彩！

四班日记218　　　　2018年6月24日　星期天　晴

录取分数线一点都不低

　　随着高考成绩的公布，大家都知晓了云南省今年的录取分数线。看了下艺体分数线，本科大多三百五至四百，要求不低。按照今年这个标准，对照四班孩子们目前的成绩，大家都感受到了压力。不到一半孩子达到本科要求并不是我们的初衷，随着这学期的结束，留给孩子们文化课学习的时间就剩一百天左右，希望家长、老师和孩子都能绷紧文化课学习这根弦，切实提高孩子们的文化课成绩。

　　关于专业课和文化课学习时间的分配，我从去年开始就提醒很多孩子注意。从目前情况看，很多孩子过分担忧专业课，对文化课存在轻视心理。这很危险！结合过往经验，特别是今年云南艺体录取高考分数线的实情，四班很多孩子的文化课也许才是明年升学的软肋。鉴于大部分孩子马上要离校参加专业课培训，对大家有如下建议：重视文化课复习；专业课学习期间不忘文化课第二轮复习；薄弱学科要利用暑假找老师补课。还有不到一年时间，任重道远，希望四班孩子和家长都认识到文化课复习的价值，消化第一轮复习的知识和方法指导，力争来年六月的高考中取得优异成绩！

四班日记219　　　　2018年6月25日　星期一　晴

集训的事基本搞定

　　前两天补课，好几个孩子请假去落实专业课集训的事情。今天得知他们搞定了，我很高兴。经过前一两个月的奔波，在专业课老师的建议和协助下，应该说四班所有孩子集训的事情都顺利解决。对四班孩子来说，这是大好事，家长自然也松了一口气。体育专业的孩子最方便，集训由学校解决，其他专业集训基本上就是家长和孩子去找的培训机构。为能找到心仪和适合的培训学校，听说四班有的孩子和家长跑了很多趟，好事多磨，定下来就是好事，力争孩子们暑假就投入到专业课培训中去，我也预祝孩子们在专业培训中取得优异成绩！

找到合适的培训机构不容易，这涉及学费价位、培训地点、培训机构的实力和美誉度等问题。这里要特别感谢美术专业李老师，虽然工作时间不长，但对这件事很上心，给孩子们推荐了好几家培训机构。培训机构推荐是个敏感活儿，让李老师受到了一些不公正的猜疑。幸好四班的孩子眼睛明亮，我去了解情况时，他们坚决站在李老师一边，向我保证李老师只是建议，决定权在他们和父母那里。这件事也让我心生感慨：现在要做好一件事真不容易！记得当时李老师推荐培训机构时也顾虑重重，深怕背锅，我鼓励她大胆去做，只要为了四班孩子专业进步，行得端、走得正，有什么怕的呢？再次感谢李老师！

四班日记220　　2018年6月26日　星期二　晴

会考值得重视

7月10日和11日要进行数学和英语会考，对大部分孩子来说，这两科过关就意味着能拿到高中毕业证，同时高考还要加22分。与孩子们商量下周是否有必要停课复习时，所有孩子都强烈要求停课，看得出来，孩子们对本次会考十分重视。高中部李老师综合各方意见，决定下周每天上午正常上课，下午和晚上的课全部交由数学和英语老师来安排。这样既保证了会考复习，又考虑到其他几科期末统考的需要，算是比较完美的方案，希望对孩子们有帮助！

班上还有几个孩子需要补考，这是件麻烦事，高中部前两个月就针对这个问题提出对策，要求他们及早复习，并安排了老师帮助他们应考。这一年来，我看到了学校、老师和孩子为通过会考付出的努力，总体形势较好，但目前的困难也大。特别是数学和英语老师更是忧心忡忡，他们多次谈到这两科会考面临的问题。但事在人为，只要四班孩子充分认识到会考的重要性，并在接下来的两周全力以赴，积极配合科任老师，保质保量地完成学习任务，应该会取得满意的成绩！

四班日记221　　　　2018年6月27日　　星期三　　晴

让孩子多出去走走看看

　　高中部发通知说，暑假有十个名额可以免费参加一个以出国留学为主题的夏令营，四班分到了两个名额。据我所知，四班有三个孩子有留学意愿，我及时把这个消息通知了家长，让他们周末与孩子商量下，愿意去的话我就给报名。几位妈妈对这个夏令营很感兴趣，都希望自家孩子能去体验一下。其中一位妈妈说他们一家都希望孩子多出去走走看看，这应该包括两层意思吧，一是出国留学；一是多参加类似夏令营的活动让孩子与他人接触。我个人很赞同这种观点！

　　现在很多孩子喜欢待在家里，未必是希望与父母待在一起，而是一个人玩手机、看电视等。年轻人特别是未成年人过分沉溺电子产品是这个时代的通病，这对他们的成长和发展带来诸多负面影响。四班个别孩子也存在这种问题，要改变这种现状，先要从家长做起。龙生龙，凤生凤，低头族的孩子手机控，家长以身作则，孩子自然有样学样，所以我一般都建议家长周末尽量陪着孩子做些有意义的事情，而不是一家人埋头玩手机。带上孩子到外面走走看看，欣赏自然美景，与他人接触交流，有助于孩子们开阔眼界、舒展心灵、活泼性格。马上又要周末了，希望这个周末孩子们能与家人愉快充实地度过！

四班日记222　　　　2018年6月28日　星期四　晴

向梅西学习

  俄罗斯2018年世界杯开赛至今，各种各样的热门话题大多围绕球星展开。今天各大媒体报道的当红球星自然是梅西，因为他刚刚踢进两球，带领阿根廷队赢球了！梅西少年成名，脚法精湛，是继贝利、马拉多纳之后举世公认的第三位球王。虽然他在全世界圈粉无数，受到不同类型国家、不同文明人群的称赞，但靠的不仅是球技，还有人品，特别是对待爱情、婚姻、家庭、孩子的态度。可以说，在事业、爱情、家庭等方方面面梅西都可称楷模，值得大家学习！

  四班孩子也需要榜样的引导和激励，与其让他们向梅西学习，倒不如我们老师和家长先向梅西学习，学习他的努力工作、克己上进、忠诚家庭、教子有方。教师的职业习惯使我经常观察孩子的表现与父母言行的关联，这二者之间存在很高的正相关，这说明教育好孩子的前提是父母先教育好自己！四班孩子很幸运，他们的父母认真勤奋、努力上进，希望孩子们以父母为荣、以父母为标杆，在各方面修炼提高自己，成为现在充实、未来能干的有为青年！

四班日记223　　　　2018年6月29日　星期五　晴

十月孕育新四班

  从去年八月底接手四班，到今天刚好十个月，想来真有"十月怀胎"的辛苦和喜悦！在这十个月里，经过孩子们、所有家长、学校领导和科任老师的努力，四班应该说发生了可喜的变化：初期孩子们眼中的迷茫变成了现在专业方向确定后的坚定；起初的自由散漫变成了现在的努力上进；当初很多孩子的言行不端到如今的彬彬有礼；以前的叛逆暴躁到如今的善解人意等。从班级管理的层面分析，发生这样的变化与以下几点是分不开的。

　　一是提倡自主管理。年轻人要成长只靠老师或家长去管肯定还不够，最关键的还是自我管理。秉承这种理念，去年刚接手四班我就提出自主管理，班长靠全班孩子公推公选产生，然后由班长推荐人员组成班委，目前这两届班委都很出色地完成了班级管理任务。更重要的是四班推行值日班长制度，每个孩子都有机会管理全班事务、为班级服务。二者的结合充分激发了孩子们的自主意识，让他们明白四班不是老师的四班，而是他们自己的四班，所有的荣誉靠他们自己去争取，所有的耻辱靠他们自己去承受。自主管理有助于树立孩子们的主人翁意识，引导他们加强自我约束和自我管理，在推动班级进步的同时也促进自我成长！

　　二是强化活动育人。这一年学校举办了大大小小各种活动，四班孩子都积极参加，并创造性地投入进去，收获奖励和点赞无数。不管是迎新会演、班级文化评比，还是升旗仪式展示、话剧表演等，孩子们都全力以赴、群策群力，充分展示了四班孩子的主动性、积极性和创造性。更重要的是，通过这些活动，四班孩子的思维能力、动手能力和组织能力得到极大提高，在不知不觉中促进孩子们变化和进步！

　　三是鼓励反省总结。在《第一堂课》中，我就鼓励四班孩子能说会写，结合每天的感悟写日记，反省自己每日言行，在总结中不断提高。这十个月，四班很多孩子坚持写日记，不仅提升了文笔功夫，而且排解了不良情绪，协调他们处理自己与外部世界的关系。有的孩子还写小说、散文、随笔，不少孩子在各类作文竞赛中取得很好的名次，可喜可贺！我与副班主任刘老师坚持写《班级日记》，目前这十多万字两百多篇日记记录着孩子们的点滴变化，希望编辑成书后能与所有家长和孩子的作品一起，为孩子们的高中生活留下生动记录！

　　当然，现在的四班也还存在这样那样的问题，可我们不能苛求孩子们一下子就成为完人，只要他们在一点一滴地进步，在不断反省改进，我们就应该对他们充满信心，为他们摇旗呐喊。我们坚信：四班孩子是好样的，四班孩子是有出息的，四班孩子的未来是光明的！

四班日记224　　　　2018年7月2日　星期一　晴

三点忠告

　　今天的班会课拉拉杂杂地说了很多，主要探讨在这个变化剧烈的时代我们应该具备哪些品质才更易成功。对四班这些十七八岁的孩子来说，成功是他们最关心的话题，关于成功古今中外的名言警句不少，而且各有各的道理。就四班孩子目前情况来看，以下三点很重要：

　　一是习惯良好。哪些是良好的作息习惯、学习习惯、生活习惯，其实大家都知道，但养成这些良好习惯却不容易。这方面的书籍和文章很多，大家网上一搜立马一大堆。但知道还不够，落到实处才是关键。就拿早起锻炼这件事来说吧，四班所有孩子都知道这点很重要，但没人提醒也能按时早起就很考验人。无论如何，四班的孩子要想搞点名堂，这些好习惯必须设法去养成。

　　二是人品过硬。人品这东西看似很虚，但大家在结识人特别是以后找合作伙伴时，人品就很实在了。慷慨大方、与人为善、乐于助人、踏实肯干的人走到哪里都受人欢迎。经常与四班的孩子说新东方创始人俞敏洪大学时坚持给室友打水的故事，他那些在美国功成名就的同学为什么愿意回来陪他创业，难道不是认可俞敏洪的人品吗？四班很多孩子不怕吃亏，经常为班集体做事，个人觉得他们成功概率更大。

　　三是头脑开放。这点最难，需要四班孩子培养批判性思维，经常反省自身言行，乐意向他人学习，与外界保持沟通与联系。这也叫培养成长型思维，与之对应的就是固定性思维，这二者的区别就是一个开放一个封闭。我们周围很多人之所以难以成功、生活不顺大多与他们的固定性思维有关，所以我一直建议四班的孩子培养成长型思维，从目前的情况看，四班很多孩子在这方面有进步，恭喜恭喜！

四班日记225　　　　2018年7月3日　星期二　晴

自评是一辈子的事

　　按照学校要求，每学期结束发的通知书上学生要写自评，今天孩子们把这事做了。四班孩子认真对待这件事，全面总结本学期在学习生活诸方面取得的成绩，以及存在的问题。大家自评后，我逐个对班上孩子进行了点评，大多说到他们各自的特点、优点特别是这十个月来的变化。这种变化有的是学习上的，比如束思雨、李刘琳、谢军、李博等成绩一直稳居前茅，比如保斯然、谷启扬、夏翊洋考试都曾经得过第一；有的变化是习惯方面的，比如班上男生大多喜欢打篮球，坚持运动；有的变化是情绪调节上的，比如几个以前脾气暴躁的孩子现在情绪稳定，遇到冲突也能和平解决；有的变化是心态上，变得更加积极乐观，对未来更有信心；有的变化是爱好上的，不再一心扑在网游上，而是转移到专业课等有益有趣的事情上；有的不再满口谎言，愿意诚实地与老师家长交流，不断改进；等等。总之，大家都在进步和成长，大方向对了，才不用担心步入歧途。

　　自评是反省自己的方式，而且是一辈子的事情，希望四班孩子如孔子所言"吾日三省吾身"，每天都反省自身言行，查漏补缺、取长补短，围绕目标评价各自言行，坚定走在追逐梦想的正确道路上！

四班日记226　　　　2018年7月4日　星期三　晴

把心思放到会考准备上

　　下周要进行数学英语的会考，也是四班孩子最后两科会考，按照云南省的规定，会考全部通过的人高考可以加22分，所以会考也是高考的一部分。正是从这个角度讲，每次会考学校都很重视，从方方面面为会考做好准备。

这次考试也不例外，每晚最后两节课都安排考试。四班孩子也充分认识到会考的重要性，每次考试前都专心复习，这次的英语和数学又是难度最大的两科，所以大家都在配合老师完成学习任务。

可能四班有些孩子平时学习比较懒散，但对诸如会考这种重要的考试其实他们也很紧张，所以这几周的学习氛围让人很欣慰。高中的学习没有想象得那么可怕，只要沉下心来，其实每个孩子都可以取得优异成绩。希望每次备考都成为四班孩子前行的催化剂，让他们明白成功没有那么困难，只要愿意做，每个人都能无往不胜！

四班日记227　　　　2018年7月5日　　星期四　　晴

组织班委开会

为了大家顺利通过本次会考，今天我组织班委成员开会，了解班上复习情况，然后有针对性地解决存在的问题。几个班干部分析了四班目前备考存在的困难，并提出了各自的解决办法，个人觉得这几个孩子很有头脑，认识问题深刻，更能针对问题提出解决方案，展示了他们卓越的组织管理才能。

按照自主管理原则，四班每天的值日班长权力最大，班委反而没有其他班的班干部那么威风。但四班两届班委人才济济，前班长郭浩和现班长潘禹辰能力出众、声望颇高，他们选出的班委成员在各自岗位上做出了应有贡献，为四班的发展立下汗马功劳。辛苦是辛苦，但他们绝对不会吃亏，因为他们从中学到了很多东西，比如组织能力、自制能力和沟通管理技巧等。很多在学校当过班干部的孩子以后进入社会适应能力会更强，更易取得成就，这与他们的班干部经历息息相关。四班的这些班干部也不例外，他们在这一年的班级管理中学习和思考了很多，这些看不见摸不着的东西能帮助他们以后走得更顺更稳，期待他们以后成为优秀的领导者，在更高平台上创造人生的辉煌！

四班日记228　　　　2018年7月6日　星期五　晴

为坚持补课的孩子鼓掌

又到周末的补课，好些孩子请假，班上剩下不到三分之二的孩子在坚持。分析每次周末坚持补课的孩子，任何情况下他们都能安心地在周末时间坐在教室里上课，配合老师完成学习任务。这种不找任何借口、坚持做好自己分内之事其实是一种很可贵的品质！有这种品质的人如同《给加西亚的一封信》里面的主角一样，为了完成看似不可能的任务，千方百计，历经千辛万苦也要达成目标。

所以我们要为四班这些坚持补课的孩子鼓掌，他们现在是积极认真、埋头苦干的学生，以后一定会成为努力上进、大有作为的职场精英！有时想想成功的道路并不拥挤，因为坚持下来的人并不多，而四班很多孩子养成了这种坚持的习惯。

四班日记229　　　　2018年7月7日　星期六　晴

四班男生的篮球缘

这段时间备考很忙，但班上男生每天下午还是坚持去打球，有时间我也会参与进去，或者在球场边看看，以防他们动作过大受伤或有其他意外。我欣喜地发现现在四班男生打篮球的人越来越多，而且技术越来越棒，看来经过这一年的训练，大部分男生都可以被称为篮球小子了！

说起来四班与篮球是有缘分的，高二刚开始时，在郭浩、陆昊彤等体育专业孩子的带动下，四班篮球队的整体水平就很高，去年高中部的篮球赛虽然夭折，但四班的实力摆在那里，不出意外完全可以夺冠。这学期的三人制篮球赛只有四班组织了两支队伍参赛，虽然出现了一些波折，但最终还是夺冠，说明四班的篮球水平在我们学校雄踞第一！

虽然打篮球也会存在安全隐患，但我很支持四班男生打球，因为这个爱好总比静坐或者打网游强得多。男生在这个年龄阶段本来就精力充沛，如果不正当发泄，反而容易出事。更何况通过打篮球，他们不仅强身健体，还可以培养团队精神和合作技巧，这对以后的工作大有裨益。当然也有些问题要注意，比如避免受伤，特别是那几个习惯性受伤的孩子更要注意，比如要按时上课，不能因为打篮球影响学习等。无论如何，希望班上男生安排好时间，处理好运动与学习休息的关系，开心打球、高效学习、健康成长！

四班日记230　　　　2018年7月8日　星期天　晴

签订考试承诺书

今天利用上课时间我要求所有孩子签订会考的考试承诺书，虽然这只是个形式，但这个形式却很有必要。

关于考试这档事，只要不作弊，其他都不是什么大事儿。对很多孩子来说，考试无非两个功能，一是面子是否好看，二是通过考试促进学习。有的孩子太在乎面子，喜欢分数高获得他人的羡慕，于是不择手段去作弊，但这样得到的高分有什么用呢？三观正的孩子会把考试看成促进学习的手段，通过考试找到学习中的不足，并力争在下次考试中取得更优异的成绩，这样想的孩子你让他作弊他都不会作弊，因为那不值得，也没有必要。所以如何对待考试最终是个观念问题，把考试看作促进进步的工具，就是对自己、对学校最好的承诺！希望四班孩子明白这个简单道理，认真对待每次考试，并通过考试促进自己不断进步！

高贵善良·坚毅独立

四班日记 231　　　2018 年 7 月 9 日　星期一　晴

如何赢得贵人相助

　　还有一周高二学年就结束了，今天这最后一堂班会课的主题是总结高二年度的得失。经过准备，四班每个孩子站起来总结各自这一年的进步和下一步的努力方向。大家都说得很客观，我专门用手机录下这一过程，希望他们一直记得高二这最后一堂有意义的班会课！分析他们对这一年的感言，发现四班孩子在学习、运动、情绪、人际关系等方面都取得了长足进步，在朝积极的方面发生着变化。最后一个发言的陆昊彤还专门感谢了家长和老师对自己的关心和教育，让这次总结有了一个完美的结局！

　　恭喜孩子们取得这些进步后，我感谢了他们这一年对我工作的支持。这一年四班取得的成绩、获得全校师生的认可不是某个人的功劳，而是所有孩子努力的结果。我再次分享了四班的治班理念，特别谈到"自主管理"，鼓励孩子们自己对自己负责！特别是暑假就要参加专业集训，离开四班老师的监管，自律就至关重要了。最后，结合有家长认为我这个班主任是四班孩子贵人的提法，我很厚脸皮地承认。但接着提醒孩子们，我每天如同唐僧念经般追着大家说说说，是因为我是老师，这是职业道德使然，也是兑现去年开学初对家长的承诺。离开四班后，则需要所有孩子主动去结识对自己学习生活工作有帮助的贵人，比如即将开始的专业培训，对待专业课老师一定要有礼貌，与他们处好关系，学习成绩会更好！希望四班孩子都能明白这个道理，用自己的热情、学识、修养赢得贵人相助，从而走得更远！

四班日记232　　　　2018年7月10日　星期二　晴

喜见王克荣打球

　　昨天下午到球场其实是去阻止四班男生打球，因为马上会考，如果出现受伤之类的意外那就麻烦了。到球场意外地看到王克荣也跟着其他男生一起在抢球，虽然动作不太规范和标准，但他防守积极主动，受到其他男生的好评。更重要的是，与其他男生配合打出好球后，王克荣脸上的笑容分外灿烂，那是无法用语言来描述的喜悦。这一年作为班主任我很有成就感，但王克荣今天的笑脸却是我最有成就感的时刻，为鼓动他多与大家交流玩耍、远离网游我做了太多工作！

　　教育具有长期性和反复性，妄想学生一下子转变无疑痴人说梦，做好长期战斗的准备，静候花开，也许是老师必须耐住的寂寞！其实每个孩子都向善向美向好，但过往的经历和此时的观念会阻碍他们前行的步伐，作为老师，及时指导、真诚建议、随时随地地提醒可能成为一叶扁舟，不经意间将孩子摆渡到真善美的彼岸！相信王克荣打球不是四班的个别现象，其他存在这样那样问题的孩子也会逐渐改变，不断进步和成长，成为未来社会所需的栋梁之材！

四班日记233　　　　2018年7月11日　星期三　晴

会考过后笑开颜

　　会考这两天四班孩子的状态不错，英语考试结束后他们说，很多题以前做过，数学考试也不是想象中那么难。问了几个孩子，发现他们都是自信满满，对通过会考很有信心。看这阵势，最难的英语和数学通过率应该很高，但愿一切如意！

会考呈现的这种状态并非无迹可寻，这段时间孩子们都很认真地在备考。虽然平时很多孩子学习吊儿郎当，但每次重要考试前，大家都在认真准备。感觉零零后这批孩子不是我们想象中那么幼稚，他们明白事情的轻重缓急，真正重要的事情他们还是会放在心上的。老师和父母总对他们不放心，也许是被他们平时不以为然的样子误导了吧。无论如何，这一代人有他们的特点与优势，他们是 2035 年我国建成现代化国家和 2050 年建成现代化强国的中坚力量，让我们给他们一些时间和信心！

四班日记 234　　　　2018 年 7 月 12 日　　星期四　　晴

四班孩子的习惯越来越好

　　前两天的会考四班还有件事值得表扬，那就是很有纪律意识和集体观念。这要从两周前说起，因为要到外校考试，涉及考试结束后五分钟必须上车返校就餐的问题。从以往情况看，四班很多孩子考试结束就跑去买东西，难以按时回到车上，所以这次学校领导专门提醒孩子们注意这个事儿。说实话，给四班孩子传话时我很尴尬，有种不信任四班孩子的感觉。而事实是，这次每场考试结束后，五分钟内四班孩子都按时回到车上，反而要等其他班的孩子。

　　这件事让我很为孩子们骄傲，当有人对你不放心时，最好的反击不是语言，而是行动！只要我们做得足够好，他人的怀疑自然烟消云散。四班孩子这次用实际行动证明了自己，虽然作为艺体班，四班有不完美的过去，但四班孩子的表现现在堪称完美，四班孩子的习惯越来越好，四班孩子必将越来越优秀！

四班日记235　　　　2018年7月13日　　星期五　　晴

重视昆明市统一测试

　　会考结束后的这两天，四班孩子开始马不停蹄地准备昆明市统一测试。这次考试算是进入高三前的一次摸底，对四班孩子来说更具特殊意义，因为下学期结束前的第一次摸底考试大部分外出培训的孩子难以参加，所以这次考试可以衡量出他们目前的文化课水平。知道孩子们很累，但这两天还是在给他们打气，让他们充分认识到这次考试的价值，并全力备考。

　　从学习状态看，有几个孩子是心不在焉的，早上到教室的动作也比较慢，对此我没有批评，只是催促他们尽量快点。不过大部分孩子的状态很不错，能按时进班复习，完成老师布置的学习任务。其实这个特殊时期可以考验孩子们的韧劲，不松劲的孩子更霸气。教育无小事，处处为育人，在老师加强教育说服的同时，希望孩子们强化自我教育，不放松、不放弃，这几天站好最后一班岗，用最佳状态迎接昆明市统一测试！

四班日记236　　　　2018年7月14日　　星期六　　晴

四班孩子的成就清单

　　晚自习发现大家都很累，班委决定组织活动为大家鼓劲打气加油。发给每个孩子一张白纸，要求罗列过去十七八年自己取得的成就。有的孩子比较蒙：我没取得什么成就啊？于是启发他们：球场上能投进三分不是成就吗，美术水平从无到有再到技能高超不是成就吗，作文写得好不是成就吗？哦，明白了。于是大家洋洋洒洒开始书写自己过去的成就，一会儿工夫很多孩子就把一面纸写满了，看来四班孩子都成就斐然！接着要求大家把纸翻面，继续写下未来五年的打算。不用多想，未来五年是四班孩子人生中最关键的五年，高三这一年就不说了，大学四年更为重要，因为大学几年的所学、所思、所为大概决定了一个人一辈子取得多大成就。所有孩子都能想到：五年后大学毕业，找到工作的心花怒放，考上研究生的春风得意等。但要取得这些成就光靠空想还不行，实干是唯一出路。马上开始的专业课培训要努力，平时的文化课复习要努力，明年如愿考上大学还是要努力！"千里之行，始于足下"，希望四班孩子现在就好好干，认真学，努力冲，才会让成就清单上的愿望变成现实！同时建议孩子们每年都写份成就清单，告诉自己：我很能干，我一定行，我必须行，我肯定行！

四班日记237　　　　2018年7月15日　　星期天　　晴

为李刘琳点赞

　　昨晚四班孩子写好成就清单后，我提醒大家要记住自己说过的话和吹过的牛，并建议在2035年和2050年四班开同学会，检验大家成就清单实现情况。选择2035年，不仅因为中国彼时已经建设成为现代化国家，还因为四班孩子到时35岁左右，正是人生的黄金阶段，大家清单上罗列的成就正在实现！选择2050年，不仅因为中国彼时已经建设成为现代化强国，还因为彼时50岁左右的四班孩子已经功成名就，他们可以自豪地宣布自己没有辜负当年对自己许下的诺言！谁来组织这两次同学会呢？2035年大家一致推选班长潘禹辰，热心的他一口答应。2050年谁来组织呢？平时不声不响的李刘琳举手毛遂自荐，而她也是我最期盼的人选，我坚信三十多年后事业家庭人生成功的李刘琳同学将为四班组织一次印象深刻的同学会！

　　高二这一年，李刘琳同学成绩进步神速，喜欢看书、按时作息的她各方面表现堪称优秀，但她具有的可贵品质远不至此。相较于束思雨的沉稳、李沂佳的懂事、张蜀异的上进、王纳的精灵、田路宁的乖巧、李蜓的奋进、胡婷婷的乐观和徐颢元的贤淑，李刘琳最大的特点是坚强，那是笑对人生波折的无畏，更是在逆境中奋起的坚韧！我经常建议四班孩子要有强大内心，敢于直面人生的惨淡、勇于面对人生的风雨，目前看李刘琳同学做到了这一点，这样的人不成功是不可能的！建议李刘琳同学保持这样良好的精神状态，坦然面对暂时的困难，咬牙坚持，一切好的事情都会眷顾坚强、努力、奋斗的你！其他孩子也是一样，放弃"少年不知愁滋味，独上高楼强说愁"的无病呻吟，想想李刘琳的经历，你那点芝麻大的事算什么呢，把心思放到学习上、集训上、正事上，努力把自己的成就清单变为现实！希望多年后的同学会上，所有人都自豪地说：我兑现了当年许下的诺言！

四班日记238　　　　2018年7月16日　星期一　晴

爵肆今天圆满收官

　　下午考试结束后召开家长会，首先观看了上周最后一节班会课的视频，与各位家长分享四班孩子对这一年自我进步认识的喜悦。四班孩子在学习、运动、人际关系处理、情绪调控等各方面取得的成绩离不开家长、学校和老师的努力，接下来我详细阐述了四班孩子进步的原因：首先是四班孩子自我努力的结果，每个人都有一颗进取的心，这一年大家都很拼；其次是家长的配合和支持，四班家长毫无保留地支持四班的各种活动，出人出钱出力，为四班提供了坚实的后勤保障；然后是学校的支持，对艺体班这样的新事物，学校从师资、物力等诸方面提供便利，特别是学校领导很关心四班；最后是科任老师的辛勤劳作和苦心经营，为孩子们的进步保驾护航。接下来，我对四班孩子的暑假安排提出建议和要求，特别强调了外出集训的注意事项，然后与各位家长就一些大家关心的话题进行了交流，力求达成一致。

　　四班今天就这样圆满收官，结束了高二学年，作为艺体班这个特殊班级的领头羊，我这个班主任算是松了一口气。这一年在四班管理过程中遇到过各种问题，也曾郁闷过甚至愤怒过，但我一直在努力兑现去年开学第一次家长会上的承诺：全力把四班带好！从目前四班孩子的表现看，这个目标基本上算是完成了。我要感谢四班孩子的配合，你们的努力、感恩和进步是我坚持的理由；我要感谢四班家长的支持，你们的理解和协助是四班进步的保障；我要感谢学校领导对四班的厚爱，还要特别感谢各位科任老师的努力，四班取得的成绩是你们汗水的结晶！

明年三月孩子们集训返校前，要做的工作其实还有很多。虽然孩子们没有在教室，但学生、家长和老师的心相通，建议家长把四班所有孩子拉入微信群中，专业课集训期间，班级管理的魂还在，文化课学习的魄不灭，爵肆继续向前冲！四班的同学们，你们奋斗的路上永不孤独，家长、老师、学校与你们同在！相信孩子们会在集训中取得优异成绩，然后乘势而上，明年高考一鸣惊人，收获属于爵肆的荣耀！

四班日记239　　　　2018年12月22日　星期六　晴

陈自立为什么行

前两天学校举行运动会，我与全校师生一起享受运动的乐趣，但更让人高兴的是得知陈自立在云南省青运会上获得铅球金牌。我向陈自立和他们一家表示诚挚祝贺，这份沉甸甸的金牌凝结着多少汗水、心血和期待，值得大书特书！自立的父母在群里感谢学校的培养，自立也打电话感谢我的栽培，难为他们有心，但我却明白：这份荣誉其实属于自立和他父母，我们只是尽力推了他一把而已！

先说说陈自立为什么行！刚接手四班，他给我留下了深刻的印象，但这个印象可不怎么美好，用他的话说自己是个混社会的，对待在教室读书可不感冒。抽烟喝酒、迟到早退、欺负他人、上课睡觉等违反校纪的行为一样不缺，对待男生我可没有那么好脾气，该批就批，该说就说，好几次气得陈自立跑去砸墙泄愤，我还不忘火上加油、以毒攻毒：砸墙有什么意思，想打架就明说。之所以采取这样别类的教育方式，倒不是说我对自己打架有信心，而是对陈自立我有信心，因为他本质上是个心地善良、耿直爽快的大男孩。具体来说，他有如下几个优点：为人真诚、渴望友谊和热心助人，这点四班很多孩子都对我说过，这说明自立人品不错，这是我最欣赏他的一点；还有喜欢读书学习和写作，其他科他学得比较痛苦，但语文是他的强项，阅读是他的爱好，还写了不少文章，很不简单，对爱学习的孩子我从来都是高看一眼；第三是实践能力强，开了网店卖鞋子，经常厚着脸皮让老师和同学到他的网店去买鞋，很有未来企业家的风范，对于我这种从小跟着家人做生意的人来说，他这点很对我的胃口。具有这些优点的孩子只要懂事醒悟了，还需要担什么心呢？高二下学期，陈自立变化很大，醉心于专业训练，王宁老师说他进步明显，暑假后自己骑车去训练，每天好几十公里，从不叫苦叫累。所以这枚金牌陈自立值得拥有，因为他奋斗过、努力过！

陈自立之所以行，跟他父母的教育和努力是分不开的！自立妈妈到校的机会不多，但看得出是个爱心爆棚、勤奋踏实的母亲，对陈自立倾注了全部关爱！自立的父亲就接触得多了，不管是主动还是被动到学校，自立父亲都积极配合学校工作，加强对孩子的教育，而且经常电话联系我，探讨孩子的点滴变化和成长。其实过了很长时间我才知道自立父亲是他继父，记得当时我很感动，还对陈自立说过"狠话"：以后你不孝顺你父亲的话，小心我收拾你！我也是两个孩子的父亲，深切地感受到父母特别是父亲对孩子成长的重要性。自立很幸运，遇到这样优秀、一直关爱他的父母特别是这样负责的父亲，他一定会越来越有出息！

陈自立行，四班其他孩子同样行！因为你们在专业上各有所长，天分加汗水等于成功，下月就要举行专业统考了，这段时间很关键，虽然压力山大，但一定要顶住，坚持就是胜利！陈自立的父母很优秀，四班其他孩子的父母同样优秀，接下来的这一个月和接下来的这半年，你们是孩子们的靠山，是他们不断进取、走向成功的源泉，咬牙坚持半年，孩子们将用一生的成就来回报！陈自立为四班孩子开了个好头，让我们期待四班孩子带给我们更多惊喜！

四班日记240　　　　2019年2月22日　星期五　晴

五人小班亦精彩

开学仅五个美术专业孩子返校，原计划让他们先在三班上课，找找感觉，但效果不尽如人意。周二在征求孩子们和老师意见基础上，决定四班复课。

高贵善良·坚毅独立

重新回到自己教室上课，孩子们的学习状态明显好转。按照开学前四班科任老师的想法，这一百天的复习思路如下：开学第一周每科老师先总体介绍2019年高考情况，艺体孩子复习注意的问题以及时间安排等；3月至5月中旬按照计划分专题复习，以教师讲授为辅、学生内化刷题为主；最后三周查漏补缺、全面深化提高。这几天四班老师主要引导学生明确考点、学习解题方法和答题技巧，并结合半年未系统复习的现状制定每学科的复习计划等。希望经过这样的科学规划，四班孩子每天都有进步，高考人人上400分，个别孩子上500分。其实，这五个孩子也有各自的计划和安排，班会课上大家制定了自己的《百日冲刺计划》，目标明确、内容丰富、方法扎实，让大家对孩子们更有信心了！

看到四班五个孩子在教室认真复习，很多人都很感慨。四班复课首先体现了学校领导对艺体班工作的重视，不管付出多大代价，都要把艺体班带好，在高考中力争人人上线；其次体现了四班老师的殷切希望，虽然大家很忙，但都很关注四班孩子，面对目前文化课复习的严峻形势，所有老师没有抱怨、没有拖延，而是勇挑重担、负重前行，与孩子们并肩战斗；最后体现了四班孩子的信心和决心，不管外部情况如何，只要回到班上，就心无旁骛、一心求学，抓住一切机会背诵、书写、做题等，力争百日后达成目标，实现进入理想高校的梦想！作为班主任，我很有幸与他们一起度过这一百多天，他们的精彩也是我的精彩，而在这种精彩中我们都会迸发出生命活力，实现更高层次的突破和进步，如凤凰涅槃般蜕变和成长！

四班日记241　　　　2019年2月28日　星期四　晴

成年了，爵肆一心向前冲

四川师范大学附属昆明实验学校（天娇校区）高三年级18岁成人宣誓仪式暨"高考百日誓师"大会今上午十点在学校大操场隆重举行。四班九位同学及家长提前到位，与高三其他班的学子、高中部其他学生、高中部所有老师及学校领导参加了本次活动。活动内容丰富，长达二十项，共两个半小时，但大家毫无倦意，兴致盎然地参与了所有环节。其中有几个环节特别让人印象深刻，比如穿越成长门，四班家长相伴孩子穿越"褴褓、垂髫"、"舞勺、豆蔻"、"束发、及笄"三道成长门；比如成人礼仪式行冠礼和笄礼，四班八位男生笔直站立，由父亲为其束发，戴帽子，象征成年，四班一位女生席地而坐，由母亲为其梳头发，插发簪，象征成年，同时孩子们向家长、老师行礼，场面感人；比如四班孩子齐步经过主席台，喊出班级口号："要成功，先发疯，爵肆一心向前冲"，四班人数不多，但雄浑有力的吼声让所有人见识了他们决胜高考的信心；比如种植纪念树时，几位男生挽起袖子就上阵，一气呵成，家长也协同作战，把象征"成长、发展、进步"的"爵肆树"种好，然后合影留念。

十八岁成年意义非凡，更何况还是高考百日冲刺，孩子们和家长的激情参与说明了大家对成年和高考的重视！其他几个孩子其实很想参加本次活动，但无奈要外出参加专业课的校考，如果有可能，他们返校后，四班要召开一次特殊班会，为他们补上这个遗憾！我能与大家一起参加这次活动，分外激动。尤其是替补陈自立父亲，手牵陈自立穿过成长门，体会了一把孩子成人的激动与欣慰，记得当时我握着陈自立的手发自肺腑地说：这是我的荣幸！的确，前年到学校接手四班后，我很荣幸遇到了这群活泼、上进、努力的孩子，他们可能不是那么天资聪颖，不是那么规矩老实，甚至有时让人头疼，但在我眼中他们是如此可爱，对老师如此信任和感恩，值得四班老师费尽心血、殚精竭虑地工作，为他们的成才铺路！我很荣幸遇到四班所有明事理、善配合的家长，大家对四班工作的支持是孩子们持续进步的保障！我能体会所有家长面对孩子成年的喜悦和激动，那是经历十月怀胎、经历十八年含辛茹苦养育后的欣慰与感慨，是对自己成功塑造父母这个角色的回报，祝贺四班所有家长，你们有最懂事、最上进的孩子，你们是最优秀、最成功的父母！

成年了，四班孩子更需要全力向前冲，特别是百日后的高考，对所有孩子来说都是重大考验。以四班目前的情况来说，这种考验还很严峻。部分孩子通过了专业考试，前脚迈入了大学，但文化课的后脚还存在问题，一百天对这部分孩子来说时间宝贵，还有几个孩子要到三月下旬才完成专业课考试，也就是说文化课复习只有七十多天，时间更紧。这种情况让所有孩子有压力，四班的老师更有压力。幸好开学前四班的老师就已达成一致，对最后一百天复习计划清晰、安排妥当。所以现在留给四班孩子只有一条路：破釜沉舟、背水一战！按照以往经验，这一百天只要全力以赴，分数增加一百多是完全有可能的！为此特别为四班所孩子提出以下要求：放下包袱，轻装上阵，发奋学习，全力投入一百天，最大限度提高文化课分数！我代表四班所有老师表个态：陪伴你们度过这有分量、有意义、有冲劲、有盼头的一百天，为你们达成目标保驾护航！

四班日记 242　　　　2019 年 3 月 7 日　　星期四　　晴

从情商高说起

周二就四个孩子未上课，英语许老师课后很感慨地对我说：四班孩子情商真高！原来他上课时，四班孩子虽然基础有待提高，但对他态度很恭敬，课堂上很认真，回答问题很积极，作业也按要求及时完成。作为老师，遇到这样的学生夫复何求？这里要隆重介绍下许老师，作为英语特级教师，他退休后不是吃喝玩乐，而是重返教坛、发挥余热，利用他四十几年的英语教学经验帮助四班孩子应对高考。更难得的是，虽然才与四班孩子接触，但他对四班孩子赞叹有加，对孩子们充满了信心，做好了打硬仗的准备，立志利用这一百天提高四班孩子的英语成绩。从这个角度讲，四班孩子对他尊敬也是应该的！

许老师表扬四班孩子情商高时，办公室另一个老师接了句话：四班孩子的智商也高！这可是老实话，从反应、思维等方面来看，四班很多孩子是情商、智商齐飞，只不过基础和时间耽搁等原因，造成目前文化课学习存在不少问题。特别是二月份的市统测，分数很让人担忧。接下来这不到一百天时间里，需要四班所有孩子埋头苦干，潜心学习，提高成绩。我提议，每个月的省市统测大家的总分至少应该进步 50 分，这样到了六月份，大家才有可能上 400 分，甚至 500 分！这是一场真正的硬仗，既然大家情商高、智商也高，那就甩开膀子学，拼命地学，每个月上个台阶，事在人为，奇迹就是这样创造出来的！

记住目标：每个月每个人总分进步 50 分！

四班日记243　　　2019年3月8日　星期五　晴

高考体检纪实

按照学校要求，所有高三学生原本于7日下午三点统一坐车到医院体检，但四班大多数孩子因为专业课考试错过了4日在学校的抽血，所以早上七点半要赶到医院去抽血。早上不到六点半我就到校，跑到宿舍提醒从学校出发的孩子，因为束思雨妈妈联系的专车会在七点过来接他们。孩子们按要求上车，在学校段老师的带领下到医院抽血。下午再和其他班孩子统一坐车到医院体检，一切顺利，圆满完成了体检。

也有让人遗憾的地方，上午抽血后，我建议所有孩子返校，计划把接下来三个月的复习安排与大家交流下，因为有几个孩子在外面补课。王克荣、保斯然、潘禹辰和郭浩回到教室，上了几节课，最后一节刚好是我的课，专门与他们交流了下复习安排，还要求他们把学校发的资料带回家。还有几个孩子由于种种原因没返校，复习安排的事只好在网上交流了，很遗憾！要表扬李沂佳、束思雨和李蝶三个孩子，专门把复习资料带到医院交到几个未返校孩子手上！

三个月时间一晃而过，体检完成，专业课考试大多也结束，现在要做的就是心无旁骛、全心全意做好高考冲刺。从这段时间所有孩子的复习情况看，状态还是很好，激情还是很多，投入还是很大，希望所有孩子保持这种态势，以破釜沉舟的气概全力备考，充分利用这九十天，给自己的高中生涯画上圆满句号，用录取通知书回报付出！

四班日记244　　　　2019年4月8日　星期一　晴

逃避是对自己的背叛

专业课成绩陆续出来，有人欢喜有人忧，虽然忧的只是少数孩子。个别孩子面对现实，在专业成绩不理想的情况下，专心校考，力图另辟蹊径、东山再起，展示了不屈不挠、奋斗不止的风采。但也有孩子专业课没考好，觉得没面子，连学校都不愿来了，家里也待不住，直接跑到朋友那待着。父母着急上火，多次劝说无效，与我商讨解决办法，我多方协调，追求各方都满意的结果。之所以希望这孩子返校读书，并不是期待奇迹降临，这两月成绩突飞猛进考个名牌大学，而是避免其养成逃避的习惯！

以前经常对四班孩子说"宁愿被打死，不愿被吓死"，而"逃避"无疑是"吓死"的前奏。也经常对四班男生说要有个男人的样子，而成为男人的第一条件就是勇敢面对人生起落，绝不逃避！更重要的是，逃避是对自己的背叛，对自己梦想和奋斗的忘记。逃避没有什么用，该来的还是要来，因为该做的还是得做，像鸵鸟那样把头埋在沙子里逃避危险无疑自欺欺人、沦为笑柄！这些道理，我相信四班所有孩子都明白，所以我对这孩子返校有信心，因为经过这一年多在四班的洗礼，他已明白上述这些简单道理！

面对挫折和失利，正确态度是什么呢？首先要客观分析原因，为什么没有达到目标，是自己的问题，还是客观条件所限；其次要总结得失，人生每一次挫折都是学习的资源，教训有助于我们避免在同一地方摔两次；最后要直面现实，着眼未来，奋斗不止，持续前行，在屡败屡战中笑到最后！希望所有孩子正确对待挫折，做人生主宰，成为人生赢家！

四班日记 245　　　　2019 年 4 月 15 日　星期一　晴

欣闻李沂佳英语听力满分

　　刚才英语许老师告诉我，三月的英语听力考试，四班李沂佳得了满分，可喜可贺！其他同学的听力考试成绩也比上次有进步，这说明返校后四班孩子学业进步神速，这是所有人努力的结果，希望四班全体师生保持这种好势头，再坚持五十多天，必将创造更大奇迹！

　　再谈谈李沂佳这姑娘，她来四班最晚，记得当时她打算到四班时，我还开玩笑说艺体班纪律不大好，到四班可能受到不良影响，一定要考虑清楚。事实证明我多虑了，李沂佳到四班后与老师同学关系融洽，学习积极上进。特别是在美术专业上她富有天分，加之持续拼搏，专业课考试成绩优异。文化课基础相对薄弱，但她一直在努力，加上与束思雨关系好，在其带动下成绩逐渐提升，这次英语考满分就是很好的证明。继续保持这种良好的状态，相信她会在今年的高考中给所有人一个惊喜。目前影响李沂佳的是健康问题，由于饮食习惯不好，辣条、可乐等垃圾食品摄入过多，经常看到她胃疼不舒服，但屡疼屡吃，没有吸取教训，被我批评多次。所以孩子毕竟是孩子，需要家长和老师多提醒，如果把这些影响学习的坏习惯改正了，相信李沂佳会有更突出的表现。这对其他四班孩子也提了个醒，学习是一项系统工程，哪怕一点点的疏漏也会影响成绩的提升。情绪调节、饮食健康、运动锻炼等都很重要，为了高考冲刺，四班孩子一定要瞄准目标、心无旁骛，方能取得高考大捷！

　　再次祝贺李沂佳！这次满分是个好兆头，说明事在人为，努力一定有收获，说明拼搏是这五十多天大家的使命。李沂佳创造了奇迹，相信四班孩子会创造更多奇迹！

四班日记246　　　2019年4月22日　星期一　晴

我爸也不容易

　　姜鸿飞到学校来看同学，精神状态很不错，原来他一直坚持运动健身。生意那么忙，还有规律地生活，这正是我推崇的人生状态，为他点赞！姜鸿飞算是四班的奇人，虽然年龄不大，但心理成熟度明显超前，有主见、有头脑、有分寸，离校后事业有起色、日子很滋润在意料之中。虽然当初也很想他留在学校读书考大学，但与他沟通后，我尊重他的选择，因为离开四班的孩子中，我最放心他！

　　这次见到他，听到他说"我爸也不容易"，想到当初他们父子俩剑拔弩张，我由衷地为他们感到高兴。以前说过"男人成熟的标志就是理解自己的父亲"，从这个层面讲，姜鸿飞算成熟了，恭喜鸿飞！更要恭喜老姜，不管您对孩子离校多么耿耿于怀，但从目前孩子的工作、生活和思想状态来看，鸿飞都值得骄傲和自豪，他不仅有大将之志，也有大将之才，在您的指点、帮助下，他一定会有所作为、光宗耀祖，为他自己和你们家争光！

　　不仅是姜鸿飞，四班其他孩子在十八岁这个关键年龄，都学会了理解父母，并用实际行动证明自己会成为让父母放心的孩子。恭喜所有孩子，更恭喜所有家长！

四班日记247　　　2019年4月28日　星期天　晴

班级文化建设不马虎

　　为配合学校班级文化建设，四班几个孩子这周末动了不少脑筋。虽然备考时间紧张，但大家齐心协力，用一节课时间就完成了班级文化墙的设计和实施。简单设计后大家开始行动：束思雨负责书写"猛打猛冲、一定成功"

八个大美术字，李沂佳负责四班所有人的漫画设计和图文工作，其他孩子负责"班级寄语"、图片粘贴、学习园地布置等。说干就干，经过一个多小时的努力，基本上完成了所有班级文化建设，虽然不是那么完美，但也像模像样，很了不起！特别是"猛打猛冲、一定成功"八个字很有气势，道出了四班孩子的决心和对成功的向往，预示着他们在六月会取得决定性胜利！

不马虎就是一种认真的态度，从这一年多的情况看，四班认真的孩子越来越多，不仅专业课认真，文化课复习更认真！返校不到两个月，大家复习效果明显，考试步步高。不过要进入优质高校，目前的分数还必须涨，所以四班孩子还需继续认真复习、全力投入。期待这群认真的追梦人给我们带来惊喜！

四班日记248　　　　2019年5月28日　星期二　晴

荣光属于冲刺的爵肆

月考成绩出来了，四班孩子基本上都在300分以上，一半350分以上，遗憾的是无人上400分，尽管有些孩子的实力完全可以达到。孩子们很开心，我也为他们高兴，因为大家一直在努力！下周就高考了，留给四班孩子复习的时间有限，但临近高考这一周最重要的不是学习多少知识，而是调整心态，平和应对，正常发挥。六月份前几天留在学校的孩子不多，好几个孩子都计划外出补课，我建议家长陪着这些孩子，最后三四天也不能松劲，须一鼓作气、直捣黄龙，坚持到最后一分钟！

返校这几个月，特别是近一个多月，四班孩子仿佛都换了个人似的，基本上能静下心来学习。每次考试后，大家都会急着找老师看分数，可能分数没有预想那么高，但一点一滴地在进步。毛毛雨一直下，下就是好事，分数每次涨得不多，但涨就有希望！部分孩子有时也郁闷烦躁，但在老师劝告下，还是能尽快调整投入学习。周末很多孩子安排了补课，连续五六个小时都能坚持，出乎我的意料。为什么以前坐不住的孩子现在变化那么大，因为他们看到了希望！我随时都联系在外补课的孩子及其家长，总体感觉都不错，有的孩子甚至从早上七点学习到凌晨一点，坚韧超出我们所有人的想象。看到四班孩子这样，我们当老师的、做父母的有什么理由不放心呢？

四班一路走来不容易，家长、老师不容易，最不容易的其实是这些孩子！他们有过挣扎、有过彷徨、有过犹豫、有过迷茫，但他们一直在拼搏、一直在坚持、一直在奋进、一直在前行。最后这一周多的日子了，他们冲刺的身影如此动人！不管高考结果如何，荣光都属于这些孩子，属于冲刺的爵肆！让我们为他们加油、为他们点赞，默默地祝他们在今年粽子节里"包中"！

四班日记249　　　2019年5月31日　星期五　晴

切不可松劲

今天胡婷婷要离校了，因为早就被高职单招录取，她这两个月在学校主要就是陪大家，很感谢她！临行前大家一起合影留念，黑板上"四班永存"四个大字代表着孩子们的心声，几天后大家都会离开四班，但四班的传奇会留存在所有人心间！

六月前几天只有几个女生还在教室复习，另外几个男生都有安排，虽然不太主张他们擅自行动，但我还是尊重孩子和家长的意见。不过，高考前这几天千万不能松劲，建议如下：每天按时作息，晚上十点必须躺在床上休息；把老师的押题资料和试题全部打印出来，每天定时定量完成任务，在家要像在校那样勤于复习；调整心态，增强信心，把平生所学全部在考场上发挥出来；与家人提前准备高考那几天的安排，预想每个学科考试的时间安排，考虑突发事件应对措施，吃好休息好，用最充沛的体能应对高考。

备考无儿戏，高效利用高考前几天，一定会出现奇迹！

四班日记 250　　　　2019 年 6 月 2 日　星期天　晴

六月的爵肆蓄势待发

　　为了今年高考，为了这个六月，四班孩子、家长和老师已付出太多、努力太久。专业课的昼夜集训、文化课的咬牙坚持，孩子们一直在战斗；全方位的付出、多少年的养育，家长们一直在坚守；课上的精心培育、课后的呵护牵挂，老师们一直在期待。这一切，都是为了四班孩子的前途，为了六月爵肆的爆发！

　　爵肆正积蓄力量，所有孩子如同上弦之箭，等待着高考钟声的敲响。面对蓄势待发的孩子们，我们只有默默地祝愿：一发而中、一鸣惊人、一飞冲天！

四班日记 251　　　　2019 年 6 月 5 日　星期三　晴

老师，我们要向您敬个礼

　　今天是四班孩子在班上的最后一天，七点半前，我和英语许老师早早守在教室门口，虽然只有三个孩子在教室，但四班师生一直都严肃认真。英语课结束后，三个孩子向许老师说：这是最后一节课，老师，我们要向您敬个礼！然后，端端正正地向老师行礼致谢！许老师刚才与我说起这个事情非常感动，可能这是他印象最深刻的高三毕业班最后一课吧！

　　我不仅感动，更有感谢和欣慰：感谢这三个孩子比我这个班主任想得周到，欣慰的是我们四班孩子懂感恩知回报！这三个孩子是四班真正的"三个代表"，她们不仅成绩可圈可点，而且乖巧懂事，情商智商俱佳。也许她们不算是传统意义上最优秀的高中生，但从她们的言行来看，她们走到哪里都是受欢迎的人，必将前途无量！其实，通过几年的学习和磨炼，四班所有孩子在各方面都进步明显：专业课的突飞猛进，文化课的稳扎稳打，为人处世的周到全面，等等。相信他们走到哪里都会保持这种谦虚谨慎、踏实进取、知恩图报的作风，处处受到别人尊重、时时得到贵人相助，都会闯出一片属于自己的精彩天地！

　　向老师敬礼的孩子，你们是真正赢在起跑线上的人！恭喜你们，也祝愿你们在人生的长跑中更快、更稳、更远！

下 编

成长留痕

陈自立　　郭　浩　　李　蝶　　李　博
李刘琳　　谢　军　　潘禹辰　　束思雨
张蜀異　　胡婷婷　　李丹瑜　　刘声燕
张　婉　　鲁　娜　　杨　欢　　贾　娜
谢　军父母　张蜀異父母　保斯然父母
田路宁父母　刘漾赟父母　李　蝶父母
徐颢元父母　夏翊洋父母　李　博父母
束思雨父母　陆昊彤父母　王　纳父母
王　邦父母　潘禹辰父母

高贵善良·坚毅独立

学生篇

夜 色

陈自立

夜色如同一只巨兽，一口口地将晚霞吞并，黑暗就此降临。

随着夜幕的降临，小路上的灯依次地亮了起来，可灯不会在任何地方亮起，因为灯光不可能照亮每一个角落，或许只有这安详的夜色能为它带来一丝平静。

时值子时，我孤独地站在十字路口，红绿灯依旧不分昼夜地工作，红黄绿交替闪烁，让我感到莫名焦灼，似乎少了白日里的车水马龙，这里依旧喧嚣。这是一条人生的十字路口，我不知去往何方，只知路在脚下，选择只是一个小问题，艰难的是我该如何迈出第一步。

夜色下的路是如此明亮，以至于路灯的光芒过于耀眼，迷失了方向的我跌跌撞撞地朝着红灯的方向奔去，我不知道前方的路是否一片光明，但已经迈出了就不要回头。

我是一个胖子，成绩第一却不是正数。没错我就是一无是处的胖子，可我却决然踏上体考之路。红灯是闯了，逆风飞行谁都不容易，可我赌上了前程决定拼一把。我在人群中是最失败的一个，体力成为我体考路上最大的难题，超标的体重成为巨大的负担，相当于背负着两个人的重量超负荷训练。可自己选择的路必须得走完，训练时必须扛住随时崩溃的精神和身体各部分的痛苦。每次走上赛道，心就慌了，猜测着自己又会被甩几圈，揣摩着观看者的讥笑和眼光。但人生无人在意你的想法，不论付出多少，只有结果才是别人关心的东西。所以我不能放弃，必须用加倍的训练来甩掉身上厚厚的脂肪，不论成败，我都必须将自己选择的这条路走完，即使筋疲力尽也要爬完，只有这样才能不忘初心、方得始终。

体考是一条施工中的路，夜色中的路灯闪烁不定，终于被初升的太阳吞没。当夜色消散，黎明即将到来，前面的路还没走完，无论挥散多少汗水，我一定会不顾一切地跑下去。黑暗消散之时，光明必将到来！（见图1）

我的路

郭 浩

人生是一条走不完的路，没有所谓的开始和结束。

我以为体育的路上应该是欢声笑语，我以为体育的路上总是掌声不断，我以为体育的路上一直是精彩夺目，我曾经以为体育的路上充满光辉与荣耀。可是当我步入体育路我才感到它的艰辛与困难，烈日炎炎下盐霜刷白了脸颊，汗水润湿了体恤，鞋底热得滚烫，塑胶跑道发出燥热的怒吼，反复的高强度动作，即使身躯疲惫不堪，还是要靠意念支撑它。坎肩背心让我拥有了一副坚实有力的双臂，因为脱下来皮肤颜色总是分层，除了背心覆盖之处其他地方都是黑色的，每次放假回家爷爷总问："小浩，怎么又变黑了"我说："我回来那段路汽车太多路灰太大了，没事洗洗就好了，不用担心我"。爷爷说得最多的是记得多喝水，多休息。

六点半的闹钟每天总是准时响起，将我们从睡梦中拖起来，如果把每天早上五公里说成早餐，那么冲刺跑就是中餐，每天的套餐一点也不能少，因为这些已经成为我的生活习惯，生活节奏是四点一线，宿舍、食堂、教室、田径场。

杠铃让我的肩膀变得厚重而坚实，老王每天都问累吗？如果累就别练了，我说："路是自己选的，再累也要走下去。"满身伤痛，脚崴了、肌肉撕裂、虚脱、干呕，但还有100米、200米……没有跑完怎么有时间在这里埋怨。世界那么大比你厉害的人那么多，你有什么理由不坚持呢？每次训练完跑回教室，总是饿着肚子迷迷糊糊地上课，有些时候还会惹怒老师，换来家长的不理解，压力如山，想过放弃，但我背负的期望太多，不能让自己失望，不能让爷爷失望！

剩下的路继续用力奔跑，路的尽头是最好的你。一直跑下去，牢记：今天的成绩是昨天的汗水，明天的成功还需今天努力！

再别天娇

郭 浩

2016年8月20日，一个神奇的日子，没有炎热没有秋黄只有我们，命运把我们与天娇粘贴在一起。以前的我们不会想得太多，因为那时候我们认定的事情会一直坚持，尽管一路走来曲曲折折，但再大的困难都不是事，因为有家人在就够了。可是在这里我认识了很多平凡却美好的人，他们在我生命的不同时刻，给我光和热，又默默地与我告别。我在暗淡灯光下写下这些字，像在垃圾回收站捡拾散落的回忆，拼凑成型。

当指尖划过篮球，听见应声入网的声音，肾上腺激素一次次飙升。汗水润湿帅气的球衣，也不忘拍手叫喊漂亮的进球，每一个瞬间都好想把它定格，因为我想你们了，想你们给我的每一次温暖。每一次都不期而遇，能做的只有去好好珍惜！

六月雨季淋湿了炽热的心，再也不会因为抽查不会背历史而被罚站，再也不会因为听写错单词被罚抄，再也不会因为枯燥乏味的课堂知识打瞌睡……再也回不到那个我最熟悉的地方，一切的美好只能翻阅回忆去寻找。和你们在一起乘坐的天娇列车，我已经到站了，剩下的回忆由你们继续下去吧，愿天娇列车载满所有的美好驶向远方。我永远爱你们，是你们在我糟糕的日子里给我勇气，在所有来来往往的热闹中站在我这边，温柔待我，体谅我，给我很多理解和陪伴，谢谢你们。遗憾什么都没做就要走了，意犹未尽地，就这样结束了天娇生活，我可能会想念很久很久！

再见天娇，再见四班，再见了我爱的人！（见图2）

几点感悟

李 博

生活就是有舍有得。我舍去正常的文考生活,选择了相对精彩却更困难的艺考。这不只是爱好使然,更多的是我对未来的规划。

当你真正跨入的时候等待你的有很多,有困难、有收获、有不一样的人。但你能做的只有坚持、加油,人生有了选择,就会更努力。

舍得放手

这是一个人教会我的,我很感谢他的出现。舍得放手,是需要莫大勇气的。但是只有放手,你才能得到更好的。强扭的瓜不甜,舍得放手后你会发现步伐越来越稳。

往往不钻牛角尖、想得更透彻的人就是那些在生活中舍得放手的人,这些人不会沉浸在过往的困扰中,不会深陷泥潭、执迷不悟。

生活中糟心的事很多,他不会因为一件糟心事而举步维艰,更加不会因为一件糟心事迷失自我。就像小宝贝在练习走路阶段,你因为他的一次摔倒而心疼不肯放手,那么你让他如何坚强迈步呢,你让他何时学会独立行走呢。所以舍得放手,你才能收获更好的明天。

就让那些不好的随风而去吧,收获那些值得你珍藏的美好事物。做人做事都是一样的,不要局限于眼前所看到的,只想着眼前而不顾以后。舍得放手这是一个听了不舒服的词语,怎么可能那么轻易让我们做到。但这是生活中你不得不做的事情,不是你不想就不做而是你愿不愿意都要做,这是生活也是现实。

与其死磕到底遍体鳞伤,还不如毅然决然地离开。所以我们要换一种心态来看待世界!

舍得吃亏

这是老唐教给我们的,这一辈子舍得为你付出最多而且是无私回报的那种除了我们的父母就没有其他人了。这世上没有任何一段关系会像父母那般爱得纯粹,没有任何一段关系是能靠单方面付出坚持一辈子的。所以人与人之间平等何其重要。

内心富有、心地纯净的往往是那些舍得付出的人。这些人不喜欢斤斤计较,更不喜欢当面一套背后一套。

舍得付出的人往往会做三件事:一、当父母亲人有需要时,他们会二话不说尽自己所能去帮助他们;二、当朋友有需要时,他们也会在危急关头尽自己最大努力去帮助;三、即使是陌生人,他们也会变成侠义之人伸出手去帮扶一把。

有时你们会觉得这些人傻、这些人憨、这些人会吃亏。其实他们何尝不知道呢?这就是一个人内心的真实写照。这种人往往高素质、高品格,生活不会亏待任何一个舍得真心为他们着想和付出的人。

舍得付出的人,往往能收获到真心的朋友,他的朋友也都是些善良的人。就如老唐所说舍得吃亏的人才能真正幸福,因为他们知道这些小亏可以让他得到长久的回报,他们才是真正的聪明人!

《好兵帅克》读书笔记

李 蝶

哈谢克的《好兵帅克》被译成包括中文在内的近 30 种文字,受到世界各国人民的喜爱。

我刚开始读《好兵帅克》这本书时,觉得书中描写的那位叫帅克的兵非常平凡;但是等我把这本书看完,却被这个平凡但大智若愚的人深深吸引。他那朴实却又机智的形象让我印象深刻。帅克的长官们都骂他是"傻瓜、笨蛋",可我觉得他一点都不傻、一点都不笨,而是非常的机智和勇敢。每次闯祸后，他都能机智应对，勇于说实话。在文章的细节描写中，我觉得帅克不仅是个幽默的人，还是一个随和的勇敢的人。就在他风湿病发作时，他也没有放弃责任，坐上轮椅去征兵现场，表现了他对国家的热爱。

我们应该学习帅克的这些品质：正直、爱国、乐观。无论什么事，都要抱着乐观心态和幽默想法去面对。总会让那些本想取笑他的人不但没有取笑到他，反而还被帅克笑话与讽刺。

漫漫人生旅，何曾有坦途

李 蝶

生命是一个长方体，它有长度、有宽度，自然也有高度。生命的长度决定着一个人的时间；生命的宽度掌握着一个人的视野；而生命的高度标志着一个人的境界。

走自己的路，让别人说去吧！这是我喜欢的一句名言，这句话时刻提醒着我，无论何时何地，坚持走好自己的路，才能目标明确，信心坚定地走向成功。不管别人怎么评说，我就是我。

走自己的路，面对荆棘不放弃。人生之路，坎坷无数，想一帆风顺，真是异想天开。但这一切都不可以阻挡你走下去。

走自己的路，面对嘲笑不要动摇，在我的生活中就时常看见一些人嘲笑另一些人，而自己也在被嘲笑行列中。初中时我较胖，到了高一还是一样胖，被别人嘲笑，导致不自信错过了一些机会。高一下学期我决定减肥，迄今为止也瘦了些，可是有些事错过了也终将是错过了。或许我自己放弃的正是我从未拾起的，或许我坚持走的路，对于一些人来说是个笑话，但我会坚持走下去，努力奋斗，取得胜利，让嘲笑的人惊讶。

有这么一则故事：爱迪生小时候非常笨，老师都说这孩子没希望，爱迪生也常受同学欺负。他有时把自己的"小发明"带到学校，但总是被嘲笑或被毁坏。但他没有沮丧，更没有放弃，两耳不闻讥笑声，一心钻研手中物，最后成为发明大王，让嘲笑他的人刮目相看。

走自己的路，走过困苦就会成功。经过千难万苦，走过荆棘丛林，历经坎坷之路，就会看到成功在向你招手。第一名属于每一个人，不要害怕路上有多冷，只要还有一点余温，我们也要努力狂奔，奔向目标，奔向成功！

高中成长感悟

李刘琳

三年高中生活已过去两年，这两年似乎发生了很多事情，但似乎又什么都没发生。现在想起来刚进校时，同学们互相都不认识，虽然会遇上几个小学初中同学，但大部分人都很陌生。也许对别人来说交朋友、聊天是一件容易事，但对那时的我来说与不熟悉的人讲一句话都不好意思，现在回想起来都会有些小尴尬。也许没有那么尴尬，但是很多次讲话都没有什么人理我，所以是自尊心作祟吧。

这两年改变了很多人包括我，当初那个讲话扭扭捏捏、傻不拉几的我，早已不知尴尬为何物，虽然偶尔遇到特殊情况还是会有些小尴尬。如今在教室里动不动就放声大笑，那声音简直魔性极了，有时连自己都不好意思，甚至被小伙伴吐槽。

两年时间我改变了很多，也教会了我很多，比如有如何交朋友、如何与朋友相处等。相信在爵肆我会交到更多朋友并快乐成长！（见图3）

我们四班

束思雨

在大多数人眼中，总以为数字排在前的班级最好，许多人都希望进入最前面的班级。但我以为这样的观点太过片面。

高一下学期我来到四班，当时的大多数人都以为四班的学习氛围不好，很混乱。起初我也有些担心，害怕自己会不受控制，但经过一段时间，我发现似乎神经没有像以前紧绷，反而轻松了不少。只要上课好好跟随老师，虽然时常会发呆,精力偶尔不集中,但总觉得在四班可以很快乐。每次我们月考成绩下来,老师并没有责怪我们,反而是鼓励我们,不让我们丧气。

又经过一轮分班,选择艺考的我继续留在四班。根据以前的了解,大家都认为艺考生成绩普遍不好,甚至不务正业。可能因为这个原因,有的老师对于四班没抱太大希望,但我们班老师都很支持我们艺考。班主任唐老师对我们更是有很大希望,自高二学期一开始,唐老师坚持每天写日记并打印出来给我们看。这些日记记录着我们班上的点点滴滴,也记录着每个人一步步地成长。对于他这样的精神我很佩服,每天鼓励着我们的是不迟到的日记。唐老师利用这样的方式细心地呵护着我们的成长,慢慢改变着我们以前的"陋习"。在唐老师带领下,我们向着未来一步步前进。

我们四班有着一群认真、可爱的老师,因为我们不懂事,他们无奈、生气、默默哭泣,但是他们并没有放弃我们,一直努力将我们带上正确轨道。我们四班也有着一群活泼、热血、敢闯的同学,会因一时冲动犯下错误,但冷静下来后也会主动认错并改正。在学校的各种活动中总可以看到同学们的身影,并为他们深藏不露的绝技感到惊叹。四班只是在成绩上差一点,同学会做出一些不恰当行为,但是我们也很希望实现自己的梦想。可能我们的方式不对、自制力不强,可我们一直在改变和成长!

我们四班的每一个人都在努力,面对重重阻碍也不放弃。我相信四班是最棒的,四班的每一个人都会在天娇留下深刻的回忆。

2018,我想与你谈谈

潘禹辰

新时期,新想法。

我的目标:做好每一件事。

任务:投身于学习之中,保养好身体。

困难:难于定心。

方法:

1. 每堂课不缺席,认真听讲,克服困难去背书,花时间复习。

2. 不要再多想，把事情简单化，少搞一些杂七杂八与我无关的事。
3. 保持每天一定的运动量。
4. 保持一颗乐观积极向上的心，去应对每一件事。
5. 多看书，多听音乐，少吃零食，多睡觉。
6. 与他人友好相处。
7. 去努力，去付出，相信自己的每一滴汗水都是值得的。
8. 多喝水。
9. 提高个人综合素质。
10. 学会关心他人。
11. 沉心，切忌浮躁。
12. 心宽，切记心眼小。
13. 一定要觉得快乐！

我相信2018年一定会比2017年过得好，所以我要保持良好的心态去应对每一件事。只要心情好，一切事情就可以办好！所以我认为2018年快乐才是最重要的，从而享乐于学习，享乐于努力，享乐于每一件小事，享乐于每一份成功！

不给自己太大心理负担，也不要给别人造成心理负担，多听老师、父母、同学、朋友的话，做一个乐于助人、善良的人。

目前的核心任务是考大学，无论文化课还是专业课，尽力去拼搏！

是奋斗还是放弃？

谢 军

三年即将结束，在这短短一年的时间里，你怎么做才能让未来过得更好。只有这样你才能出人头地，才能变得更好。

这一年也许能改变你一生，在生命之花中开出另一个结果。也许你能换个方式去生活，一个更适合你自己的方式。也许你会虚度光阴，会让以前的努力白白浪费，从而失去所有，或者从头再来。所以，现在你不努力那要干啥，现在不努力，以后肯定会后悔一辈子，至少在这一年里努力一点，会有比他人更好的生活。

我们已经不是小孩子了，已经是十八岁的姑娘伙子了，成年了！行为须约束，所以我要树立一个目标，有了目标就有了动力，也就能更进一步地向成功迈去。现在确定目标还不算晚，因为还有时间，至少在高中的最后一年里不能留下太多遗憾。有了目标我们会更坚定的走下去，如果有目标还虚度，那么只能说你的心思不在学习上而在其他地方。

学习是一件难事，但不好好学那将会让你的学习变得更难，以至于你会觉得学不下去，想放弃，这样的感觉不是只有你有，而是每个人都有，只是时间的长短不同。如果自己是一个能找出错误并改正的人，那只会是短时间的烦恼。对于那些感到学习难的人来说，不是因为他们能力不行，也不是因为外界因素干扰，而是因为他们自身存在问题，反应较慢，当意识到问题改正时，反应快的人已经把他们甩出去一大截了。因此，会出现有人学得好，有人学得差，这样的结果都是自身造成的。所以我们应该改变思维模式，改变现状，也许会变得更好。

我们需要具备四个方面的思维模式：慧心，明眸，妙笔，巧舌。做好这四个方面，我们就会上一个高度，对事物的理解会有不同的看法，提升做人的方方面面，明白如何为人处世。首先，我们要做到"慧心"，那"慧心"是什么呢？从字面意思那就是智慧的心，这告诉我们要用一颗智慧的心去看问题，明白其意再去做。之后，我们要做到"明眸"，字面意思是明亮的眼眸，就是透过事物的本质看问题，这样能让你考虑方方面面，利人利己。然后，就是"妙笔"，这要我们在写作时恰当用词，并带有感情色彩。最后，是"巧舌"，这个就是最简单的了，因为每个人都会说，只是语言的运用有问题，我们在和别人说话时要委婉，谦逊，不要一副了不起的样子，只有礼貌的人才能获得他人尊重。这些对于我们来说挺重要。

谁说最后一年没机会了，许多人都是在最后时刻努力从而获得成功的。我不相信努力了没有回报，天上掉馅饼是不可能的，只有做过才能明白其中的意义。即使不成功，那也会成为自己可以炫耀的东西，毕竟曾经奋斗过，没人会笑你。相信自己，时间会给你答案，汗水会给你回报，永不放弃，那是你成功的关键！

是奋斗还是放弃，这取决于你自己是否愿意去努力，是否愿意吃苦。所以，请珍惜现在的时间，努力拼搏，让未来的我感谢现在努力的自己！

高贵善良·坚毅独立

我与四班的"孽缘"

张蜀昊

相识总是需要点缘分,相识可能并不是你所期望的样子,但这缘分却能让你幸福。

我刚读高中时,一进校就被分到四班,当时别说多失望了,你可能不理解我为什么会有这样的反应。按理说没那么夸张,但对于当时的我来说这是很重要的事。分班是根据成绩分的,一至四班由成绩从高到低排,虽然每个班都会分几个优秀学生,但大部分的都在一二班,可不知为啥最好的几个又都在二班。四班也有成绩好的,可不知是环境影响还是自身不努力,想学的没几个人。那时的我和外校优等生上了一个月的课,养成了好习惯,我只想好好学习,我希望周围其他人也这样。可他们不是,而比我想象中的还要差。这也没办法,谁叫我中考"翻车",自己的事哭着也得负责,我只好安慰自己,自己努力学定能去一二班。

接着我就被孤立了。我自感弱小又无助,只是想好好学习而已,咋这样对我啊!心里老憋屈了,其实我也没做什么,只是把所有时间花在学习上,却被当成不愿和别人交流。其实,我也想和别人一起嗨,只是我怕嗨完就功亏一篑,再犯一次类似中考的失误,那我真是受不起。努力付出总会有回报,我以好成绩获奖,但人际关系一如既往,心里拔凉拔凉的,老难受了。为了和同学好好相处,我不断尝试接触他们,舍弃了学习时间想方设法和他们搭话……刚开始可能不太接受,后面慢慢好转,直到我被接受的那天,我发现我变了,我不再是一天都在忙学习,而是常常和他们在一起聊天,成绩下滑也不在意,至少四班的同学都愿意和我玩,我喜欢这样的生活,其他的都无所谓。终于,我和四班相处得其乐融融,日子过得相当快活。

然后我被分到一班。虽然以前贼想去一班,但当真正离开四班时,心中有些不舍。可四班已是文二班,而我却是理科生,还是唯一学理科的四班女生,毕竟我理科比文科好,高考更有把握。来到一班,日子不怎么好过,身边全是学霸,一个个成绩好得不得了,让我很有压力。我不想输,只能拼命学,而不但没进步,还不断下滑。我原以为会有好转,可后来,居然被劝选艺考,正应了"所谓理想与现实的差距,就是夹起来以为是块肉,咬下去才知道原来是块姜",扎心了!都扎透了!随着教材难度变大,我很难跟上学习,不得已选择了艺考。万万没想到,艺考对理科生相当苛刻,还不如文考呢!情急之下,忍痛割爱,选了文科,没料到,文科也不是什么善茬!

高一结束,我提前先学了一下专业,回四班可谓有备而来!四班虽然还是叫四班,但它已不是我熟悉的四班了,它变了两次样,先成了文二班,又成了艺体班,里面坐了许多我不认识的人。而我依旧很爱它,因为哪怕它变多少次样,四班也不会变成其他班,四班依旧显露着它别样的风采,一种"家"的味道。

如今的四班,虽然有些我过去的同学,但许多同学和老师和以前不一样。班主任变成唐老师,副班成了刘老师,很多科都换了老师,班里不少从各班来的,我们被重新融合在一起。艺考生最初只有几个,后面人数慢慢增多,最后全班都在学。为了艺考四班也是各种折腾,唐老师估计累得不行。他争取各种对我们有利的条件,虽然很多没得到解决,但获得不少好处,这也不错。

高二我决定每周外出补课,这也是为了专业进步。我不惜一切,不怕对错,只求放我出去,我为什么这么执着要出去呢?因为"贫穷"限制了我的想象力,外面全是"牲口",我很害怕!赶上他们的进度是我的心愿,但这也成为我的痛苦根源之一。四班自从成了艺体班,就充满各种艺术气息。一个个都是戏精,有时候把我弄得很懵,不知发生了什么:每天都能听见谁在玩乐器和唱歌,下课总会看见有些美术生顶着苦瓜脸赶画,只要有时间男生们几乎都去打球,学校有什么活动,总会有我班的人参加。我怀疑是不是在一个"假"班。但班上个个都是人才,说话又好听,超喜欢在里面待着。

高二上学期结束,四班人数不增反减,有人离开学校选择另一条道,不论正确与否,都希望他们活出精彩。同时我发现这学期我很浮躁,像脱缰野马到处蹦跶,蹦完就像条"死鱼"一样,"葛优躺"在那一动不动。成绩下滑是对我最好的惩罚,我开始愁文化课学习了。高二下学期我的压力变大,精神状况也不好,时不时疯得像傻子一样,时不时又抱头痛哭,哪怕再开心的时候,都会感到莫名孤独。日积月累,脾气越来越大,经常无缘无故地去怼人,我并不想这样,但我无法控制住自己,痛苦的次数越来越多,体质渐渐变差，不断生病。终于有天一切都崩了，我无法控制自己，我隔绝了外界，我恨世间的一切。每天都在痛苦中度过，我期望着离开。

直至有天机缘巧合我拥有了点希望，我慢慢走向外界，慢慢去接纳，慢慢恢复正常。虽然没有以前那样绝望，但现在的我变得脆弱，一点点刺激都会让我痛苦不堪，而我只能尽力调节情绪。成绩下滑让我一次次想放弃艺考，但这是不可能的，我不能后悔，因为它曾是我一度想要的，我不会放弃！文考是不可能的，这辈子都不可能文考！

尽管道路曲折，我和四班这段"孽"缘，最终胜利者肯定是我！所以，让我为自己和四班疯狂打 call 吧！

父亲节写的诗

胡婷婷

（这次端午节假期回家真是好事多多、惊喜不断。星期天也就是六月十七日不仅遇上父亲节，还是我爷爷七十二岁生日。我躺在床上，思绪万千，难以入眠，给他们分别写了一首诗表达我对他们的爱意。）

父亲，我终于理解您了！

亲爱的父亲，您可曾知道：
在我的心里，
您是世界上最严肃的人。
说您严肃是因为您：
脸上很少露出笑容，
嘴上从来没有夸过我们很棒，
别人面前从不说我们的优点，
总是说我们这样不行，那样不行。

亲爱的父亲，您可曾知道：

在我的心里，
您是世界上最孤独的人。
为了工作，您总是日夜不停地奔波，
为了家庭，您总是尽心尽力地付出，
累了，不敢多休息，痛了，不敢喊出声，
怕父母心里担忧，怕儿女学习分心，
您总是自己一个人默默忍受。

亲爱的父亲，您可曾知道：
在我的心里，
您是世界上压力最大的人。
生我，您承担了多少压力，
养我，您承受了多少艰辛，
育我，您承受了多少劳累，
教我，您承受了多少辛劳。
为了这个家，您费尽全部心血。

亲爱的父亲，您可曾知道：
在我的心里，
您是世界上最难懂的人。
您一边教育我们勤俭节约，
一边又偷偷地给我们零花钱。
您嘴上时时责怪我们不听话，
而内心却又不忍我们被责怪。
你表面上要求我们不要打电话，
而又每天问长问短、时时牵挂。

啊！父亲，我最敬佩的人，
您是这个世界上担子最重的人，
您是这个世界上经历风雨最多的人，
您是这个世界上最不受关注的人，

您是这个世界上给予我们爱最多的人。
您是这个世界上对老人最孝敬的人。
我一定不会辜负您的期望,
学最好的别人,做最好的自己!

爷爷,多保重

在我的印象里,
爷爷您总是家里最忙最辛苦的人。
为了我们这个家,
你呕心沥血,
付出了太多辛劳和汗水。

您满头的白发,透露了辛劳;
您额头的皱纹,刻满了关爱;
您脸上的沧桑,深藏了呵护;
您博大的胸怀,蕴藏了真情,
您嘴上从不说多么爱我们,
却把一生的爱给了我们全家。

在您七十二大寿的日子里,
孙女们真心地向您道一声:
爷爷您辛苦了,
请多保重!
一家人衷心祝福您,
长命百岁、永远健康!

一个选择影响一生

胡婷婷

苏格拉底说过：人生是一次无法重复的选择。在人生的道路上，我们都希望自己取得成功，尽量避免失败或走弯路。然而，无论是生活还是学习中，我们总会犯这样或那样的错误，遭受这样或那样的挫折。如何才能正确把握人生？如何才能领会生活的真谛？如何做生活的智者？答案是掌握人生哲理。因为哲理是无数前人成功经验和失败教训的总结，是生活智慧的结晶，是一盏盏指引我们绕开阻碍、顺利奔向理想的明灯。

我们班是艺体班，很多人觉得我们很轻松，可艺考真没那么简单。高二开学我被分到艺体班，对此我有些不知所措，心里一阵阵紧张，我要面对新同学、新老师，还要重新适应环境。开学前两月，全班大多数同学走上艺考这条路，我更加恐慌，因为我怕跟不上大家的步伐，融不进四班这个大家庭。最后，性格开朗、活泼好动的我最终选择了播音主持专业。我自己有这个想法，但是第一次跟父母商量没有得到明确答复，家里人不太懂这些，总觉得艺考这条路靠不住。面对这种情况，我没有放弃，坚持坚持再坚持。终于有一天我说服了家人，成为一名艺考生，从那以后我把它当成了梦想，当成生命的一部分。

高二上学期，我们正式步入专业课学习，大家一直在为艺考、为今后的学习、为梦想坚持不懈。有的同学在外面上各种专业课，利用假期、利用别人休息的时间进取。因为大家知道现在的艺考生越来越多，竞争越来越大，我们只有通过努力才可以变优秀。高二下学期，学校更加重视这件事，给四班同学增加了专业课程，另外还特地给我们播音考生外聘老师。很感射学校这么重视我们班的每位同学，相信四班所有同学会珍惜来之不易的机会，努力学习。高二放假后我们要参加六个月的专业集训。现在我才明白，播音主持专业并非"动动嘴皮子，普通话说得好就可以"。这些都只是基础，记得初学时我始终找不到气息流动的感觉，反复练习仍不其法，后来老师说每一句话都是发自内心说的，从心里向外抽取的，我照做后终于找到了感觉。

艺考是对稚嫩过去的告白,是给未来的承诺。也许有人会认为艺考只是投机取巧考上大学的路径,但只有亲身体验才知其中不易。面对挫败,我们除了更加努力没有任何其他选择。更何况这一路走来,不是只有我一个人在奋斗,还有四班二十几个同学和老师与我同行!只要我们保持追逐的勇气和努力,梦想不会抛弃我们。我们不求别人理解,只是不想听冷言冷语,艺考不是走捷径,而是比别人多一份才艺、多一条路。

相信自己不会为选择艺考后悔,加油!

在我离家的日子

胡婷婷

亲爱的爸爸妈妈,在我离家的这段日子里,你们过得好吗?

在我心里,家永远是世界上最温暖的地方,也是我停脚休息的港湾。我需要它,因为那里是你们用爱教我成长的地方。有人说:父爱像一本大书,要你屏息凝神慢慢品味,因为它含蓄而深沉;母爱却像一首抒情诗,要你抑扬顿挫细细地读,因为它温柔而细腻。在离开家的日子里,我才发现,父母的爱配合得天衣无缝,仿佛那钢琴的黑白键,奏出生活的优美旋律。

第一次离开父母的感觉实在不好受,可能就是鸟儿离开鸟巢的心情,但是在伤心之余还有一点点惊喜,因为慢慢地我发现学校的生活也是那样的多姿多彩,我发现同学们的热情和友好,还有老师们的关心和爱护……一切的一切,就像涟漪,一阵阵地回荡在我的心海,我不禁暗暗地偷乐,把它当作安慰!

爸爸,我要跟您说声对不起。在这轻狂的年纪里我曾经叛逆过,您总说我没长大,太小,而我却总认为你不理解我;我抱怨你太过严厉,还说我太小不懂。现在我终于明白了我太年轻,只是在你心里我永远是个长不大的孩子,一辈子都是。您严肃,因为您是父亲,肩上扛着重任。或许因为您不善于表达,或许您觉得您对女儿的爱不用说,今天我才发现,您爱长不大的女儿。

妈妈,谢谢您的宽容。我曾经埋怨您太唠叨,叫您别管我太多,而您还是一如既往地操劳着,您说您心甘情愿。我曾经看您忙进忙出,就会心疼,而您说您不累。当无情的岁月刻在您的脸颊，流逝的时间夺去您的黑发，很多事我才醒悟过来：由于我说您唠叨，您在我面前三天不说一句话，却还拼命为我准备好一切。我说我心疼您，您一个人躲在房间欣慰地笑。妈妈，您是个伟大的人，现在是，将来也是，因为，我现在长大了。

爸爸妈妈，请你们相信我：鸟儿离巢总会记得回家的路。女儿走得再远，终究走不出你们用爱编织的网。我知道学校是我的另外一个家，是我通向成功的驿站，我在这儿汲取充分的能量，然后重新起航，驶向成功的彼岸！

教师篇

抽丝剥茧地分班，化茧成蝶地成长

李丹瑜

这届高中生在短短一年内历经了三次分班：入校的成绩分层分班，一学期后的文理平行分班，一学年后的综合型分班。三次分班兼顾了分层教学、文理分科和专业分流。

第三次分班可谓艰难。难度来源于命途多舛的天娇高中经历着家长学生的质疑和责难，领导定夺时小心谨慎，年段工作开展时掣肘束缚。我和田献老师顶着压力，力主第三次分班，是基于全年级的整体发展和学生个体发展的需要。

分班成型，大局已布。如何顺势培育、优化教育、培养学生，成了重中之重的问题。随之最关键的就是定夺班主任，爵肆班的孩子有福气，能在这个节点碰上唐建国老师。两年的陪伴，每日一则日记，事无巨细，兢兢业业，灵魂画手般的优势，将四班的每个学生悄然引到了艺体美的路上。我想说，爵肆班的家长是有使命、能担责之人，在孩子走上艺体美后给予莫大支持。我想说，爵肆班的老师精诚合作，文化学科适当让课，专业学科增加课时，只为一个目标：学生的整体发展。我想说天娇领导厚爱爵肆班：配备专业课指导教师、配足专业课时。分班价值在这里得到体现，走在艺体美之探寻路上，我敢说是走得负责任的，走得心敞亮的。

事情尘埃落定，回头看突然明白：抽丝剥茧的分班是阵痛，化茧成蝶的成长方是正道。

艺体美技能伴身的孩子，校园生活更加多彩多姿。三年中唯一的一次运动会出场舞，四班孩子按节律走步出场，抖抖肩膀、扭扭腰肢、甩甩屁股，喝彩爆场。记得高二时为希望小学募捐，四班孩子吉他伴奏，歌者表演，用实际行动面向全校师生募捐。我虽然没有亲眼所见,但听及消息,脑补画面,是如此真实。我完全能够想象,潘禹辰吉他弹奏、郭浩伴唱的场面。认真倾情的表演让黎校长掏腰包捐赠100元,用此行动肯定同学们的做法。我还记得,募捐所得的钱,是郭浩去批发市场,批发了文具用品打包好,开始计划用年级名义捐赠。后来我发现其他班有个人捐赠,所以最终这份捐赠用的是四班的名义捐的。这件事才情并举,兼具创意。

  我作为年级长,能够给予爵肆班的是创设展示才华的舞台。开设作品展览室,让美术生既能检验阶段学习成效,又能展示才华,熏陶美育。举办小型音乐会,感动于美术生用粉笔在地面画舞台,感动于音乐生用歌声、琴音、诗文表达美丽,创意诗情,感动于体育生台前幕后的操持,搬钢琴、摆桌椅、借彩灯、打灯光、暖场服务等。这场音乐会,亦给其他师生放松和怡情悦耳的调剂。我记得音乐会前,从文厅赶来的黎校长开始心情不佳,而当融入后,整个人是释然愉悦的。同学们用专业实力给周围人带来欢乐、带来美丽,这是多幸福的事。三人篮球赛,四班的两组六位男生,用实力炫酷球场。年级集体活动但凡涉及主持,首先考虑爵肆班的同学们,就想其多历练、多锻造。

  在这样的艺体班中,作为语文教师的我是最幸福的,因为不担心文化课成绩。神奇的是,爵肆班的语文课,有时比我担任班主任的峰越班的语文课还要顺畅和精彩。思维活跃、能说会演,师生间默契和谐。屈原作品的学习,班上将必修和选修的教材篇目《离骚》《湘夫人》合起来做了一次误本剧,我到现在都还能想起两个文学阅读小组的表演,师生的合作、屈原的"美政"思想、"香花美人"的写作技法完美融合。中外漫画电影的音乐欣赏,谷启扬同学用他的音乐素养给我们做了一次美的分享。想想那体格健硕、力量满满的陈自立,却能写文辞优美、情感细腻的文章,都有种迷离不真实之感。潘禹辰作曲、郭浩填词的原创歌曲《你》,曲调清新优美,歌词雅致亲和,亦有他山之玉的距离感。可这些都是真实存在的,留有痕迹的,有据可考的。语文课代表李蝶同学,是发自内心地喜欢语文,认真地服务在同学和老师之间,连我也惠及其中。我相信,在她的生命烙印中,关于语文方面的人、事、物一定是占有一席之地的。李蝶同学在高考离校前,还专门给我留下一封书信,让我感动不已!

  化茧成蝶是个幻化过程,漫长育化间有蜕皮的阵痛,但最终都是值得的。迎新会演中,我给潘禹辰、车婧睿同学定制了一个演唱节目,潘禹辰同学不同意并推荐《站起来》这首歌,并说明了用这首歌的理由。这借给我灵感,并借黎校长发言稿写下:"天娇高中不说站起来,因为我们从没倒下过;天娇高中也要说站起来,因为我们想站得更高。"记得黎校长在讲话中,说到这几句时声音哽咽、眼中噙泪,没想到我与潘禹辰的碰撞话语能直抵她的内心深处。我不知道看到这里,爵肆班的同学和家长们有没有这样的共鸣:这个年级、这个班级,走到今天,真的不容易。在不经意中,我们创造着属于自己的奇迹。

感谢认真负责的班主任——唐建国老师。我曾在很多场合、很多时候对唐老师表达过歉意,是因为在困难中交了一个特别的班给他,更表达感激之情,是因为这个班有了他的存在,凸显了这个班的特别与价值。

感谢和这个班同呼吸、共命运的任课教师。即使只有八九个学生在班,即使只有三两个学生在学,你们都坚守岗位服务学生。

感谢学校支持年级的管理。在面对底子薄,根基弱的学情,支持年级另辟蹊径、个性寻梦。

更感谢爵肆的家长朋友们,以觉悟高、责任重的姿态,多渠道、支持同学们的专业成长,在高考路上为孩子们绘上了浓墨重彩的一笔,为孩子们前行保驾护航。

更感谢筑梦的爵肆班的同学们,你们比其他班同学更早一步知晓"逐鹿"的意义,更早一步做出"逐梦"的行动。纵然有极个别的同学没能坚持到最后,但这一路走下来,不虚此行,收获满满!

数学老师(张婉)来信

爵肆班的同学们:

遇到你们很开心,但相处的时间太短暂。很多同学已经好久没见,你们生龙活虎的样子我们每一个老师都清清楚楚地记得。

从2018年8月开始认识大家,刚进教室时,看到和班上身强力壮的男孩子相比下,女孩子显得很柔弱,心里不禁很好奇。执教这样鲜明个性的班级,以后一定有不少有趣事情吧，加上班里面有很多我以前班里的学生，心里竟然没有紧张。后来种种事情证实了我何其幸运，在这里女生们可是巾帼不让须眉，一直上课认真乖巧的束思雨，帮我画圆的田路宁，爱笑又礼貌的王纳，追着一堆调皮男生要作业的数学课代表张蜀冀等，有说不完的趣事！

上课时感觉你们有时很煎熬，趁我转过身就忍不住做小动作，还小打小闹，有时候我发现后竟还有点不忍心教训你们。但有时恨铁不成钢，师者也有父母心。你们粗心也细心，题目里清楚地条件看不见，却能看见每个老师的心情。以你们的方式来逗我们开心，每次节日都有惊喜。记得教师节，你们神神秘秘让我打开一体机，可我这节课不用啊，刘希仁说老师你开一下嘛，看着奇奇怪怪的他，我打开黑板的同时看到了你们送给我的祝福PPT，赫然几个大字：教师节快乐！原来你们在一体机上给每个老师做了一张PPT，不同的老师不同的颜色。

你们都很有个性和才华，也很有礼貌，你们在专业课上的付出也得到了回报，你们已经成功了一大半，继续努力成功一定属于你们！三年的苦与累不是一张纸就能写完的，但我知道优秀的你们会交出一份让自己满意的答卷。在外面努力了这么久，你们一定也懂事了不少，成功永远不会缺席，所以永远不要担心努力得太晚，拼尽全力为目标奔跑。任何时候你们身边不止有朋友，还有我们和父母，相信你们能打好人生中这至关重要的一仗，加油！

幸运四班向前冲

鲁　娜

高二四班的同学们，我想说：能到四川师范大学附属昆明实验学校（天娇校区）这座美丽的城堡读书，你们是幸运的！经过三年努力去实现自己的人生梦想，你们是幸运的！学校搭建平台、创造机会让你们展现才华，你们是幸运的！希望你们再努力拼搏一年，实现人生中最关键的蜕变，破茧成蝶，考入理想大学！

高二四班的同学们，我想说：你们有幸遇到班主任唐老师！他认真负责有耐心，用班级日记形式记录你们成长的点点滴滴，每一篇都充满着对你们的殷切希望。我真的很佩服唐老师的耐心和毅力，其实作为父母的我们也很难做到每天一篇日记来记录自己孩子的成长，可是作为班主任，唐老师做到了，可见唐老师对学生用情至深。同学们当你们走出校门步入社会，再回来读这本班级日记，或许能够更深刻地体会到唐老师的良苦用心。对我们所有人来说，这是宝贵财富和珍贵回忆，感谢唐老师！

作为高二四班的历史老师，我想说：同学们你们真的很优秀！我们的缘分从你们踏入天娇就开始了，这两年里我们相处和睦，配合默契，虽然我偶尔会因为学习上的事批评你们，那是因为老师想让你们更优秀。看到你们一天天成长，一天天进步，老师真的很欣慰，同学们，老师为你们感到自豪！

岁月如梭，光阴似箭，三年的高中生活过去三分之二了，同学们，朝着自己的目标奋进吧！学校、老师和家长都对你们充满信心，我们为你们摇旗呐喊并坚信：四班孩子的未来一片光明！

副班主任日记

刘声燕

社会实践

（2018年5月4日）

上周高中部进行了春季社会实践，总体成功。为了这次活动，有些老师真的费心了，忙活好久才争取到这来之不易的机会。但对于在社会实践中出现的一些事情，我有些看法。

社会实践地点在南滇池边沙滩湿地公园。这种地方游玩受天气影响大，要是天晴晴朗、阳光普照那这里绝对算得上是一个游玩的好去处，但要是天公不作美，天空阴沉、乌云密布，那么这里又绝非好去处，在这种天气状况下在这里游玩更多感受到的是扫兴。

我们早上到达这个地点时，乌云密布还夹杂着绵绵细雨。加上之前发生了一些不太愉快的事情，班上整个情绪有些低落。到了目的地，下着小雨，之前预定的活动暂时没办法开展。周围也没有什么可以玩的，班上同学坐着闲聊，有的在滇池边用石头打水漂。这时有一些负面情绪慢慢溢了出来，班上一位男同学不知道什么原因，一个人在"基地"旁边发脾气。班上另外有个女生看见他这副样子，有点不耐烦地问他："xx,你到底要整哪样？"那位男同学似乎没有听到一般，这时班上另一位代表班级去抽签的男生气冲冲回来了。嘴里还愤愤不平地吐槽其他班级。问他发生了什么事，他说了个大概，原来抽签时他与另一个班级的同学发生了点小矛盾，觉得委屈和生气。刚刚在旁边生气的那位男生比较有"义气"，听到我们班同学吃亏了，脾气似乎更大了，非要去找其他班的同学讨说法。这时我感觉氛围不对，所以就跟班主任唐老师说，但唐老师说："不用管他们孩子间的事。"我想：那就算了。

　　因此我就自己一个人到处转了一圈。后来我去到高一我所教授的另两个班级，他们给人的感觉就是十分融洽，班级里的每个人都在做事情。有的同学忙着为服装设计活动出谋划策，寻找各种原材料。另一部分同学就在沙滩上刨沙，或者为沙雕活动作准备。总之感觉班上每个人都能开心自然地融进活动中。他们的带队老师也十分自然融入活动，我也加入到了他们的活动中，和他们玩得挺融洽。这时我想到四班孤独地在这个活动场地边缘，之前走的时候班上一点都不和谐……想着我毕竟是副班，出来到其他班级不和他们融在一起，好像真有点不对，便起身往回走。

　　回到四班"基地"，班上孩子已经开始准备今天的活动，虽然不像其他班级那样其乐融融。但比我之前离开时好了很多，班上孩子至少聚在一起了。我也加入到了沙雕制作中，氛围还算可以。

　　当活动快要结束时，一个平时看起来什么都无所谓，跟老师也没什么共同话题的男生看见隔壁班班主任为他们班寻找各种装饰品的样子，他说了一句："你看别人班的班主任人都在，就只有我们班的班主任不在。"

　　当我听到这句话时，内心还是有点波澜的。我觉得老师和学生之间有代沟，玩不到一起，但是他们其实还是希望老师能够陪伴他们。我想，我当时要是也不在那里陪着他们，而是去其他班级玩。他们虽然不会直接表现或者说出来，但我想他们心里还是会介意的。说不定还会难过，虽然平时由于他们的一些表现不想和他们待在一起。但是，我想这样的相处是不对的。看来我得思考下如何与班上同学相处了。

篮球场上的输和赢

（2018年5月9日）

今天下午高中部进行篮球比赛的决赛，本来是一件非常开心和促进高中部团结的友谊赛，但是因为比赛中所出现的小事将比赛场面弄得十分尴尬，同时似乎将比赛的两个班级弄到了对立面。一场友谊赛反而成为两个班级对立的导火索，弄得大家不欢而散、闷闷不乐。

两个班级我都授课，把其中一个班级叫作A班，另外一个班级叫作B班。之前也观看了两个班级与其他班级的篮球对抗，两个班级实力都很强，各有千秋，实力不相上下。

最后冠亚军的决赛，比赛一开始就气势汹汹、剑拔弩张，誓要一决胜负，比分结果交替上升，大家都很紧张。

时间在一分一秒地流逝，"嘘"哨声响起，这是犯规的信号。裁判员说："××，犯规，拉了对手。"B班被判犯规的球员不服，朝裁判员吼道："我没拉。"一副顶撞裁判的样子。这种情况下裁判立刻将其罚出场外，这位同学一点也没意识到错误，气冲冲离开了篮球场。

球场氛围从这一刻开始变得奇怪，一些支持B班的同学开始说不太好听的话，听得出他们对裁判有些不满，他们认为裁判在偏袒A班，同时也将这次犯规被罚出场外归咎到对手的故意陷害。

我们试图开导旁边怨气冲天、愤愤不平的学生，因为真的没有必要因为这件事情而对谁感到不满或者有意见。一则对手并没有像有的学生所臆想的那样故意陷害，甚至可以说这件事和对手几乎没有关系；二则裁判也不会故意偏袒哪一方，这场球赛的输赢跟裁判没多大关系，裁判犯不着为了哪一个班级而故意偏袒或者说为难另一个班级；三则被罚出场的球员也有不对之处，即便自己没犯规，也不能对裁判大发脾气，更何况裁判还是你的老师。

球员已经罚出了场外，可比赛还得继续。从后面的比赛来看，之前发生的这件事情对双方，甚至对在场观众都有影响。A班的球员可能也惦记着这件事，后面的比赛发挥明显没有之前那样流畅自然。B班球员或许将伙伴被罚出场的责任归咎于对手，在后面的打球过程中明显带着怨气。气氛尴尬紧张，两边的观众也不似之前那样为自己队伍的呐喊加油。

忽然A班一位球员被撞倒在地，"啪啪啪"的掌声突兀地响起，原来是支持B班的学生在鼓掌。我不知道那些鼓掌的孩子是怎样想的。从他们脸上那扬眉吐气的表情来看，他们认为是在为对手"恶有恶报"感到快意而鼓掌。当掌声响起的那一刻，我和很多老师都很震惊。

比赛结束，B班以三分之差险胜A班。但B班今天的表现，我实在不敢恭维，想着待会儿利用晚自习时间跟他们说一下，说说今天的表现哪些地方不合适，我们需要改正什么？班主任已经就今天他们做得不对的地方进行了开导，我想至少应该对他们还是有点启发作用的。但是当我走进班级的时候，热烈的掌声在班级里面响起，接着就听他们大声地说，"为×××鼓掌"，"×××做得棒"……

我试图说服他们，今天那些行为真的不合适。但是很明显我并没有说服他们，他们反而跟我说对方球员打球手脚有多么不干净，以及一些对方不好的地方。听他们讲了后，我在想是不是真的是我错了，真的是对方太黑，所以才会引起我们班的这些行为。我不敢妄下结论，所以下课后我去找了当时在场的好几位懂篮球的老师了解情况。他们给我的回答一致，"两队的碰撞在打篮球中很正常"。

对篮球赛有不同看法很正常。身在团体之中，B班同学会在意团体利益和荣誉，所以他们自己会做一些"旁观者"看起来很不好的事情，但是他们自己作为"当局者"却看不到哪里不对。我想，如果"当局者"和"旁观者"角色互换，他们又会怎样看待这些事情呢？通过这件事发现输赢真的没那么重要，因为输赢也分很多种，你所认为的赢了或者输了真的或许只是自己认为的而已！

（三）给你们18岁的一封信

本来准备在"成人礼"时给你们写一封信的，然后就莫名其妙地拖到了现在。

祝贺你们成年了！作为一个从18岁过来的人，虽然人生阅历算不上丰富。但有些话还是想要对你们说，或许有些话你们现在听起来没有什么感触，但希望能对你们有帮助。

18岁了，你们即将在未来不到100天的时间里经历一次对你们人生轨迹产生重大影响的考试。这次考试或许在几年之后回忆起来，对它的评价更多是"不过如此"，但是你不得不承认这次考试的确会影响你的人生。

这次考试就像你决定离开家去旅行时旅途中遇上的无数座山中的第一座小山，面对这座小山，你必须得做出是否要越过这座小山的决定。有的同学或许觉得登山太累了，于是在还没有登山的时候就放弃了；有的同学或许觉得我可以试试于是斗志昂扬地向上爬，但是当攀登到途中时觉得实在太累于是也就悻悻作罢；只有少部分同学一步一步坚持到最后越过了这座小山。当你在未来再回首这段来时的路，这座最开始的小山在你看来与其他后来见过的小山相比并没有那么特殊和重要，但是你又不得不承认这座你旅途中的第一座小山的确影响了之后的旅途路线和风景。无论如何，面对这座人生中的第一座小山，我还是希望大家能够坚持到最后，越过它看到不一样的风景。而且我相信当大家攀登了第一座小山后所获的东西也有助于你攀登以后旅途中的无数座山。你要相信"这世上没有白走的路，每一步都算数"。

同学们18岁了，我还有两句话想对你们说。

第一句：行动是治愈焦虑的良药。

这句话你们高一时我常给你们念叨，也多次在你们的资料上写。我第一次接触这句话并深有感触，那是我大二时，准备期末考试时为了缓解疲劳，在图书馆借了一本《行为心理学》。其中有很多内容忘记了，但是"行动是治愈焦虑的唯一良药"这一句话我却一直都记得。而且每当我焦虑不安时，我都告诉自己这句话，然后继续埋头苦干。因为你会发现你生活中的许多焦虑就是由于你自己没有将你应该完成的事情做完。

特别是在目前距离高考时间不多的情况下，我想这句话大家更对有指导意义。我也看到很多同学对于自己目前成绩的焦虑不安和着急，但是我也同样看到有些焦虑不安的同学似乎除了焦虑不安就没有任何其他实质性的行动。与其时时担忧这里担忧那里，还不如将这焦虑的时间用来记一处地理区域、背两个单词、一首古诗。

许多事不是因为难你不去做，而是因为你不去做所以才变得难。回想过去的许多经历，有没有你放弃做某事是因为觉得做这件事情太难了，认为自己做不到，所以也就心安理得地放弃了。但是这件事真的有你想象中的那么难吗？还是说你为了让自己过得舒服而找的理由。当你真正努力去做一件事，再回首来时的路，很多时候你会意外地发现"其实并没有那么难"。即使你做了这件事情发现它的确很难，我想因为有过全力以赴的经历，所以回想起来也没有那么多遗憾和不甘。

你们年轻还有很多机会，想要做的事情就抓紧时间奋力一搏，千万别把做某件事情太难作为理由而让自己放弃做事。否则一路下来，你会发现那些有难度的事情都被你放弃，自己做的永远是那些容易的事情，那自己就还是当初那个什么都不是的自己，你也就很难遇到那个自己喜欢的自己。

第二句：世上只有生死是小事。

这句话是我在网易听音乐时在评论区发现的一句话，我个人认为很有意思也很有意义所以记了下来。原句是"世上只有生死是大事"，后来一个网友改成了"世上只有生死是小事"。我认为两句话都有意义，也希望把两句话背后所蕴含的意思分享给你们。

原句"世上只有生死是大事"更多表达的是一种对于生活的乐观和豁达。当我们在生活中遇到不如意时，也要开开心心地度过，笑一笑没什么大不了，生活还是要继续。"世上只有生死是小事"，那就是说活着经历的每一件事都是大事，也就意味着我们应该将生活中的每一件事情都尽量做好。做到了认真对待生活中的每一件事，那么即使到了要谈论生死的时刻，回忆往昔也依旧能够坦然而不留遗憾。因为不留遗憾，所以无畏生死，才有自信将生死看做小事。

18岁是人生又一个新的开始，请大家继续前行，全力踏上新的征程，然后到达你想要去的地方！

四班点滴

杨 欢

四班的大神们，转眼你们即将面临高考，我心中颇有感慨：时间过得真快啊！陪着你们一路走过的点点滴滴，依然历历在目。

一心想成为教师的我在大学毕业后如愿以偿地走上教师岗位。入职培训结束后，得知即将担任高二年级四个班的物理老师（两个文科班，两个理科班），我内心是崩溃的。原因之一：没有教学经验，直接教高二，完全就是赶鸭子上架。原因之二：这是别人带的班，于学生而言我是半路杀出的程咬金，于我自己接了个烫手的山芋。原因之三：物理这个科目，教四个高中班，还是两文两理，对我这只刚入职的小菜鸟来说压力山大。但我还是战战兢兢接了这个任务。

那时候，不知该如何上第一课，我在网上查了很多资料，还去请教有经验的老师，最后得出的结论是：开学第一课很重要，要让学生认识你，还要立好规矩。我上的第一节课就是四班的。说起来也搞笑，我当时做的 PPT 是介绍我获得什么奖，做了什么项目，搞得像去参加面试。但是大家却听得很认真，而且从你们眼睛里看到的是羡慕和钦佩。科代表是由学生自己推选，当时推举的是夏翊洋，这个小伙子很不错，上课认真，人缘好，风趣幽默，关键是物理成绩还不错。开学第一课在四个班都进行了，但印象最好的数四班，整个班气氛活跃，与同学相处也融洽。

让我印象最深的是迎新晚会那一次，大家的才艺让我震惊。没想到这个仅有 24 个人的班竟然出了好几个质量高的节目。拿那次活动四班获得了一等奖，得了最大的蛋糕。虽然我没能帮上什么忙，但他们并没有忘记我这个科任老师，还请我一起参与庆祝。发现我没去，陈自立给我送了一块，郭浩又送了一块，当时觉得挺感动。除了才艺，男生们的篮球也打得很好，还获得过第一名。

四班最懂得感恩，也最有人情味。有一次我在一个领导那受了委屈，在上四班课时就一直想着这件事，聪明的大家看出我的心事，问我怎么了，我随口回答："没事"，可当我刚说完，泪水就流了下来，四班的几个同学，又是送纸，又是安慰，当时真被他们感动到了。还有一次，因为感冒我嗓子很难发声，可课程紧任务重，我勉强上课，学生听到我咳得厉害，给我倒水、拿药，还不断劝我歇一歇，课后还给我送润喉茶。

不过大家在学习上却不是那么认真，好几个同学经常上课睡觉，还有两个同学被我抓到在课上玩手游，也有个别同学还和我顶过嘴。我特别担心大家过不了学业水平考试，不断地教育提醒，可始终没有多大改观。直到考试前半个月，大家才知道着急，后来好在大家都顺利通过了。

一学期结束我就没再教四班，但四班大部分同学还是像原来那样热情。虽然我在课上凶过他们、骂过他们，但四班同学的可爱、仗义、幽默、热情却一直感动着我，每每想起他们，心里都觉得暖暖的。感谢大家，让我在成长道路上认识你们,我们除了是师生更是朋友。感谢大家包容我的坏脾气和初任教时的不专业。快高考了,我希望大家能够像站在舞台上或篮球场上一般应付自如,考出好成绩。无论以后大家走什么样的路,我都希望你们的道路灿烂阳光!

坚持梦想

贾 娜

又到炎炎夏季,心中不由感慨万分,我所教的四班学生马上要迎来高考。这些孩子好多专业成绩都考得不错。在这里首先期盼大家高考正常发挥,哦不,要超常发挥,都要考得超级棒!

不知不觉一起走过三年,从你们走向艺术道路时,我就作为音乐老师,看着你们成长,看着你们不断坚定信念,一点一滴积累专业知识,小心翼翼地成长。从小淘气变得成熟、变得稳重,不知怎的你们就突然长大了!

好像也不是,在2017年12月6日那个让我永远难忘的日子,因为运动会并且还要坚持教学任务,我忙得不可开交。头昏脑热的情况下我忘了那天是我生日,就在我拖着疲惫的身体走上四班讲台,尽力打起精神给你们上课时,我听到一声"老师生日快乐",说真的不只是感动,更多的是意外。因为那时你们真的超级淘气,上课传小纸条,窃窃私语,扰乱课堂纪律。现在想想,好像是突然有一天就长大了,这些情况就没有了,也许是生日那天之后,也许是那天之前同学们就已经长大了。只是因为我这个做老师的,对你们除了成绩以外关注得不够。那天之后,我突然发现当老师真好,有这样一群可爱的学生。你们还是很淘气,但课上真的都很认真;你们还是很爱玩,但是毫不影响你们爱护老师;你们还是很个性,但是丝毫不影响你们对老师的尊重。在我没用尽全力关心你们的时候,就赢得了你们的爱戴,让我有这么多机会,发现你们的美好。有好多老师总是一想到艺术生就觉得头疼,觉得你们不好带,教也教不会。但其实,我们班大部分同学真的有天赋,只不过在你们成长过程中,由于许多复杂因素,导致文化课不理想,但是成长道路很多,没有人必须按部就班地走。

高贵善良·坚毅独立

　　仔细想想，你们真的超级可爱，许多文化课老师每每因为你们的文化课成绩叹息，但我知道你们有自己的梦想和赤子之心。

　　班里有几个孩子天资不错，但从不骄傲，为人低调。也许是因为对文化成绩不自信，从这学期来，就发现你们忙忙碌碌。看到你们忙碌的身影，老师特别想知道你们专业课的成绩，但也不能先开口，怕影响你们的复习状态。后来专业课成绩出来，看到成绩我很高兴，普遍都很理想。现在仅剩下这几天，希望你们能坚持住，在高考中都考出满意成绩！

家长篇

家长的信 1

亲爱的儿子：

  时光荏苒，日月如梭，不知不觉你已经 17 岁了！今天是你的生日，给你写信说说我们的心里话。目前你正处于人生的黄金时期，也是最重要的转折点！如何顺利圆满的度过这一时期，我和爸爸对你寄予了很大希望：我们希望你能更加勤奋好学，乐观向上，今天努力学习，明天纵情欢笑，懒惰的人是不可能成功的！学习生活上你都要以谦虚积极的态度去面对，不能骄傲张狂，你们这个年龄段的孩子最容易犯狂妄自大的毛病，所以这方面要特别注意！作为父母的我们，很希望你能一步一个脚印踏踏实实地走下去，努力读书，培养学习自觉性和主动性，增强责任感，带着我们的期望勇敢向前走！

  儿子，多么希望你能快快地长大，成为真正的男子汉能够安慰体贴我们，甚至为我们遮风挡雨。可是，我又多么希望儿子你别那么快长大，一直生活在我身边，让妈妈照顾你。但我知道，你的路需要你自己去走。儿子，你一定要带上优秀的品质去面对接下来的日日夜夜，自信、坚强、刻苦、责任心、使命感、心思活泛、刚正不阿等这些优秀的品质你要努力去培养。即使遇到风风雨雨，你也要一直坚信，彩虹是风雨过后你得到的奖励。我们多么希望给你所有你想要的，给你一切可以让你进步的条件，但是路在你自己脚下，你一定要迈开步子，坚定不移地走下去，你要记住，我和爸爸一直会陪着你！

  知识改变命运，学习成就未来，为了你的将来，你一定要做一个知识渊博的人，而成为这种人，一定得努力努力再努力地学习。除了努力学习，你还要做一个有道德的人，道德是一种美德，道德是心灵的抚慰剂！我们希望你成为知书达理、充满爱心、独立自强的人。你要时刻谨记，学习不是为了父母,也不是为了老师,而是为了你自己!将来你想成为一个有作为的人,就必须具有真才实学。你还要学会勇敢自信,跌倒了并不可怕,可怕的是跌倒了就爬不起来,希望你能自强不息,勇往直前!让快乐挂在脸上,让勤奋体现在收获上,让成长呈现在细节上!(见图5)

爱你(谢军)的爸爸妈妈
2018年5月18日

家长的信2

亲爱的豆豆:

  自从知道你要出现在我们生命中时,我和爸爸是如此兴奋和激动,没有什么文字可以表达当时我们激动的心情。繁重的工作之余,我总是憧憬着你的到来。辛苦的十月怀胎,几次医院的奔波,终于把你健康平安地带到这个世界上来了!你的到来给整个家庭带来了无与伦比的喜悦和希望。你爸给你起名为豆豆,灵感来自于《南方都市报》中的漫画,我们希望你像小豆豆一样快乐安康!

  从小你就是一个乖巧、安静但有时候又叽叽喳喳的小可爱。从上幼儿园一直到高中,点点滴滴仿佛都是昨天发生的一样。还记得你第一次上学前班迟到时看见大门关了,你一下子就哭出来。一直到初中毕业你从未迟到过,总是听见闹钟响或者妈妈一叫你就立马起床。更记得你第一次住校,我和爸爸去看望你。看见你和陆昊彤从学校后门出来,远远的,我的泪水就下来了。爸爸安慰我说没什么的,总会习惯。两年的高中生活中,你离开我们的照顾自己成长,点点滴滴中你已经成为了一个大小伙子。也有过不习惯打电话回来时,那让我彻夜难眠或是急急忙忙开车前往学校。但是一天天,一月月,你的成长让我暗自欢喜,总是在家人和朋友面前不由自主提到你。记得我在你们学校的发言时说过我希望你做自己喜欢的事儿,自己高兴的事儿,无悔青春无悔一生!从我和爸爸身上,你应该发现我们做过不少事,也学过不少的东西。技不压身!多学,多做,喜欢学什么就多学一点是我们对你的期望。进入高中,考进一所你心仪的学校是你和爸爸妈妈的期望。加油吧,儿子!

在高考这个重要阶段，我和爸爸希望你学习不断上升，养成良好生活习惯！从你回家时我们的交流中，发现你慢慢学会与同学和老师愉快相处，并从你每年的假期生活中，我们发现你更善解人意、乐于助人。从你和爸爸拍肩搭背称我为大姐的言谈举止中，从我要抬头仰望你的过程中……你逐渐成长为一个在我们眼里健康阳光的男子汉。从你生命之花植根在我们家庭开始，我们一家人无论经历怎样的风霜雪雨都一路同行，让我们坚信：按照自然规律，在历经春夏秋冬的轮回中，花儿会怒放，果儿会醇香！

爱你（保斯然）的爸爸妈妈
2018 年 6 月 11 日

无悔青春（家长寄语）

总有父母谈及自己对孩子的教育，或避重就轻，或情绪失控。从呱呱落地到翩翩少年。我们一路陪孩子们同行。无论日出日落、春夏秋冬，无论牙牙学语、蹒跚学步、欢歌笑语，无论轻声慢语、面红耳赤、争论不休。所有一切都见证了我们的共同成长。青春年少是人生阶段中最精彩美好的篇章。所有在乎你们的人，亲人、老师、朋友包括自己，都期待着在辛勤汗水浇灌下绽放精彩。加油吧，天之骄子！努力吧，爵肆！美好的明天在等着你们！（见图6）

保斯然妈妈
2018 年 6 月 10 日

家长的信 3

亲爱的女儿：

时光匆匆、日月如梭，不知不觉中那个整天拽着我衣襟稚气喊妈妈的小囡已经出落成一朵亭亭玉立的出水芙蓉，现在你还记得上幼儿园时经常叫妈妈给你讲《白雪公主》《丑小鸭》等故事吗？如今你已经有了自己的小秘密，感受着青春的好、生命的浪漫！

　　妈妈发自内心地向你表示感谢！是你带给爸爸妈妈那么多快乐和美好的回忆！这些都会成为我们一生最宝贵的财富，平时在生活中我也表达过，但在我的心中，你一直是妈妈最大的骄傲，不论你以后做什么，妈妈都会是你最忠实的粉丝，我和爸爸会永远爱你！

　　成人礼是绚丽生活的开始，当听到唐老师说班上准备出本有关孩子成长的书籍，妈妈表示很支持，但又觉得自己写不出什么好文章。提笔后发现脑子里都是你的身影！一切好像是昨天发生的事，第一次上幼儿园，在门口小手紧紧搂着妈妈不愿进去，老师很耐心的又哄又抱才把你抱进去，过了几天，你习惯了一到幼儿园门口就主动和妈妈再见！第一天上小学，你瘦小的身体背着一个大书包，感觉有点背不动。等小朋友们在老师的指挥下把队排好走向教室，妈妈看着你的背影流下了眼泪，我的小恬上一年级了！圆圆的小脸上都是可爱的稚气，在校听老师的话，回家听妈妈的话，我感到很欣慰！我的小囡长大了！三年的中学时光也在小学母校度过的，时间过得真快，现在你已经上高二了，成人礼是每个孩子成长的见证，爸爸妈妈在此希望你在成人之后能够：

　　目标明确，做个有方向的人，明白自己的人生走向，有自己的核心追求，一生都朝着这个方向走，让自己不断长大！

　　优雅从容，作为一个女孩，长得好看确实很重要，但有文化有内涵有修养更重要！你的一生都要读书和学习，一生都不要忘记内心的坚定和从容，特别记得一定要好好爱自己！

　　内心强大，不为世间荣辱和一时得失而陷入悲伤和痛苦，目光长远，才能看到更美好的未来！不为难别人，更不要为难自己，生命最重要的就是好好生活！

　　亲爱的小恬：你一路走来都是个简单而朴实的女孩，请保持内心的善良和纯净，一路走下去，去拥有一个丰富而幸福的人生，要不了多久，你就会像一只羽毛丰满的鸟儿，开始你的大学生活。同时你一定要相信，无论飞多远爸爸妈妈都会在你的身后支持你，如果累了，就回家！

　　未来不管路再长，让我们相亲相爱一起走过！（见图7）

爱你（田路宁）的爸爸妈妈
2018年6月10日

家长的信 4

（一）

亲爱的女儿：

这是写给你的第一封信，不要觉得老爸烦，我的所做所说都是因为爱你。

我从未奢望我女儿是一个天才，我只希望你有快乐的天性、健全的人格和健康的身体。请记住：快乐是人生的动力，自信是智慧的源泉。面对任何事物你或许不会说："我能行！"至少你可以说："让我试试！"

宝贝女儿，健康快乐有时和学习好是一对矛盾体，爸爸也体会过学习的艰辛，我也想让你过自由自在无拘无束的生活。不过你想，现在社会就业压力那么大，看着你天天写作业、学画画、补习，几乎没有多少空闲时间，你偶尔抱怨，老爸也感到很无奈。但是，在这个学习竞争空前的时代，如果别人在努力，你不努力，结果只能被淘汰。

爸爸并不认为自己有任何资格可以给你有价值的人生忠告。相反，在守望你长大的日日夜夜里，看着你成长我无言喜悦，看着你从蹒跚学步到长大成人的变化，与你一起生活带来的启迪、挑战和思考，我仿佛重新经历了一遍童年。关于人生目的和意义，爸爸虽然也在不断思考，但并无明确结论，我只能结合经历来说，人生最大的快乐和动力来自于求知，求知的快乐无与伦比。

求知路上充满喜悦和快慰。总结起来说，求知最基本的方法有三种：从师、观察和阅读。从师是我们每个人都要经历的阶段，同时也是一种终身可以引以为援的生活方式；观察是现代科学的入门，春花秋月、夏雨冬雪，河山之胜景、历史之现场，大到日月星辰、异族风情，小到微观世界，你都要用自己的眼睛去看、用自己的耳朵去听，稍加耐心，你会发现，即使在熟悉的地方，也会有令人震撼的风景；至于阅读，那既是终身获得新知识的途径，也是随手可得的自我娱乐。

亲爱的孩子，在你小时候，爸爸已经尽己所能，给予你保护。但没有人可以照顾你的一生，当你走上更遥远和未知的路时，当你在爸爸难以想象的大世界建筑起属于你自己的生活时，你注定会经历无助的困顿和貌似难以克服的障碍。那时候，你所掌握的知识和你的求知能力，将是你唯一的凭依和伙伴。

另外，亲爱的女儿，你马上就要面临高考了，学习是你当前的主要任务，手机不是你这个年龄应该拥有的，它会浪费你的时间，让你分心。物质上的要求我和妈妈会尽量满足你，但前提是不能影响到学习和你的健康成长。当然，你也有一些小缺点，比如急性子。我们对你的要求可能太严，有时脾气暴躁，方法上有些不当，请你谅解。但是也要理解这是我们的义务和责任，都是为你好，是为了我女儿健康成长！

亲爱的女儿，祝你在成长的道路上快乐前行！（见图8）

爱你（李蝶）的爸爸
2018 年 6 月 12 日

（二）

17 岁，是人生花一般的季节，17 岁的天空，五彩斑斓；17 岁的青春，弥足珍贵；17 岁的梦，纯洁真实。"17 岁的花季只开一次"，女儿，好好珍惜高三这个花季岁月。女儿，当你悄悄迈入 17 岁这个花样年华时，妈妈希望你拥有一份像太阳一样滚烫、像花一样绚丽多姿的青春。

高中三年是人生中一段苦旅，更是一部青春的纪念册。你已经在高中度过两年了，因此，妈妈希望你在高中的最后一年里正确对待学习：学与乐共生，就是"痛并快乐着"。发奋学习，同时学会享受其中的乐趣。没有什么成功是不包含泪水的，所谓的"苦"与"乐"，其实总是相生相伴的。高中的学习不仅仅有苦，更多的应该是甜，关键是看你是不是懂得制造成长过程中的小小甜蜜。

勤奋之于学习，从来不会过时。但勤奋不是嘴上说说而已，也不是决心，而是利用课间几分钟背几个单词，是对一道题的苦苦探索，是午后同学们休息时安静地背书……是踏踏实实学好每一门功课，抓紧每一天时间。

合理利用时间无疑是关键。如何在有限时间内尽量挖掘出自身无限潜能，即如何提高学习效率是最关键的问题。妈妈经常对你讲的三个词："时间、方法和效率"在高中最后阶段就显得特别重要。

高中三年是积累的三年。希望你不要吝啬自己的付出，当三年结束你就会发现，所有付出都是值得的。"天道酬勤"，"一分耕耘一分收获"。记住：老师的指导和帮助可以提高学习效率，找到正确的适合自己的学习方法，抓住重点就可以事半功倍。还有非常重要的一点就是要有自信，虽然你的成绩不是最好的，但不要对自己失去信心，要相信"我行"，然后不懈努力，就一定会成功。

高三最重要的，不是把自己培养成考试机器，而是学会如何做人。一个勤学、善学、乐学的人，在高中三年里，不仅要学很多书本知识，也要学会人际交往和沟通，三年的友谊和成绩同样重要，你们可能不只是同学，更会是一生的朋友。学习上相互鼓励，生活中相互帮助，并在竞争中一起完善自己，让友谊陪伴你们共同成长。

17岁是一座从稚嫩走向成熟的桥梁，17岁的舞台可以让你自由演绎，尽情绽放青春的魅力，你可以与同学们共同书写属于零零后的青春，共同缔结洋溢着美好纯真的友谊之花。你们可以谈学习、聊生活、说过去、想未来。

总之，高中生活不仅是应付高考，更要对自己成长和进步做总结，这样才能受益终身。孩子，一定要珍视自己，现在才是人生的开始，走好了开头，才可享用一生。相信你会认真度过每一天，不放弃、不虚度；有梦想、有欢乐；付出不一定有收获，但收获却一定要付出。

17岁的生活是五颜六色的，不仅有红的热烈，也有蓝的神圣，白的圣洁，更不失黑的庄重，所以在成长过程中，会不断遭遇挫折，不断跌倒，但胜利终究会归坚强者所有，从小到大你一直都是一个有理想、有抱负、知道自己想要什么的孩子，妈妈希望你在青春道路上能够留下个个成长足迹，实现属于自己的人生理想。

孩子，妈妈说了很多，但重要的只有一条：妈妈爱你！虽然你可以离开父母的怀抱，却总也逃不出爱的包围圈。所以妈妈希望你永远开心、快乐，努力做最好的自己！

妈妈希望与你共同走过17岁的花季，希望你能用心去构造自己的生活，用心去打造自己的理想，编织属于自己的梦想！愿你在今后的人生道路上活出自我、活出精彩！愿花季的你能美丽地绽放。

妈妈最后赠予你一句话："不苦不累，生活无味，不拼不搏，等于白活"。

爱你（李蝶）的妈妈

2018 年 6 月 12 日

家长的信 5

我亲爱的宝贝：

虽然你已经 17 岁了，可在妈妈心里你仍然像襁褓里的小婴儿，妈妈希望你永远不要长大，永远在我怀里，让我呵护你一生。

17 岁花一般的季节，可以叛逆、可以任性，但是一定要学会克制，给自己限制一个度，这就是做人的底线。人生之路说长不长，说短不短，没有谁会永远陪伴在你的身边为你排忧解难，有且仅有一个人会无条件地伴你左右，那个人就是你自己，希望你能尽早正确地认识自己，并认真地做好自己。

你是一个懂事的孩子，少有独生女的娇气，但你自小身体一直不好，爸爸妈妈为你操了不少心。作为父母，没有为你搭建更多安逸的成长平台，但是我们爱你的心不比别人少。作为父母，我们希望你拥有挑战人生的勇气，因为我们知道，享受拼搏的人生旅程又何尝不是一种幸福。同时，你也是一个大方姑娘，妈妈希望你拥有一颗真诚而善良的心，拥有美德的时候学会懂得幽默，情商与智商并存。这样你就会记得谦卑有礼并快乐地享受生活，尽量简朴而单纯、尽量坦率而真实、尽量大度而坚毅地做最好的自己！

人一辈子不要给自己留下遗憾，不求与人相比但求超越自己，为了父母，为了自己去奋斗一回，就算结局不一定成功和完美。任何"机会"和"成功"都是靠自己争取的，天下没有免费的午餐，想要不劳而获是不可能的，付出不一定会有收获，想要有收获却一定要付出，永远不要想着占别人便宜，因为你会为此付出更大代价。

人生多坎坷，在你成长的过程中也许会遇到挫折，但你要选择坚强，记住每天给自己一个微笑，并对自己说我是最棒的。同时，也要学会对别人说你是最棒的。最后，妈妈希望你永远开心、快乐，努力做最好的自己，请你用一生的时间去准备抓住任何一个适合你成长的机遇，只有做好准备，机会

注定是留给你的。也请你一定学会"得到是福,舍得是福,知足才是最幸福。"(见图9)

永远爱你(徐颢元)的妈妈
2018年6月12日

家长的信6

(一)

亲爱的儿子:

光阴似箭,日月如梭,转眼间你就17岁了,正处于人生最重要的关键点——高中,平时我们沟通交流较少,有些想法一直没机会跟你说,今天我写信和你好好聊聊。

首先我要做自我检讨。爸爸没有把你教育好,没有让你感到和我们在一起是快乐的,没有让你感到家的温暖,是爸爸的责任。爸爸有时对你很凶,责骂你、吼你,其实爸爸从内心根本不想责骂你、吼你。你不知道当我骂你、吼你后我心里有多难受,通常都会后悔、自责好几天。因此,如果是爸爸教育的方式方法不对伤害到你,爸爸在此跟你说声对不起,以后爸爸一定注意方式方法,希望你理解、原谅爸爸!

爸爸非常爱你,你读高中后,我们见面的机会少了很多,每当我想你的时候,我就会到你读小学、初中的学校去走一走,走在布满你足迹的道路上,站在你常常经过的地方,回忆着你成长的点点滴滴。这种回忆充满了甜蜜和自责,甜蜜的是来到这里会想起你的音容笑貌,也可看看你曾经待过的教学楼是哪一栋,坐过的教室是哪一间,你常常爱从哪一边去教室……自责的是你在这里就读了9年,没有取得好成绩,这可能是跟我的教育方法不当有关吧!

你妈妈也非常爱你,虽然你在家时她会责怪你、埋怨你,特别是长时间玩游戏,玩得连饭都不按时吃,煮好饭三番五次叫你都不出来时,她会非常

高贵善良 坚毅独立

生气,会对你大喊大叫。其实她的初衷是希望你健康地成长和生活,她常常因为你爱玩游戏,不爱学习而愁得睡不好觉。你不在身边时,她时常挂念着你,每次到超市、市场都会想到你最爱吃什么,总是先把你爱吃的东西买好后再买其他的。当然,有时候由于工作忙,对你也照顾不周,如吃饭常常由你自己解决,但不管怎么说,她都是爱你的。

其次我要向你寄托二个希望。

第一个希望:希望你放下手机,摆脱游戏对你的诱惑,游戏害人,特别是对青少年的危害非常大。可以说它会影响青少年的人生轨迹,这是多年来就形成的社会共识。以前街上到处是游戏室,后来有网络了街上又涌现出大量网吧,都是以打网络游戏为主,害了一代又一代的青少年。国家发现问题严重后,采取了强制措施,关闭了大量游戏室和网吧,禁止在学校周边开游戏室和网吧。可是当人们还没有来得及欢呼时,智能手机出现了,而且比游戏室和网吧带来的影响更大,因为它很不受时间和地点的限制,可以随时随地地玩且又不能采取强制措施来限制到个人,这就只能靠自己、靠父母、靠学校来管理。

我说这么多,就是希望你服从学校管理,听取父母的忠告,明白手机游戏带来的危害,早日放下手机,因它不仅影响你的身体健康,而且还会把你宝贵的青春年华从指间无声无息地带走,一去不复返。儿子,如果你能尽快放下手机,尽快摆脱游戏对你的诱惑,那么爸爸祝贺你,美好的明天已在向你招手,我也相信你一定会有一个幸福美满的未来。爸爸妈妈在这里殷切地期盼着这一天早点到来!

第二个希望:希望你抛开杂念好好读书,珍惜高中生活仅剩下的一年多的时间,它真的非常宝贵,它将对你的人生产生深远影响。

当然,好好读书是非常辛苦的,希望你要坚持,不要气馁,要坚信"一分耕耘,一分收获",今天你吃过多少苦,熬过多少累,明天的你就会获得多少欢笑和快乐,如果现在不吃苦,以后吃的苦会更多。

当今社会处于高速发展的信息时代,没有知识,将会被社会淘汰,因此,读书非常重要,而不是像社会上流传所言"读书无用"。记得你刚进初中的时候对我说过:"现在读书好像没有用",我当时也没有说服你,确实社会上有少部分人,读书很少,但取得了成功。有部分人书读得很好,伲没有找到一份好工作或没有取得大的成功,但你要明白,读书少但取得成功的人非常少,那是因为他们在某些方面有优于常人的过人天赋。至于书读得很好，但没有找到一份好工作或没有取得成功这部分人，你要想想，如果他们没有努力读书，那情况可能会比现在更差。我们国家人口众多，竞争非常激烈，并且一个人的成功与否是由多个因素决定的，要想取得成功，必须要有较强的综合实力，只在某一方面较突出，是很难取得成功的。从整体来看，整个社会仍是被一些高知识分子、掌握着高端技术的人引领着向前发展的。

  一个台湾作家的一段话回答了读书是否有用的问题，现在我把它送给你："孩子，我要求你读书用功，不是因为我要你和别人比成绩，而是因为我希望你将来拥有选择的权利，选择有意义，有时间的工作，而不是被迫谋生。当你的工作在你心中有意义，你就有成就感，当你的工作给你时间，不剥夺你的生活，你就有尊严，成就感和尊严给你快乐！"

爱你（王邦）的爸爸妈妈
2017 年 10 月 16 日

（二）

儿子：

  听说学校给你们举行成人礼了，爸爸感到非常高兴。你马上要满 18 岁了，即将步入成年人行列，在你处于人生重要里程碑之际，爸爸感觉有很多话想跟你说，但提起笔又不知要说些什么。虽然，你现在已不愿听爸爸妈妈唠叨，但我还是很想跟你说几句，希望你把它看作是一个老朋友给你的肺腑之言吧，请多一点耐心把它读完。

  时光易逝、岁月匆匆，回想起 18 年来的岁月，真是充满酸甜苦辣。这 18 年来，你过得不易，时常被爸爸妈妈责骂，我甚至还打过你，我们有些不当行为可能会伤害到你，在此爸爸妈妈跟你说声对不起，请你原谅爸爸妈妈的不擅沟通、不擅爱的表达。但请你相信，爸爸妈妈无意要责骂你，更无意要伤害你，爸爸妈妈永远都是爱你的。只是我们缺乏安全感，知道当今社会僧多粥少，相当残酷，想获取幸福殊为不易，因此，我们曾那么希望你变得强大，曾那么强烈要求你：要努力学习，要大声说话，走路腰要挺直，做事要果断，见人要主动打招呼……只因我们不懂得教育，不懂得旁推侧引，一味用脾气、秉性去要求你，对你进行说教，没有更好的方式方法引导你，才导致你听不进去，不和我们沟通，每当想起这些时，我都会感到无比愧疚。说实话，这18年来爸爸妈妈过得也不易，特别是在你迷上游戏，常常不按时吃饭，也不爱运动后，我们在愧疚、焦虑度日，担心你老玩游戏伤害了身体，荒废了学业，担心你的未来怎么办……其实你在未迷上游戏以前，是一个很活泼，爱运动，爱交际的一个孩子。身体相当的棒，很少生病，爸爸妈妈因为有你，感到非常的骄傲；也因为有你，我们家曾拥有过很多快乐时光！……爸爸殷切期望你以18岁为转折点，放下手机，摆脱游戏的诱惑，告别懵懂的少年时期，豪迈地进入美好的、让人羡慕的青年时期。"亡羊补牢，为时不晚"，从现在起，只要你朝着既定目标坚定前行，爸爸相信你一定能够华丽转身。

18岁，在法律上你已经成人，将为自己的言行负完全责任，爸爸妈妈已不再是你的监护人，已不再为你的行为后果负责，这意味着你肩负的责任将会越来越大。今后，你的学业、职业方向、爱情婚姻、家庭事业、人生规划都由你自己负责。儿子，爸爸祝福你：羽翼已丰，振翅高飞，飞向广阔的蓝天！

今后的人生道路上，你要独自面对很多挑战，爸爸妈妈不可能陪你一辈子，以后你能自食其力、一生平安幸福，就是爸爸妈妈的最大心愿。因此，爸爸想送你几句话。

爱惜自己的身体。身体是革命的本钱，没有健康的身体，你就没有一切，什么理想、事业、快乐、幸福都无从谈起！因此，希望你不仅要爱惜、照顾好它，而且还要抽时间锻炼它。打造一副健壮的身板吧，它会给你精彩人生提供不竭的动力，也是你幸福人生的根本保障。

责任与担当。责任是一种使命，是一种品质，是对自己所负使命的忠诚和守信。一个缺乏责任感的人，或者一个不负责任的人，不仅会失去社会的认可，失去别人的信任与尊重，而且在工作中往往一事无成。因此，希望在以后的学习、工作、生活中，你能做一个有责任，有担当的人。当负责成为一种习惯时，它将成为你人生最大的一笔财富。敢于承担责任的人将被赋予更大的使命，因为，只有这样的人才真正值得信任，才能真正担当起时代发展赋予他的责任。

诚信与感恩。诚信是立人之本、交友之基、经商之道。希望你做一个有诚信的人，承诺别人的事要兑现，不能兑现或超出自己能力范围的事，不能承诺别人。说话做事要讲信用，如果不讲信用，以后就不再有人相信你，一旦失信于人，那是很可悲的事，狼来了的故事还记得吗，它要告诉我们的就是这个道理。羊有跪乳之恩，鸦有反哺之义，感恩是我们中华民族的优良传统，感恩是一个人美德的体现。因此，你要常怀一颗感恩之心，感恩父母长辈、感恩老师、感恩同学、感恩所有帮助过你的人。

你可以自由，但不能越界。你羽翼已丰，即将获得天高任鸟飞的自由，但一定要记得，有所为有所不为。会伤害自己的事不可为、会冒犯别人的事不可为、会让自己良心不安的事不可为、会触犯法律的事不可为。你要守住底线，才有高飞的资格。

你可以善良，但必须先保护好自己。你应该做好人，尽可能地去帮助别人，但做好人要有底线，不能被人利用和蒙骗。"外面的世界很精彩，外面的世界很无奈"，社会很复杂，形形色色的人都有，你要在善良之前学会保护好自己，善良要以自己不受伤害为底线。

你不能贪婪，但也不能穷。没有人的欲望能全部满足，生活中，学会知足和放弃的人最幸福。所以，我不希望你沦为金钱的奴隶，无休止地只知道赚钱，但你也不能太穷，俗话说"家有余粮心不慌"，这是永恒的真理。你最好积累足够的财富，这样就算突如其来的打击到来，也不会被轻易击倒。

儿子，18岁的你们就像八九点钟的太阳，冉冉升起，光芒四射，未来属于你们的，世界属于你们的。18岁是一个新的起点，过去的就让它过去，不再回首。"条条大路通罗马"，希望你放下所有的包袱，从此扬帆起航，开启你辉煌、灿烂的人生！

永远爱你（王邦）的爸爸妈妈
2018年5月6日

家长的信 7

时光飞逝，转眼那个咿呀学语的婴儿已经长成了一米七八的大小伙子了。而我与你爸爸已经两鬓斑白。儿子，18年前呱呱坠地的那一天起，你就给我们家带来了无尽的惊喜和快乐。

儿子，你还记得吗？转学去浙江的那年，由于你以前上学的农村学校没有开英语这门课，教学用书的版本也不一样，去了安吉塘浦小学上了第一天课回来，你什么都听不懂，我们非常着急。后来给你班主任说了一下情况，每天都让班主任代你去他家进行单独补课。那时的你8岁，也是第一次离开爸爸妈妈。每周去看你时，我们母子那种说不上来的感觉，相互对视，热泪盈眶，但你还是很坚强。经过不到一个学期的努力，你的英语进步慢慢跟上了课程。但好景不长，由于工作原因，不得不转学到昆明。刚到昆明时，没有正规的学校进，只有先在新册小学读了一年，学得很糟糕，因为老师上课不说普通话，你听不懂。就这样稀里糊涂小学结束了。但你凭自己的努力，成绩显著，顺利地考上了昆明世纪金源学校，我们也为你自豪。其实，现在想起来，你也是真的付出了不少努力。当许多孩子星期天在热乎的被窝里睡觉，爸爸却带你去补习班。进入了正规学校，我们很高兴。可就从那时起，你又一次独立踏入了初中生活。孩子，我要求你读书用功，不是因为我要你跟别人比成绩，而是因为我希望将来的你拥有很多的选择权利，选择有意思、相对轻松的工作。当你的工作在你心中有意义，你就会有成就感，有尊严。

在教育方面，我承认我很失败。可我也会慢慢地改掉暴躁脾气。爸妈因为工作关系，对你照顾的确不是很细心和很周到。特别是你的眼睛，如果我们提早发现，并及时治疗，现在你的眼睛也不会那么严重，不用天天戴着眼镜。还有去年你把腿摔断了，至今现在还存留一些病根。这也是爸妈最愧疚的事情。俗话说性格决定命运，现在看来的确如此。你还记得，在安吉，你想要一双滑冰鞋，爸妈怕你摔着，一直都不让你买。后来你长大了，爸妈想给你买一双，你却说："爸妈，我现在长大了。"小时候，不管别家的孩子有多少玩具，你从来没有主动跟爸爸妈妈要过。你的懂事，爸爸妈妈看在眼里却痛在心里。

儿子，从小学、初中、高中一路走来，你一直都是爸爸妈妈的骄傲，我们为你感到自豪。爸妈从来没有要求你做到最好，只要你尽力就行了。其实想起来，你也很不容易。

有时候我也会对你发脾气，甚至动手打你，控制你的零花钱，我希望你能够理解爸妈的用意。我们做的这一切都是为了你好。很多时候，想和你谈谈心，给你说说为人处世和人生道理，但你总是有一堆理由，很自信地反驳我们！儿子，别忘记了，你的人生才刚刚开始，其实生活并没有你想象得那么简单。正因为你性格直爽、善良，所有我们想让你知道，踏入社会做事容易做人难。我们都是过来人，不想你以后走那么多的弯路。你一定要懂得珍惜感情，要有一颗感恩的心。感恩父母对你的关爱，感恩老师对你的教诲，感恩与同学朋友之间的友情，还要感恩社会上对你帮助的所有人。

18岁，这是一个多么让人羡慕的年纪，青春年华、如诗如梦。这也就意味着从今天起，你要告别幼稚逐渐地走向成熟。同时也意味着你身上多了一份责任。儿子，仅仅有责任感其实还不够，你还要学会对任何事情都要做到坚强，做一个顶天立地的男子汉。以后，无论遇到任何艰难险阻，你都要冷静分析和处理，切记不要急躁。同时你还要做到厚德载物，学会宽容和忍让。男子汉应侠心交友、心胸宽广、低调做人。

爸妈从不要求你考出多高的分数，只希望你在学习中尽心尽力。只要尽力了，不管你考多少分。爸妈都不会责怪你的。只要你尽力了，以后可想起来也不会感到遗憾！

儿子，再过一年，即将面临高考。我们希望你面对高考学会减压，坦然地面对，不要给自己太大压力。从现在开始，每天面对紧张的复习，要学会坚强，为自己加油！每天进步一点点，最后就会前进一大步！

爸妈希望你做一个有担当的孩子。希望你坚持人生原则并做到宽容待人。希望你面对人生难题时学会思考和学习！

以上是爸妈对你说的肺腑之言，你健康成长就是爸妈无穷的快乐。爸妈为你感到自豪！

李博，加油！你永远是爸妈的骄傲！（见图10）

爱你（李博）的爸爸妈妈
2018年6月30日

家长的信 8

（一）家长会上的发言

今天是 2017 年 1 月 27 日，星期六，女儿学校举行散学典礼，我到班上和家长们分享自己对孩子的教育。其实说起教育也许我没有其他家长经验丰富。因为工作原因，从女儿上幼儿园到初中基本没有花太多的时间在她学习上。我和他爸爸是双职工，工作比较忙，基本每天都是早上天不亮就出门，晚上天黑才回家，工作上可以说是兢兢业业，所以到学校开家长会的次数屈指可数。

孩子比较乖巧也很听话，基本上没让我们操多大的心。我觉得教育孩子不如教育自己，自己以身作则、为孩子树立榜样才是最有效的育儿方法。我们家很长一段时期是四世同堂，爷爷奶奶、爸爸妈妈、我们自己还有女儿一同生活在一个大家庭里。孩子从小就见证了中国传统家庭敬老爱幼的优良美德。我们在工作中成绩突出，连续几年被评为先进工作者，这对孩子来说就是教育。这些虽然算不上什么轰轰烈烈的光荣事迹，但从小孩子对这些耳濡目染，在她心里形成根深蒂固的影响。我一直跟孩子说关于学习的事情我唯一能帮她的就是为她找一所好的学校受良好的教育，其他的要靠她自己。

感谢遇到了唐老师，让我们家长看到了孩子一天天的改变和进步，感谢为孩子们辛苦付出的各位老师！在此提前祝老师们和各位家长新春快乐！

（二）

亲爱的雨儿：

展纸后提笔给你写信，心中莫名有点小激动。转眼间你已是一个高二年级的大姑娘了，在这个时候对于人生的选择是否迷茫？我只想对你说："雨儿，你慢慢来，人生的选择并不仅此一次。"

人生路漫长又短暂，我羡慕现在的你，可以不用牵挂琐事，在条件良好的环境里学习。也许你并不喜欢这样的校园生活。但我多想回到学生时代，多想重回学校，如果可以回去我一定好好地学习，认真听讲，把落下的科目都补上，可时光不可逆转。

你是上天赐予我们最珍贵的礼物，你文静、懂事、听话，没让我们操太多的心。妈妈永远相信你，将来必定是一个很出色的人！妈妈希望你的人生是快乐和幸福的。可是要想得到自己满意的生活还得靠自己，你要丰富自己的知识，武装自己的大脑，所以赶快行动吧。努力补上你的文化课，科目好的要跟进，科目差的要补上，正是你该努力拼搏的时候了，专业爱好什么时候学都不晚。最主要的是把握好现在，使劲学习，哪怕结果不尽如人意，但你努力了。

来吧，我亲爱的雨儿，该是努力奋斗的时候了，不要辜负你人生的好时光，更不要辜负努力学习的好时光！

爱你（束思雨）的爸爸妈妈
2017 年 10 月 12 日

（三）致 17 岁女儿的一封信

亲爱的雨儿：

转眼你即将满 17 岁，在豆蔻年华的岁月里你将迎来人生的第一次大考——高考，你是否已准备好？

岁月如梭，17 年的人生旅程里你收获了快乐、悲伤、成长和痛苦。不知在你心里童年是否快乐，你的每一天是否有憧憬。言语上的说教太多，不过别人是无法为你决定一切的。我们身为过来人，只能把自己的人生成长经验告诉你，希望你少走弯路，但那毕竟是我们的路，你没有亲身体会过又怎会知道其中的道理。我们给不了你岁月静好，给不了你无忧的生活，唯一能给你的是让你受到良好教育，希望你在求知的道路上收获丰硕果实。

雨儿，你是多么善良的一个人啊！记得小时候，因为我认为你的不听话有一两天没有搭理你，我知道你心里难受，你哭了。但你并没有因此记恨我，你对我还是一如既往地爱。那时我在想，怎会有如此善良的孩子？我很自责，在你不懂事的时候没有给你最好的教育，请原谅我初为人母的无知。在你需要陪伴的时候我没有好好陪你，哪怕是好好吃一顿饭。你童年多数时间是和爷爷奶奶度过的，以至于幼儿园，甚至小学有的老师连你的爸爸妈妈是谁都不认识。我们是不称职的父母，请原谅我们初为人父人母对你的忽视。

随着人生阅历增长，我似乎明白了一些道理。你若安好便是晴天，你若盛开蝴蝶自来。命运是掌握在自己手里的，只有使自己变得强大了才能战胜人生的不如意。唯有不断学习，为自己的人生加分，才不妄为人在世间走一遭。我为自己是中国人而自豪。从2012年到现在，五年的时间，我们中国发生了翻天覆地的变化，为了中华民族的复兴，为了人类命运共同体，为了实现中国梦，所有人都在努力，为此你是否深有感受，我们不应该为此做点什么吗？《厉害了我的国》记录了我国这五年来的发展壮大历程，我国从航空科技到海洋治理每一步都做到了精准，立志为我们的后代创造美丽家园。难道这不是一个伟大的驱动吗？驱动你加倍努力地学习，为后人创造更加优越的生活，大家是这样，小家又何尝不是这样。

雨儿，这个世界远比你想象的要精彩万分，有星辰大海，山河湖泊，还有很多有思想有趣味的人，只是，你不努力就很难走近这一切，更过不上你想要的生活，单是应付生计就足以让你疲惫不堪。记住，能轻而易举毫不费力得到的只有贫穷和衰老。任何美好的事都不会轻易降临，只有熬过了当下的苦才能享受未来的甜。不要在该努力的年纪选择安逸，每个年龄都有每个年龄该做的事，你现在偷得懒，将来要付出无数倍的努力来还。不辜负好时光，趁年轻，加油！

最后，让我用《哈姆雷特》里的一段精彩台词来结束我们此次的通信。

生存还是毁灭，这是一个值得考虑的问题，默然忍受命运的暴虐的毒箭，或是挺身反抗人世的无涯的苦难，通过斗争把他们扫清，这两种行为哪一种更高贵？生存还是死亡，那是个问题。放弃时间的人，时间也会放弃他。黑暗无论怎样悠长，白昼总会到来。一个骄傲的人，结果总是在骄傲里毁灭了自己。勤劳一天，可得一日安眠，勤奋一生，可永远长眠。不要只因一次挫败，就放弃你原来决心想达到的目的。

永远爱你（束思雨）的爸爸妈妈
2018年5月31日

家长的信 9

　　岁月如歌，常感慨时光远去，亲爱的孩子，从你出生那一刻，我们把全部的爱倾注于你。看着你笑，看着你哭，看着你迈出第一步。听到你第一次叫爸爸妈妈激动得流下眼泪，我们就是你在这个世界上最亲的人。随着你渐渐长大懂事，我们有时想法上有了分歧，但我们都用爱去包容对方。人最大的教养就是原谅父母的不完美，我们确实在尽力把它做得更好，成为好的父母。我们愿意等待更多的时间，总有一天你会体会到当父母的不易，真正的亲情、真正的爱是平等和相互的。

　　生命有一定的长短，而我们只能完成有限的事。越长大，就越会发现时间有限，人生苦短，时间紧迫，却容不得你为此而焦躁、抱怨、偏激和不理智的叛逆。你即将迈进成年人的世界，意味着你将要担负起更多的责任，你将成为一个男子汉，是一个家庭的脊梁和希望。请用一个成人的头脑去思考一下你的未来，用自己独立的眼光深层次地去观察分析你身处的这世界所发生的事情、问题和现况。严格来说用功读书是为了将来你有更多选择的权利，而不是被迫谋生，你学到的知识就是你拥有的武器，任何时候都可以为己所用，人可以白手起家，但不可手无寸铁。

　　人生道路虽然漫长，但最紧要处却常常只有几步，一步不慎全盘皆输，高考这一步太重要了，是人生的一个转折，一个重要的跳板，如若不慎就会输掉整个人生，我们输不起啊！儿子。现实是残酷的，只有你去适应它，它不会来适应你，相信自己勇敢地走过去。有些路走下去，会很苦很累，但是你不走却会后悔。再苦再累也请你不要放弃，努力让自己的青春不留遗憾。铭记为最初的梦想，尽最大的努力，此时不搏何时搏，加油吧！孩子。

　　最后，儿子当你长大，你将知道我们有多么爱你，我们会支持你喜欢的事，尊重你的选择，只给你建议参考，相信你能放下所有的顾虑，放手一搏。你的快乐就是我们的快乐，无论将来你做什么，或是做错了什么。都请告诉我们，我们要你做一个自强自立，自由快乐的人，我们永远爱你，无论任何时候。

你（陆昊彤）的父亲母亲

2018 年 6 月 9 日

高贵善良·坚毅独立

家长的信 10

（一）写给儿子 18 岁的信

亲爱的儿子：

明年的 4 月 17 日将是你 18 岁的生日，意味着你即将步入成年人的行列，爸爸和妈妈为你感到高兴！同时也向你表示祝贺！

18 岁是人一生中最美好的年龄，有梦想，有憧憬，有浑身使不完的劲，同时也意味着担负责任，对国家、对社会、对家庭、对自己。爸爸妈妈希望你能够好好把握，走向自己最美好的未来！

回过头来想想这近 18 年，你给我们带来了很多欢乐，但也有顽皮、不听话的时候。你从呱呱坠地一直到现在已经上高二了，爸爸妈妈始终为有你这样的儿子而骄傲，因为你一直是一个乖巧、有礼貌、尊老爱幼、学习努力的好孩子。现在你长大了，有了自己的梦想，你热爱音乐，希望能考进四川音乐学院，将来能成为一名歌唱家，爸爸妈妈支持你的梦想，也愿意为你达成梦想倾尽全力。我们也看到了你为了自己的梦想在努力着、奋斗着，衷心地祝愿你能实现自己的梦想。

在你即将跨入成人的行列、步入大学校门之时，爸爸妈妈有几句话想对你说：

一是要拥有健康和快乐。俗话说，身体是革命的本钱，没有好的身体，任何伟大的事业都无法成就。最近每次见到你，妈妈都会问你快乐吗？这也是我慢慢明白的一个道理，人活着就应该是快乐的，只有快乐才能体会到幸福，快乐才能做好任何事情，所以，我们希望你能够永远快乐！

二是要有责任感和担当。人长大了就意味着他肩上承担的责任多了，不论是对国家、对社会还是对家庭、对自己，一定要有担当和责任心，这样你才会去努力、去拼搏。很多人为了让自己的家人过上优越的生活而努力拼搏，有的人为了实现自己的梦想而努力学习，你肩上的责任会成为前进动力，妈妈希望你能为你的梦想努力学习！

三是要有一颗感恩的心。"滴水之恩,当涌泉相报",孩子,要感激在你成长道路上为你付出的老师和陪伴你一起走过的同学,感激世上一切真、善、美对你的滋养,以这样一份感激之情来实现你的理想。人生的道路曲折和漫长,不可能总是一帆风顺,不管遇到什么样的挫折与困难,我们都希望你正确对待,客观评判,不管今后你走到哪里,都要认认真真做事,踏踏实实做人,做一个真诚善良、有爱心有责任心、知礼懂理的人。

四是要有明确的目标,并且持之以恒。我想,目前你的目标是非常明确的,那就是考上四川音乐学院成为一名音乐专业的大学生,我们希望你朝着这个目标,努力学习,不断完善自我,成为自己想成为的人。有的时候,你可能会为找不到方向而烦恼、彷徨。其实,世间事只有想不到,没有做不到,"只要有梦,就会实现",只要你能够持之以恒,坚守梦想,一定会有梦想成真的那一天。记得余秋雨先生说过:"人生就是不断征服目标,同时又设下新目标的一个过程。"曾经有这样一个故事,说某年哈佛的毕业生临出校门的时候,校方对他们做了一个有关人生目标的调查,结果是27%的人完全没有目标,60%的人目标模糊,10%的人有近期目标,只有3%的人有着清晰、长远的目标。多年过去了,那3%的人坚持不懈地朝着一个目标努力,最终成为了社会的精英,而其余的人成就要相差很多。当你在人生的道路上取得或大或小的成就时,希望你记着"知不足者常乐"这句格言。因为自满永远是人生的大敌,不满才是前进的动力。

五是要学会思考与学习。一个善于思考,终身学习的人,会运用自己智慧的头脑去思考问题,会透过现象看到本质,会明辨是非,对问题有自己的判断和见解,而不会盲从。它会让你清楚地看到自己的目标是什么,为了实现目标该如何去努力。学会思考,善于学习,会使你成为一个聪明睿智的人,妈妈希望你用你的智慧走好人生的每一步!

儿子,其实爸爸妈妈最想说的是,这18年来,感谢有你的陪伴,让我们的生活充满了快乐、幸福和骄傲!过去18年的点点滴滴都是我们珍贵的回忆,因为有你,我们的人生才有意义!现在你即将站在人生的转折点,你将迎来人生的重要考试——高考,我们希望你放松心情,迈开稳健的步伐向着你心中的目标前行!未来属于你!爸爸妈妈为你鼓劲、为你加油!请记住,我们永远是你前行中最坚强的后盾,我们支持你,我们保护你,我们最爱你!

祝你高考成功!祝你生活幸福!也祝愿你的所有同学高考成功!

爸爸妈妈这封信就算是给你的成人礼物吧！（见图11）

潘禹辰妈妈
2018 年 6 月 5 日

（二）潘禹辰父母日记

今天下午到学校见到了儿子的新班主任——唐老师，是个成熟稳重的男人。他给我们看了潘禹辰写的日记，从日记里我看到了一个真正长大的孩子，经过内心的激烈斗争，他选择了认真学习、追逐梦想，并制定了具体的行动计划和每一个小目标。这是以前从来没有过的，他的字也写得认真规范了，这就是行动的开始。

儿子，我想对你说，有压力才会有动力，任何好的习惯都是一天一天坚持下来的。相信自己，只要付出就会有收获。

记得每天写下一句鼓励自己的话，每天对自己说一声：加油潘禹辰，你一定可以的！

潘禹辰妈妈　书
2017 年 9 月 17 日

今天天气又变冷了，晴朗的天空突然就变阴了，傍晚更是下起了小雨，感觉比起昨天甚是寒冷，想到儿子在学校是否加衣服。前天看到李老师在微信群里说学校发了棉服，倍感欣慰，心想着儿子这回应该不冷了吧！花了一周的时间筹备医院里的学习班，每天忙碌，明天终于要开班了，总算心里平静了一些。

昨天又反复看了唐老师发的微信，总在想唐老师说的班上那几个正在克服烟瘾的孩子里有没有潘禹辰呢？但是又想到儿子已经向我保证他再也不抽烟了，就又告诉自己应该相信他，所以打消了向唐老师了解情况的念头。我相信我的孩子能够克服困难战胜自己，能够明白抽烟带来的巨大危害，彻底摆脱烟魔的控制，做一个全新的自我。

潘禹辰妈妈　书
2017 年 11 月 6 日

家长的信 11

纳纳:

你好!

自从唐老师说学校在近期要给你们高二年级搞一个成人礼后,我心里一直忐忑、纠结和惴惴不安。"怎么我的狗纳、小宝、宝纳就要18岁了呢?""她成人啦?是不是就意味着和爸爸疏远啦?""父女间再没有昔日的亲密和温暖?""是不是她离爸爸妈妈这个家也就越来越远了呢?"……一些莫名其妙、患得患失的奇怪想法接踵而来,我甚至怀疑我是不是神经质了。还好经过这些天的静思,我发现我没有大脑短路,而是一种女儿即将成年的欣喜和岁月流逝的失落在作祟。在此我要感谢你妈妈将你这样如此美妙的精灵馈赠予我!

纳纳,说实话这封信我一直不愿写,不是没有话给你讲,只是不太情愿接受你即将成年的现实。因为这意味着,你思想上逐渐成熟,不再满足于我给你的说教和唠叨,意味着我有限的能力已不再能满足你对未来无尽的探求。而在过去的18年里,我已经习惯了身边有你。至此,我懊恼、悔恨、自责……百感交集,后悔当初辅导你没有花更多时间好好陪你游戏玩耍,后悔当初辅导你做作业时没能轻言细语,后悔当初过于"顺其自然",甚至后悔15岁多就把你送到几百公里外独自生活和学习……

虽说母爱似海深不可测,父爱如山却无声,但在此爸爸还是要与你絮叨絮叨,把爸爸妈妈一些感受与你交流下。从你妈妈十月怀胎到你的呱呱坠地和这18年的一路成长,你给我们带来无比的欣喜和快乐,同时在你的教育、饮食起居等方面又让我们"痛"并快乐着。但真正的意义在于有了你才让我们懂得了什么是亲情、什么是家庭、什么是爱、怎么是感恩,才让我们真正理解生命的意义!

其实我们对你的希望和要求并不高,我们从未奢望你是一个天才,只希望你有快乐阳光的天性、健全的人格心智、自我管理的能力和健康的身体,所以在你牙牙学语起就怀着这样的初衷与心态养育和教育你。我们不情愿在你成长的道路上让你过早感受人生无法绕开的烦恼、挫折和压力,因而在物

高贵善良·坚毅独立

质上自始至终最大限度满足你，在教育上千方百计选择最好的学校让你安心学习，在生活上给你创造最便利最舒适的环境，目的就是希望你少一些烦恼多一些快乐，好好学习，以后有一个幸福的未来。

回顾你一路的成长历程，点点滴滴都历历在目。从蹒跚学步到上幼儿园，你是那么的漂亮可爱、聪明伶俐、人见人爱，爸妈也无比的开心快乐。你会时不时给大家跳个舞唱首歌，逗得大家哈哈大笑，或让爸妈背手坐在你面前像个老师一样教我们写字画画，或不愿意独自睡觉而躲到妈妈被窝里，或一下子坐到爸爸肩上要骑大马……现在回想起来多希望那段时间过得慢一点再慢一点。在你要上小学时，我们跟所有父母一样希望自己的孩子进最好的学校接受教育，在你还年幼懵懂根本不知选择时，你通过算数、识字、画画、跳舞、朗诵、演奏顺利进入了市里最好的小学，让我们骄傲和自豪，同时也有了些许在名校读书的小得意。尔后每每天不亮就叫你起床上学，深夜看你还在做作业时，一种天然的"护犊之心"让爸妈有了恻隐之心。转眼间到了小学结束，你以优秀的成绩完成小学课程，我们绕开划片区就读的管束让你顺利择校市里最好的初中，随着课程深入，你的学习任务和压力也越来越大，你一样起早晚睡，努力学习着，此刻我们心里既欣慰又"隐隐作痛"。

此时你俨然出落成花样美少女，言谈举止更是落落大方，也越发的懂事、善解人意，我们心里更是无比的欢喜和开心。然而"吾家有女初长成"的淡淡忧虑也渐渐萦绕我们，生怕你也跟大多数孩子一样经历一个叛逆的青春期，给你心理上平添麻烦与烦恼。好在我们担心的并没有发生，一切妥妥的！可是我们过度关心与在乎你的身心成长，过于放心名校的教育，又不忍心让太过辛苦，加之爸妈工作也进入上升转型期，渐渐放松了对你学习的关注，有种顺其自然的心态，最终你中考失利。我们懊悔、愧疚、自责、失落。但人生不可能是一帆风顺的，生活还要继续，你真正的人生旅途尚未开始，你理想抱负的脚步刚刚迈出，你的学习不能停止，我们必须继续携手前行！

人生不怕失败，我们必须痛定思痛，一路向前，永不回头。静下心来，脚步向前，找回自己人生才有希望。在你中考成绩下来之后，我们一起面对现实，经过一家三口的民主讨论，达成一致，送你到昆明继续高中学业。我们一起走访多家学校，咨询片区招考行政机构，结合我们实际情况最终选定你现在就读的学校。但在我们满怀憧憬，即将开学之际学校方面又发生一些意想不到的状况，面对社会和家长的质疑，爸妈猝不及防，进退两难，茫然无助，但又不能在你面前表现出失落与无望，只有寄希望于你以后刻苦学习。

还记得开学前后的那段时日吗？我们毅然调整了各自事业方向，无论酷暑寒冬、暴雨烈日、三更半夜，一次次地在相距四百公里的家与学校间奔走。为了两周一次离校返家，让你能便利些更要休息好，我们跑遍了、住遍了地铁周边的楼盘和酒店。目的就是要给你创造一个安心舒适的学习和生活环境。时至今日，我们在学校周边也给你安置了一个便利、舒适、温馨的家，而此刻你即将完成高中两年的学习，我们感受到你经历了一个人异乡求学生活的艰辛，也体味了人与人之间的冷暖，也初尝了情感的苦涩。随着你学习任务繁重紧迫，心理压力随之增大，而思想也在游离不定，作为父母对子女学业前途的忧虑担心也更加深重，还有就是如何引导无法回避的感情萌动问题也深深困扰着我们。我们真的感觉压力一天比一天大，问题也一天比一天多。但爸妈绝对不会退缩，因为我们爱你、相信你！

转眼，你也即将迎来人生的两个重要时刻，一个是18岁成人了，一个是实现你理想抱负的高考。成人意味着成熟和对自己对社会负责，你要开始履行法律赋予你的权利和义务，应当承担社会和家庭的责任，真正意义成为一个"独立健全的人"。而对于我们来说却是18个春夏秋冬，6000多个日落日出的养育，也意味着我们将渐渐变老，自然法则决定了我们必将先于你退出人生舞台，最终把你的世界、你的未来、你的人生交给你。所以你应该从现在起学会独立思考，然后规划你的人生，用你的行动证明你能够担当得起你的世界，满怀信心地去实现你的梦想。当然一代人有一代人的责任和义务，我们也不可能超凡脱俗，在你成人后我们还会一如既往地与你一路并肩同行。

最后，我们就你成人后即将面临的一个人生关键节点"高考"说几句。我们在25年前一样经历了高考，那个年代我们成长的地方社会发展刚刚起步，机会选择、录取人数少之又少，信息短缺，竞争异常激烈，可谓千军万马过独木桥。而我们怀揣的梦想，想要的人生只有通过高考实现。考前就要填报志愿，考后上线必须服从调配，当时思想单纯，只有十七八岁的我们就背起了行囊，离开了家乡读了和我们理想差着十万八千里的学校和专业。现在你即将要面临高考，我们回想那段时日，我们并不后悔，毕竟通过那些年的学习，让我们增长了知识，开拓了视野，了解了社会，结交了朋友，给我们现在的生活、事业、人生奠定了基础。而现如今，你经历的是一个开放、包容的世界，物质丰富、信息便捷、选择自由，实现你人生目标、人生价值、生活方式的途径也很多。然而纵观现在或未来一段时期社会的发展，高考或许不是唯一实现梦想的途径，但肯定是目前唯一的捷径。大学的学习和生活也绝对是吸取知识，历练思维，锻造塑就你体格、人格、价值观的最佳场所。这样才能在你实现梦想，在得到想要的生活路途上少走弯路，少一些挫折多一些坦途。真心希望你在往后的人生道路上每一天都有笑容和收获，每一天都充实自在，爸妈永远是你的港湾。

  女儿，加油吧！付出定有回报，你的人生路途才刚刚开始，美好的未来在向你招手。

  祝贺你，长大成人！18岁快乐！

爱你（王纳）的爸爸妈妈
2018 年 6 月 10 日

家长的信 12

翊洋：

  一转眼你已高二了，在你成长过程中你可能遇到过这样或那样的问题和困惑，所有这些问题都是你成长过程中必然遇到的，又是你必须要正确面对的，如何正确处理这些问题呢，你必须不断地积累知识，遵从老师的教导，树立正确的人生观和价值观。

  从小你妈妈和我就教育你做一个有道德、有良心、有品行的人。当前你是一个学生，有道德就是要尊重老师的劳动成果，上课专心听讲，认真学习。有良心就是要做一个正直的人，懂得如何正确处理情感，比如师生情、同学情、兄弟情。

  知识决定一个人的气质、眼界、价值观，你当前最重要的任务是学习，我们现在最在乎的是你的学习品质，只有具有良好的学习品质才能享受学习的过程，不去想结果怎样，勇敢愉悦地面对，制定好你的人生目标，努力去完成！

  愿你牢记学校校训"高贵善良·坚毅独立"，在老师帮助下、同学们关心

下不断成长！（见图14）

爱你（夏翊洋）的爸爸妈妈
2017 年 11 月 17 日

家长的信 13

亲爱的蓝宝宝（蜀異）：

  感谢学校，感谢唐老师，赋予我这样的机会给你写信。蓝宝宝，你是上苍赐予我们最珍贵礼物。连你的生日都是那么美好——2 月 14 日。著名音乐家聂耳、作家木心也出生在这一天。我非常珍惜你的到来。因为家里有你哥哥又喜得一女（蓝宝宝），凑成一个"好"字。从你来到这个世界那天起，我们的命运就紧紧联系在一起，从出生见证着你的一切：抬头、翻身、坐、爬、站、走、牙牙学语等。从婴儿到幼儿，从幼儿到儿童。如今，一眨眼你就快成人了。都说女大 18 变，随着时光流逝，你就是一个大人了，这意味着你快要结束高中学业，向着大学的殿堂挺进，也意味着你将独立生活、学习和工作！

  18 年，千言万语道不尽，点点滴滴在心头。这一路走来，你不断成长，不断进步，妈妈非常欣慰。妈妈因忙于工作、因家庭原因、因管理哥哥疏忽了你，陪伴你相对较少，深感愧疚，希望你能理解妈妈的无奈与辛酸。你从小到大目睹了支离破碎的生活，缺乏家的温馨与关爱，让你小小年纪承受了诸多压力，尽管家庭和我们不尽完美，你却那么善良、乖巧懂事、好学上进。妈妈第一次给你写信，这封信寄托了妈妈的爱，你在妈妈心中永远最优秀最棒的。在未来的日子里，妈妈是你最坚实的后盾，是你最温暖的港湾。好好学习，考上理想大学，给自己一个精彩的人生。妈妈爱你！（见图15）

  加油，蓝宝宝！

爱你（张蜀異）的妈妈
2018 年 6 月 10 日

家长的信 14

亲爱的儿子：

  你好！

  时间过得真快，转眼十八载匆匆而过，你也成人，但不管怎么说，无论你多大，是否在我身边，你在我眼里始终是一个孩子，我的心永远为你牵挂。

  今天是 2018 年高考的日子，明年的今天将是你人生的一次重大考验。儿子，你是四川师范大学附属昆明实验学校（天娇校区）的一名学生，你拥有最美好的校园，最负责的老师，最优秀的同学，最好的教学资源。你是幸运的，在这所严格又充满希望的校园里，在严格的管理与紧张的学习中，你一定会觉得很苦很累，你要知道苦与累是在磨炼你的意志，锻炼你的能力，为你积累知识，为你拥有未来无形的财富打下坚实基础。累的人不止你一个人，我相信老师比你更累更苦，他们的担子更重，压力更大，你的同学也不比你轻松，他们能够做到的我相信你一定能够做到。你很清楚，爸爸妈妈都是普通的工薪阶层，我们不能给你更多的资源与财富，你只能依靠个人努力与打拼去获得更多的生存空间。在高考这座独木桥上，你面对的现实残酷而严峻，有时候仅仅一分之差足以改变你一生，而获得这一分，你也许要付出很多努力与艰辛。古人说"吃得苦中苦，方为人上人"，只要你熬得下来挺得住，你就跨出了最坚实的一步，我对你的忠告是：吃得了苦，受得了罪，耐得住寂寞，不轻易放弃。能够做到这点你就成功了，虽然很难，但我信心你能做到！

  儿子，离高考仅有 365 天，只要你努力奋斗，就会赢得一生，为你的将来储存资本。你考上一本、二本或三本，结果是完全不同的，现在社会竞争如此激烈，大学毕业可能失业。在当今人才济济的社会上能谋得一席之地，能自食其力就够了，妈妈从没有对你有过高要求，只要努力过、奋斗过，考哪儿都无所谓，但是一定不要荒废青春、虚度年华，无论时代如何发展，社会如何变化，真才实学、诚实守信才是立足之本。

  学习这条路上没有捷径可走，只有靠脚踏实地地埋头苦学，才能到达理想的彼岸，一分耕耘，一分收获。古今中外，凡功成名就者，不都是十年寒窗吗？这一切不用我说，这些道理你应该也懂。

你一定要有信心，但是社会生存环境的确是现实的。你没有文化知识，没有一技之长，的确寸步难行，所以，我想告诉你，你最好的出路还是努力学习，不要荒废了这么宝贵的时间。现在迫在眉睫，抓紧时间努力学习，给自己制定一个合适的学习计划，勇往直前地朝着目标和梦想前进，这才是你应该做的事情。

"吃得苦中苦，方为人上人"，只要努力奋斗这一年，超越自我，你的人生一定会与众不同，加油！儿子，期待你收获喜悦的那一刻！（见图16）

爱你（刘漾赟）的爸爸妈妈
2018年6月8日

精彩继续

保斯然　陈自立　车婧睿　李泽荣　刘希仁
李　蝶　李　博　李刘琳　李沂佳　谷启扬
胡婷婷　姜鸿飞　刘漾赟　陆昊彤　谢　军
郭　浩　潘禹辰　束思雨　徐颢元　夏翙洋
田路宁　王克荣　王　邦　王　纳　张蜀異

关于续写《爵肆战歌》的倡议

同学们：

  《爵肆战歌》中有你们高中两年学校生活的片段，父母的日记和书信保存了你们更完整的生命历程，你们的作品、日记和感悟充实了自己的高中生涯。但这远远不够，未来的你们还有很长的路要走，需要自己去记录！

  这是一本永远不会完结的书，以后每年请你们总结得失、书写感悟、集结成册，连绵不绝见证自己步步进步、辉煌灿烂的人生历程！同伴、父母、老师将一直关注你们，为你们取得的人生成就持续地助威呐喊！

  同学们，奔跑吧！

  同学们，记录吧！

  爵肆战歌将一直嘹亮！

后　记

经过两年的修改完善，《爵肆战歌》终于集结成册准备出版，这主要是为了完成对艺体班孩子的承诺：保存他们高中的成长历程和感悟，引导他们吸取经验教训，鼓励他们创造新的人生辉煌！

《爵肆战歌》只是一个普通艺体班学生、家长、老师日记和书信的集合，没有什么高深理论和玄妙观点，但其中蕴藏着炙热情感和教育理性。书中有学生成长中最真实的感悟，有家长对孩子未来最真挚的期盼，更有老师作为麦田守望者最单纯的守候！

《爵肆战歌》是四川师范大学附属昆明实验学校（天娇校区）最原生态的教育专著，凝结着天娇人对教育最质朴最纯粹的追求！在天娇这块沃土上，类似作品正在滋生，静心、精心、尽心从事教育的天娇人将以自己的方式诠释教育真谛、谱写教育智慧！

最后，再次感谢所有关心天娇2019级艺体班的校领导、老师、家长和朋友，并祝愿这二十多个孩子在人生道路上拼搏进取、捷报频传，以优异表现回报所有关心、鼓励、支持他们的人！

唐建国

附　图

图1

图2

图 3

图 4

附 图

图 5

图 6

图 7

图 8

附 图

图 9

图 10

图 11

图 12

附 图

图 13

图 14

霓肆战歌
——艺体班是怎样炼成的

图 15

图 16